穿云猎日

SUXIAO
苏晓 | 著

重庆出版集团 重庆出版社

图书在版编目（CIP）数据

穿云猎日 / 苏晓著 .—重庆：重庆出版社，2024.4
ISBN 978-7-229-18241-0

Ⅰ.①穿… Ⅱ.①苏… Ⅲ.①长篇历史小说—中国—当代 Ⅳ.① I247.5

中国国家版本馆 CIP 数据核字（2023）第 245951 号

穿云猎日
CHUANYUN LIERI
苏 晓 著

图书策划：李　子
责任编辑：李　梅　刘星宇
责任校对：何建云
装帧设计：荆棘设计

重庆出版集团
重庆出版社　出版

重庆市南岸区南滨路 162 号 1 幢　邮政编码：400061　http://www.cqph.com
重庆天旭印务有限责任公司印刷
重庆出版集团图书发行有限公司发行
E—MAIL:fxchu@cqph.com　邮购电话：023—61520646
全国新华书店经销

开本：890 mm×1240 mm　1/32　印张：9　字数：300 千
2024 年 4 月第 1 版　2024 年 4 月第 1 次印刷
ISBN 978-7-229-18241-0

定价：52.00 元

如有印装质量问题，请向本集团图书发行有限公司调换：023—61520678

版权所有　侵权必究

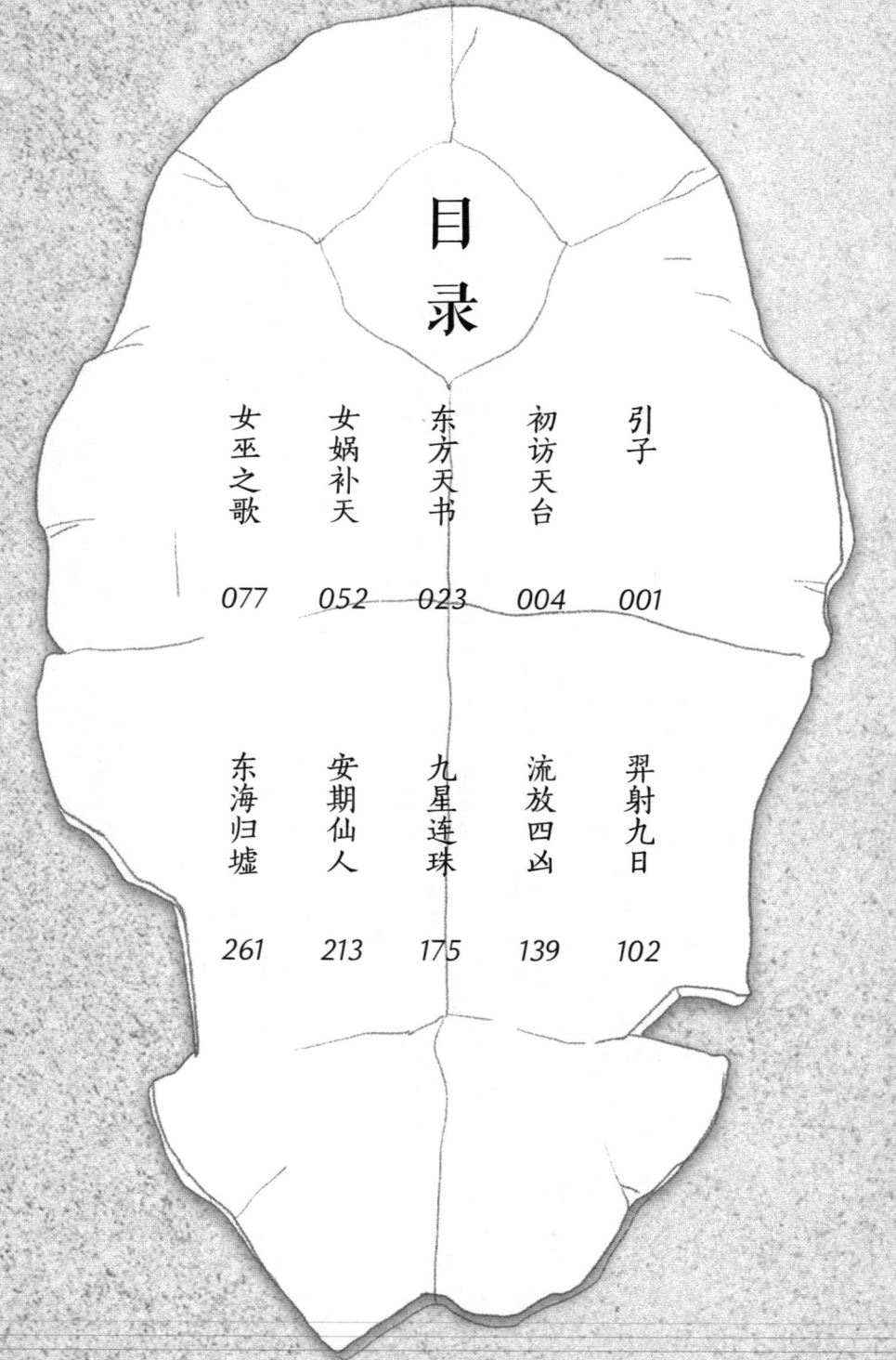

目录

引子	001
初访天台	004
东方天书	023
女娲补天	052
女巫之歌	077
羿射九日	102
流放四凶	139
九星连珠	175
安期仙人	213
东海归墟	261

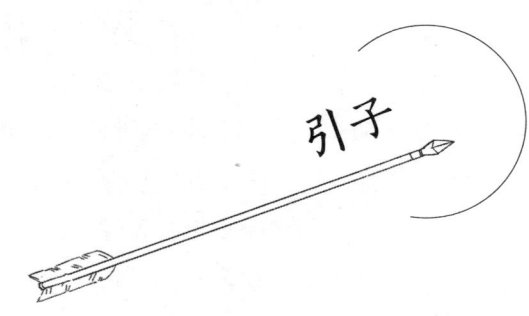

引子

风掠过树梢,带着长长的尾音,声音碰撞在石壁上,相互交叠的回音像怪兽在号叫,尖厉得似乎要穿透人的耳膜。

在向阳的山坡上,有一所不大的木屋,木屋虽然简单,却有一种居高临下的气势。屋子最多能容纳十来个人。屋子里正面的墙壁上挂着许多动物的骨头,有带着羊角的山羊头骨、带着鹿角的鹿骨、野猪的獠牙,也有老虎的腿骨。地板是就地取材,用山上砍伐的木材铺成,靠近后墙的地板上铺着一张兽皮。

一个穿粗布白衣的老者盘腿坐在兽皮上。那老者脸色黑红,皱纹挤在一起,看样子似乎已经很老了。他的身边斜倚着一根乌光油亮的手杖,杖头盘旋扭曲,显然有些年头了。

一个五十几岁的黑衣男人坐在白袍老者下首,虽然脸上沟壑纵横,看身体却矫健有力。这个男人坐在那里一脸严肃,不怒自威,这种气势有别于坐在他下首的另外几个人。四个同样穿黑衣的男人坐在他的周围，众人脸上的表情也是一派凝重。

那白袍老者双手合在身前，双目微闭，口中喃喃地念叨着一些听不懂的词汇。之后他睁开眼睛，仰面向天，双手合掌举过头顶，嘴里深深吐出一口气，用一种深沉浑厚的语调说道："祖先保佑——"而后将双手撒开，几片兽骨散落在众人面前的地板上。众人的目光随着几片兽骨在地板上跳跃。

白袍老者及众人俯身看向地面的兽骨，众人脸上都写满疑惑地看向白袍老者。老者将所有的兽骨都仔仔细细地看过一遍后，面色凝重地摇了摇头。

"长老，这是什么意思？"坐在白袍老者下首的男人问道。

白袍老者长叹一声："雄鹰不管飞得多高多远，最终，它还是要回到山崖上的家。圣物守护了我们族人几千年，它们也分开了几千年。圣物终于还是要离开了，去它该去的地方。"

"长老，它是我们族人的守护神，族人不能失去它。我们一定要将它请回来，可是天下这么大，我们又要往何处去寻找呢？"那黑衣男人开始说得斩钉截铁，说到后面声音渐缓，脸上又露出迷茫的神情。

那些黑衣男人随声附和道："族长说得对，我们不能失去部族的守护神，我们一定要将守护神请回来。"他们都是唯族长马首是瞻。

白袍老者沉默了片刻说道："圣物有灵，不管它现在在哪里，最终都会回到它的出生之地，若你们真有诚心，就往那里去找吧。"

族长脸色更加凝重了，过了一会儿，他才在众人的目光中抬起头来："已经过了几千年，我们该往哪里去寻找它的出生之地呢？请您指点迷津。"

白袍长老微微眯起眼睛，语带责备地说道："据老祖宗说，圣物的出生之地就在我们族人生活过的东方。即使你们已经忘了祖先的功勋，难道连我们族人的出生之地也忘记了吗？"

族长听得一脸愧色。他深知自己虽是族长，但白袍长老却是族人心中的精神领袖，何况这质问让他无言以对，族长脸上一阵阵地发烫："都是子孙不肖，让祖先蒙羞。我必当亲率族人迎还圣物，请祖先保佑——"说到最后，语调铿锵有力，眼神中满是坚毅。那些男人也纷纷表示愿追随族长，迎回部族守护神。

白袍长老微微颔首，闭目仰头，将双臂交叉叠于胸前："请祖先保佑你的子孙们——"

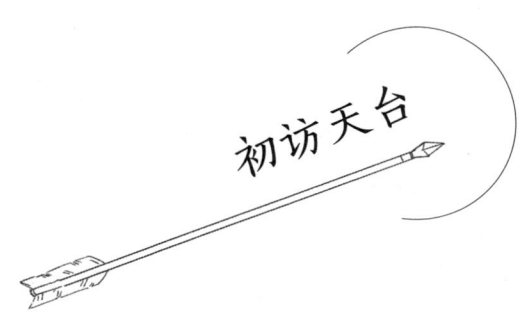

初访天台

东海外有山曰天台,有登天之梯,有登仙之台,羽人所居。天台者,神鳌背负之山也,浮游海内,不纪经年。惟女娲斩鳌足而立四极,见仙山无着,乃移于琅琊之滨。

——《竹书纪年》

1

当于守志带领法医、痕检等刑警队人员赶到案发地点时,辖区派出所已封锁了现场，案发地点在莒城市北伏龙岭脚下的一座老式水泵房内。

这种水泵房是 20 世纪建造的，就山取石，以山石建房，内置水泵电机，农田灌溉时，将水送到需要浇灌的田地中。平时，则将电机水泵锁于水泵房内。

后来随着农田灌溉技术的发展，建成了农田一体化灌溉系统，这样的水泵房也就废弃不用了。因水泵房是用山石所建，房子坚固耐久，空置下来的房子就成了一些流浪汉的临时居所。

走近水泵房，一股血腥味混杂着腐臭味冲鼻而来，苍蝇蚊虫如雨点一样胡乱地打在脸上、身上。水泵房内，一具男尸直立地靠在墙边，血顺着他的后背流到了地上。因为时间长了，墙上、地上的血液已经氧化。

死者头发乱蓬蓬的，好久没有梳洗了，身上套着一件略厚的男装，与现在的季节并不相称。现在天气炎热，尸体开始膨胀腐烂，已分辨不出死者本来的面貌。他就那么被钉在墙上，显得诡异而恐怖。

水泵房地面上干草和树枝被扔得到处都是，干草下有几个便当盒，里面有吃剩的食物残渣，几个塑料瓶中装着喝了大半的水。除了这些，屋子里没有其他物品。

痕检人员清理了屋里的干草，地面显现出一些凌乱的脚印。从足迹的大小和花纹分析，除了死者之外，至少有三个人进过这间屋子。而这些足迹有的覆盖了死者的脚印，显然是在死者死亡时或死亡后留在屋子里的。

法医把尸体放了下来，尸体靠立的墙上有一根突出墙面约六七厘米生锈的铁条，距地面大约 150 厘米。这根铁条深深地刺入了死者的颈后，这也是造成死者像是被钉在墙上的原因。铁条周围的血迹有大片喷溅状血点，周围的地面上亦有滴落状血迹。

"这个男人是因外力作用，后颈撞在了墙上突出的铁条上。铁条刺破颈动脉，引起快速出血，初步分析这就是他的致命伤。死者体表有青紫色瘀伤，从瘀伤出现的位置和形成时间来看，是在死前很短时间内形成的，结合现场的情况以及死者死亡时的状态来看，排除自杀和意外的可能，初步定性为他杀。就尸体的腐烂程度，结合当地气温，死者的死亡时间应在三天左右。进一步的尸检结果，等回去做了尸检，尽快给你。"法医一边进行初步的尸检一边向于守志说道。

从死者身上的穿着来看，他像是一个流浪汉。这个身份让于守志有点挠头：这样的人身上大多没有可以证明身份的东西，且流浪外地，身边没有亲人，也没有社会关系人，家里也不会报警，无法从失踪人口登记中查找尸源，更难以通过他的社会关系锁定嫌疑人。

屋里的树枝和干草应该是死者睡觉时铺在身下的，现在却满屋子都是，很显然不只是打斗造成的，而是被人翻动过。这样一个衣食无着的流浪汉，身上应该不会有贵重物品，凶手在翻什么呢？痕检组正一枚一枚地固定那些杂乱的脚印，以图为破案提供更多的线索。

伏龙岭离城郊不远。刑警队的人走访了附近的居民。居民说这个男人年纪不大，是一个月前才住到那间废弃的水泵房里的。平时他待在泵房中或是山上的树林里，晚上才到城边找些吃的，渴了就喝水渠里的水。这个男人初来时像是非常害怕，一直躲着人，后来才慢慢到附近找些吃的，感觉像受到了什么刺激躲到这里来的。附近的居民可怜他，有时会拿些吃的给他。虽然他不说话，但会向送食物给他的人点点头表示感谢。没有人听他说过话，不知道他是不是一个哑巴，但可以肯定他的听力和精神应该没有问题。

附近的居民有几天没有看到他了，以为他离开了，没想到却死在了泵房里。村里的人不知道他的身份，更没有发现什么人接近过泵房。

看周围的居民也提供不出更有价值的线索，于守志便期望法医和痕检部门那儿能提供出更多可供使用的。

法医的检验结果很快就出来了：死者男性，身高179厘米，骨龄检测结果是二十岁左右。死者身上有大量的生前抵抗伤和被殴打伤，这些伤痕分布在四肢及躯干上，人体要害部位却不见有这样的伤痕。死者死于颈部大动脉被刺破后的失血性休克。从这些伤痕与他的致命伤分析，伤害他的人并不想要他的命而是试图控制他。而他在反抗的时候撞到了突出墙面的铁条上，刺破颈后的大动脉而大出血。凶手眼看他没救了就匆忙离开了。

在死者的指甲里发现了人类的皮屑和微量血迹，经过检测，凶手是一个男人，血型AB型。

因为尸体已经腐烂，等法医处理过后，才还原了死者的真实面貌。法医在死者左胸口的位置发现一个文身，用技术手段还原了文身的图案，像是一张弓箭的模样。从技术分析，这些文身已经文在死者身上至少十年以上。于是，于守志又让人拿着这个图案到莒城经营十年以上的文身店打听，看有没有人文过这样的图案，结果也是无功而返。

于守志让信息组在户籍系统中查找死者身份。不知地域，仅凭一张头像，想在庞大的户籍数据库内找到匹配的信息，这个任务是相当艰巨的。搜索了很久，找到几个相似度很高的人，最后通过所在地的核实，发现人都好好活着。电脑在高速地运转着，也一直没有找到与死者匹配的身份。

于守志向法医道："死者身上有什么可以追踪身份的职业特征吗？"

法医摇了摇头。于守志又问："他身上有异于常人的特征吗？比如骨骼是否曾经骨折就医？某种长期的饮食习惯造成的身体特征异于常人等。"

法医想了想说道："我想起一件事，我去做了试验再告诉你结果。"

于守志到试验室的时候，法医还在试验室里忙碌着。于守志问道："有结果了吗？"

法医指着一张死者牙齿的照片说道："死者牙齿黑黄且有一道道的横向纹路，区别于一般人的牙齿。死者牙齿的这种异常可能与长期摄入某种矿物质，导致这种矿物质在身体里过量沉积有关。"

法医拿出一份死者牙齿的切片说道："经过检验，死者牙齿这种特殊的现象是'镧'这种元素沉积造成的。死者年纪不大，牙齿能呈现出这样的状态，证明死者曾长期持续地摄入这种元素。人体内的各种元素一般都是通过食物和水摄取，那么，能造成这种结果肯定与死者生活地区的饮用水源有关。城市里的自来水都经过无害化处理，不会对饮用者造成身体上的伤害，那么，能通过饮用水源造成身体特征异常的人必定常年生活在长期饮用地表水或地下水的农村地区。镧是一种稀有元素，多出现在山区或矿区。通常是含有镧元素的矿石长期浸泡在水源中，矿石中的镧元素释放到水中，人们长期饮用这种水，才会在牙齿上形成这样的特征。我正在查镧元素在全国各地的分布，看能不能通过这种方法来确定厂源。"

于守志满意地道:"辛苦了,继续吧,一有结果马上通知我。"

痕检组的勘查结果也支持法医的推断:他们在泵房地面和泵房门口附近发现了几组脚印,排除了报案人的脚印外,至少有三人的足迹,都是穿着皮鞋。从足迹的大小和步态分析,这三人都不高,其中一人有些外八字。

既然不是意外死亡,那么刑警便要将案件侦破,将凶手缉拿归案,还死者以公道。

经过对镧元素的筛查,西南的贵州、广西两省,西北的青海、新疆等省份在大山或矿区的某些矿石含有镧元素。这些地区的地表水和地下水不同程度地含有镧元素,这些地区的居民有与死者相似的牙齿变化。

宋语向这些地方发去了协查函,请求兄弟单位协助查找死者身份。这也是一个不小的工作量,要等兄弟单位反馈消息。如果死者是这些边远省份的人,那么,他应该不会是从居住地一直流浪到莒城的。于守志又借助新闻媒体,希望能有人提供死者在莒城的活动信息。刑警队在等消息的同时,莒城警方不得不把更多的警力用到别的刑事案件上,这个案子就沉寂了下来。

2

天台山位于黄海之滨,在莒城市东南方向,主峰天台峰海拔258米,为群峰之首。天台山风景秀丽,怪石嶙峋,溪流涓涓,松涛阵阵。

天台山的植被分为三层,第一层为黑松、侧柏、刺槐等乔木,树木向阳而生,十分茂盛。

第二层植被是低矮的灌木丛，由月桂、花椒、枳实、荆棵等组成。这些一人多高的灌木相互缠绕地长在一起，结成了一道道植墙，特别是枳实、花椒和满山的野蔷薇，它们满身是刺，不小心就会把人扎出血。好在这几种都是香料型植物，装点天台山景的同时，也为周围的居民提供了果实，虽然不时会刮到人的衣服，山下的人们也只对其进行修剪，并不毁去。

第三层就是贴近地表的野杜鹃、野菊花、胭脂草、萱草，一丛丛点缀在巨大的山石间，为天台山增色不少。

今天的天气并不是太好，云朵遮住了烈日，有些闷热。江言进山已经有大半天了，走得腿脚酸软、汗流浃背。她坐在山石上，从背包里掏出水杯喝了几口。她走了这么远的山路，消耗了大量体力，需要吃点儿东西来补充体能。她边嚼着面包边望向周围苍翠欲滴的群山，眉头皱得更紧了。

稍作休息之后，体力也稍稍恢复，她站起身来，沿着山路向前走去。又在山里转了几十分钟，路边大石上刻着的一个图案引起了她的注意。说那是图案，却只有寥寥几笔；说是一个符号，它又不属于江言所学所识当中的任何一个。她上前仔仔细细地将那个符号看了一遍，用手指跟着刻线的走向画了一遍，虽然她不知道这个符号的意思，但是，以她对中国古文字的了解，这个符号的特征与殷墟中出土的甲骨文相似。这个符号的发现让江言欣喜，她将这个符号拍了下来，然后，沿着小路继续向山里走去。

走了不长时间，她又在路边的山石上发现了两个图案，这两个图案不同于她之前发现的文字，它更接近于图画。中国的文字是从象形文字演化而来的，这种以图表意的方式，流行的时间更早于殷商时期。这两次的发现，让她全身的疲惫一扫而空，随之而来的是满身的力量。

于是,她快步向前走去。走了一会儿,她再也没有看到那样的图案或文字,她不死心,继续沿着山路往前走,眼睛却不放过路旁的石头,生怕错过了什么。又走了约半个小时,江言觉得好像自己在几分钟前刚刚经过过这个路口,于是便停住脚步向周围看去。当她看清周围的情景时,才发现不对劲。

也许是刚才她的注意力都集中在了寻找石刻上,并没有注意自己所走的方向和脚下的路径。这时她已身处一片山谷之中,正站在一个十字路口,脚下的路分别岔向四个方向,而四个方向的路拐向四个不同的地方。拐弯处消失在道路两侧的山石和树木之后,不亲临此处,是看不到接下来的道路走向的。

她向右走了二十几米的样子,山路一拐,在前面二十几米处又有一个十字路口,四条一样的石板小径分别拐向不同的方向。江言感觉有点不对,于是退回了自己刚才所处的十字路口。她从这个十字路口向左拐,走到这条小径的拐弯处,在距拐角二十几米的前方也有一个十字路口分别通往不同的方向。

一样的石板小径、道旁绿植和不辨方向的十字路口,江言知道自己在这个有着蜘蛛网一样小路的山谷中迷路了。只要自己站到旁边山峰的高处,这里的山路便会一目了然,于是她将山头当作了目标,不管遇到怎样的路口,只要目标方向不变,自己总能走出去。

可事情并没有她想象的那么简单,明明是朝一个方向走的,山路三绕两绕又通向了别处;明明想去的地方看起来就在不远处,却怎么也过不去。铺就山路的石板是就地取材,样子基本都差不多,加上路两侧栽种的植物都一样,且浑身长满了尖刺,就算发现路径不对也不能从树木之中穿过去,只能顺着道路前进,三拐两拐就已经背离了自己的目标方向。若不是这青天白日的,还以为是遇到了鬼打墙。

江言不再乱走,她站在一个十字路口向四周望去,自己怎么会迷失在这一片山路当中呢?难道是山路上的岔路口实在太多,自己迷路了?不应该啊,再回头看这些山路,应该是人为修建成这样的,绝不是偶然。

这样的路径没有让她退缩,反而让她更感兴趣了。她停下脚步,闭起眼睛,细想自己走过的每一个岔路口。那片像蛛网一样的山路像是过电影一般在她脑海中闪过,她一边掐着手指计算,一边嘴里默念着,半晌之后,她猛地睁开眼睛,眼神中闪着兴奋的光芒:"原来如此!可这是为什么呢?"

她正要举步再入山路,从山上的方向迎面走来一个五十岁左右的男人,看穿着打扮,像是附近的村民。他看到江言也有些意外,便放慢了脚步,向这边走来。

江言站在原地,那男子上下打量她几眼才问道:"姑娘,你是来这儿旅游的吗?"

江言答道:"是啊,大叔,我是来山里玩的,您是这附近的居民吗?"

那男人答道:"对,我是这片山区的护林员,我家就在这山底下的村子里。姑娘,你怎么走到这里来了?"

江言听他说是护林员,便说道:"我听说这山里的景致很好,就想来看看,谁想走着走着就迷路了,幸好遇到了您,要不然我还真不知道怎么走出去。"

"这还是座没有开发的野山,知道的人不多,来这的人大多是去财神庙烧香还愿的。"

"财神庙？我上山时并没有看到有庙宇。"江言问道。护林员听她这样说，便指着不远处的一片黑松林说道："你早就错过了去财神庙的路，顺着那边的路就可以直接到财神庙了，你在这一片转悠到天黑也过不去。你看，今天天气不好，很可能会下大雨，你还是改天再来吧。"

护林员的话让江言心中一动，她这时站在山谷当中，顺着护林员手指的方向看去，只看到一片黑松林，并不见庙宇庵观。她抬头看看天，云层已经开始变厚，太阳不见了踪影，空气潮湿闷热，果然是一副要下雨的样子。"我都到这了，怎么也得看看，不碍事，我带了雨伞。"

那护林员见她执意上山，便说："你跟我来吧，我带你到大路上去。"

江言看了一眼山路说道："这山路都长得差不多，我又不知道哪里好玩，三绕两绕就把自己绕晕了。大叔，这山路看着有年头了，是村里人修的吗？"

山路比较窄，护林员在前，江言在后，护林员边走边说道："这山路可是有些年头了，究竟是谁修的，我也说不清楚，只是这片山一直是我们村的，可能是以前老祖宗修的吧。我们村好些人家的祖坟还在山上呢。这山高林密的，又有坟地，你一个姑娘家，不害怕吗？"

江言笑道："大叔，这世上还有比活人更可怕的吗？"

护林员听到她这么说，不禁哈哈大笑。江言又说道："大叔，这财神庙里住的是和尚还是道士？"

"住的是道士。庙里供奉的是财神爷和魁星，经常有人来烧香，莒城好多人初一、十五都来烧香。"说起财神庙，大叔的话匣子就打开了。

江言又问道:"大叔,除了财神庙,山上还住着其他人吗?比如说村民?"

护林员摇摇头说道:"山上没有其他人了,山里交通不便,除了清修的出家人,没人愿意住在这里。"护林员指着一条上山的道路说道,"姑娘,你从这条路上山就行了,财神庙在石盆山,如果你想去那里,就顺着这条路下山,走到半山时走向右拐的岔路。"

"好嘞,谢谢大叔!"江言向护林员道了谢,一个人沿着护林员所指的道路,向天台山主峰的方向走去。那护林员还在后面关心地说道:"姑娘,下雨路滑,你自己当心,实在不行,去财神庙避避雨,等天好了再上山。"

江言向他道了谢,还是一个人向山里走去。护林员看她走远了,这才转身下山而去。

山路崎岖,两侧怪石突兀,路边的石头上时不时会冒出一些看不懂意思的石刻符号,这些石刻已被风雨侵蚀得很严重,留着斑驳的岁月痕迹。这些石刻让江言更坚定了一探究竟的决心。

江言等护林员走远了,又想回到那一片迷宫一样的山路上去,但天空的乌云如汹涌的波涛一样,迅速向她头顶上空聚集过来。接着便是一声炸雷,狂风骤起,吹得她睁不开眼睛,紧接着又是一声炸雷,头顶的乌云也越发重了,眼看着大雨就要落下。江言决定先找地方避一避这当头的大雨,毕竟天台山临海,风大雨急,带的雨伞起不到什么作用,雨后山路湿滑,登山也是十分危险的。

江言向来路走了一段,又拐上了往财神庙方向去的路,她想去财神庙看看,顺道可以避避雨。她走出去没多远,一个穿道袍的中年道士从山上快步下来,他灰袍云鞋,荆簪道髻,身上背着一个带盖的水桶,水桶里的水随着他的步伐,与水桶壁发出有节奏的砰砰声。

江言心思一转,迎着那个中年道士走上去,她依着道家的规矩,抱拳向那道士说道:"道长好!"

那道士停下脚步,向江言拱手回礼道:"女士有礼!"

"您是在财神庙修行的道长吧。"

"是,有什么需要我帮忙的吗?"那道长问道。

江言抬头看了看那乌云密布的天:"我是来山里玩的,没看好天气,眼看就要下雨了,不知道能不能到贵处避避雨?游览一下福地洞天。"

"当然可以,请随我来吧。"那道士在前,江言跟在后面,二人向着财神庙的方向走去。

"道长,您这是进山做什么去了?"江言问道。

"我去山上背水。"那道士边走边说道。

"庙里没有自来水吗?"江言好奇地问道。

那道士说道:"庙里不光有自来水,还有口水井,我们一应生活起居都用井水,我背的是山泉水,用来泡茶的。"

这山上还有山泉水,江言不禁兴奋起来。她自己甚是爱茶,爱茶之人必对水感兴趣,江言忙问道:"山上有山泉?在哪?水质怎么样?"

"水质很好,您得闲时可以到山上看看。"说话间,雨点便已落下来了,二人便快步向庙里跑去。

3

财神庙建在石盆山半山腰，坐落在一片黑松林中，红墙青瓦，煞是好看。山门外是一段高高的台阶，二人一路小跑到了山门下，大雨已倾盆而下。

庙门处正有一个青年道士，看到二人跑来，便向那中年道士笑道："师兄，我正想去接你，还好你跑得快，不然就成落汤鸡了。"他又转头看向江言，"这位是？"

江言忙向他说道："道长好！我是来天台山的游客，遇到山雨，想来贵处避避雨，顺便讨杯茶喝。"

那青年道士听她这么说，便递过一把伞给江言，又将中年道士身上的水桶接过背在自己身上，三人这才向庙里走去。

财神庙规模并不是很大，第一进院落的正殿门上悬着黑底描金的匾额，三个篆体的"财神殿"分外醒目。门外两侧的柱子上有两行描金的大字："道乃天地之根需无为人修也，财为济世之宝唯有德者居之。"这财神爷便是财神庙供奉的正神了，左右两侧的配殿中，分别供奉着魁星和北极真人。

从正殿右侧的过道进入第二进院落，跟大多数宫观一样，后面正殿供奉的是三清祖师，而左右两侧是庙里接待香客的客堂。中年道士把江言引到了左侧的客堂里。

客堂里有一个七十岁左右的老道士，那老道士面容清瘦，精神矍铄，一根油亮的乌木簪子别在花白的道髻上，两道寿眉长长垂下，颔下花白的胡须，一副修行之人远离红尘的样子，面容神态颇有些仙风道骨。旁边还坐着两位俗家打扮的人，看样子是香客。

那中年道士向江言介绍道："这位是我师父，是庙里的住持。"

主人介绍完了自己,江言便拱手为礼,自我介绍道:"住持道长好,二位有礼。我姓江,是来天台山游玩的,不想遇到了大雨,暂借贵处躲避山雨,还请道长行个方便。"

住持道人微笑还礼道:"与人方便,自己方便,这是出家人的本分,不必多礼。看你淋了雨,先吃杯热茶驱驱寒气吧。"

小道士奉上茶来,江言道过谢,端起面前的茶杯,里面悬着几片黄绿色的叶子,茶汤清淡,江言将茶放在鼻子下面嗅了嗅,有一丝淡淡的、略带苦味的茶香,这是本地产的绿茶。江言只闻了一下,便将茶碗放在了桌上,并不饮用。

住持道人以为江言的举动是嫌弃茶不好,他面色如常,嘴角却微微抽动了一下。江言自然读懂了他的意思,连忙解释道:"清汤绿叶,形美色香,一看便是本地上好的绿茶。只是绿茶性质寒凉,我素来脾胃虚寒,加上刚淋了雨,不适宜饮绿茶,并非是嫌茶不好,道长莫怪。"

听她这么说,住持道长方微笑点头:"说得是,是小徒考虑不周了。"他转头向小道士说道,"再去泡一壶红茶来。"

这倒让江言有点不好意思了:"道长,实在是叨扰了。"

"不妨事,看女善士年纪虽小,却也十分懂得保养之道。"

"只是素喜品茗,对茶道略知一二。"听江言这么说,住持道人甚是欢喜。小道士重新泡了一杯红茶来,汤色红亮,香味甘郁,江言端起来放在鼻端闻了闻,之后轻轻地啜了一口,茶汤在口腔中稍稍停留才咽下去。她微微皱了皱眉,侧着头想了想,又将茶汤啜了一小口,眯了眯眼睛细细品味,之后面现疑惑之色。

住持道人一直微笑地看着她。江言赞道:"好茶!这是本地产的上好红茶,但是有一点很奇怪,能让我看看茶叶吗?"

住持道人看江言有趣，便将靠墙架子上的一个茶叶罐放在她桌上。那是一个圆肚缩口的陶罐，罐口与罐盖之间密封得很好，有效地隔绝了空气。

打开罐盖后，干茶的香气越加浓郁，江言用茶匙取了一些干茶在掌心，用两根手指捻了捻，把干茶放在鼻端闻了闻，最后含到了嘴里，闭上眼睛后细细咀嚼，片刻后她将茶叶直接咽了下去。但是她的脸上依然有不解之色。住持道人只是看着她，手捻胡须，微笑不语。

江言又思量片刻，似是恍然而悟道："道长，我能看看泡茶的水吗？"

住持道人笑道："当然可以。"墙边木架上放着一个大花麦饭石雕成的石瓮，瓮上有盖子，盖子上放着半个葫芦做成的水瓢。住持道人指着水瓮道："那就是泡茶的水了。"

江言上前揭开水瓮上的盖子，瓮里的水清澈见底，不见一点杂质，她用瓢舀了些水出来，将水瓢中的水倒在一个空杯子里，将水杯送到唇边，轻轻地啜了一口，禁不住赞道："好水！清澈甘洌，水质轻软，正是烹茶的上佳水质。怪不得我刚才喝到的茶味不一般呢！"

住持道长饶有兴味地问道："有什么不一般？愿闻其详。"

江言说道："本地的红茶我都喝过了，就算加工工艺再好，可是口感总是微微发涩。而刚才那杯茶的滋味醇厚，却没有涩感，我以为是茶的问题，但是我刚才看了茶，虽是本地上好的红茶，却与一般的红茶别无二致，就想到可能是水的缘故，加上刚才我与贵处道长在山路上相遇，听他说是去山上取泉水回来泡茶用，所以就想验证一下，果然是这样。道长，这就是山上的泉水吗？"

"是，庙里的弟子每天轮流去山上背泉水回来泡茶。"

"山上竟然有这么好的泉水，哪天得去看看。听道长说庙里有一口水井，井水水质不佳吗？"

住持道："庙里水井的水质也很好，只是死水哪及活水好，泡茶自然是以活水为上品了。"

江言也笑道："道长说的是，水为茶之母，器为茶之父，要三者相得益彰才能将茶的色、香、味发挥到极致。"

住持道人哈哈大笑道："你才多大年纪，就有这样的见识，难得！难得！"

江言谦虚地说道："对于茶道我也是略知皮毛，以一知当十用，在您面前卖弄了。道长，您在这财神庙修行很久了吧？"

"老道士在这天台山修行也有十余年了。"住持道长捋着胡须说道。

江言又问道："道长，天台山的路是谁修的？"

"这山路修了有年头了，也不知道具体是谁修的，可能是山下村民的祖先吧。你怎么会问起这个？"住持奇怪地看着江言。

江言说道："我在山里走错了路，绕到了一处山谷，在那里绕了半天，差点出不来了。"

"哦？"住持饶有些讶异地看着她，"那里挺偏僻的，你怎么会走到那里去了？"

天台山那么大，江言并未说出她具体在什么地方迷了路，住持却似乎知道她说的是哪里一般。"道长，您这么问好像是知道那里的山路有问题，为什么把路修成那样？"江言试探地问道。

住持翻了翻眼皮，他指着外面已经停了的山雨，向江言说道："你看雨停了，天也不早了，如果你再不下山，就赶不上最后一班回城里的车了。"

天色还早，江言的车就停在山下，但江言听得出来，住持的话明里是提醒，暗里是逐客。之前看到道士背山泉水泡茶，住持道人用的茶器也不俗，这才投其所好地与他谈茶，想从他的口中多问出些话来。刚才品茶时，二人还相谈甚欢，可说到山路，住持的脸也如这天台山的天气，说变就变，竟下了逐客令。江言暗暗责怪自己还是年轻沉不住气。不过，住持道人的反应恰恰说明了这天台山一定有着不为人知的秘密，她虽心有不甘，却也不好再问下去，只能起身告辞。

这次天台山之行，路边山石上出现的奇怪文字、设计奇妙的山路、百年道场财神庙和这个说翻脸就翻脸的住持道长，都让江言觉得自己找对了地方。她站在车前，回头望着被笼罩在云雾水汽中的天台山，竟有点恋恋不舍，她深吸了一口气，说道："我还会回来的！"

4

有人向于守志提供了一个非常重要的信息，一个跑长途客运的司机称，他在从颍川到莒城的长途车上见过这个被警方征求身份信息的人。

于守志听到这个信息，心中十分高兴，他马上找到了这个司机，详细向他询问这个乘客的信息。

那是案发一个多月前的一天下午，他从颍川长途汽车站出发回莒城。当时车上人不多，加上是下午，他就有点困意，刚出颍川市区不远，从国道旁突然窜出一个男人，幸好他是个经验丰富的老司机，一脚刹车，才没将车前的男人撞飞。他吓出了一身冷汗，那个男人显然也吓坏了，一屁股坐在地上。

刚才车确实没有撞到那个男人，司机醒了醒神，他以为自己遇到碰瓷的，刚要开口骂人，却看到车前地上的男人站起身来，看了看车前挡风玻璃上的牌子，然后绕到车门边拍了拍。在司机满怀疑惑的目光中，他上了车，问多少钱。司机看他不是碰瓷的，态度也就好多了，问他到哪。那个男人一脸的迷茫，司机以为他刚才被吓到了，就又问他到哪下车，那男人却说到哪都行。司机就按到莒城的票价收了车费，还提醒他下回小心点，被车撞到可不是好玩的。

那个司机从莒城刑警的公众号里看到了警方寻求线索的帖子，便打电话来刑警队提供线索。据他当时回忆说，那个男人没带行李，身上穿的衣服质量很差，浑身脏兮兮的，整个人的精神状态也不对劲。开始，司机以为他是差点被车撞到的惊吓所致，但后来他在车上一直精神恍惚，乘车又没有明确的目的地，到莒城汽车站下车后，看他到处观察，像是处在警觉当中。因为他的出现和整个乘车的过程都很怪，所以司机对他特别留意。

在于守志的仔细询问下，司机又回忆起了男人的另一个特征，他说话带着浓重的西北口音，究竟是西北的哪个省份，那就说不上来了。因为他是半路上车，司机并没有要他出示身份证，也就记不得他的姓名。只是长途车上的监控录像只保留一周，已经无法调取到那段录像了。司机辨认了死者身上的衣服，确认了死者身上的衣服正是当时他见到的那个男人的衣服。

从这一情况，于守志推断出了死者的几个信息：第一，死者是西北某个省份的人，来莒城并不是旅游、打工或者找人这么简单，根据司机的描述，他极有可能在躲避什么人，误打误撞遇到发往莒城的长途车，才决定来莒城的；第二，他是从颍川城外的路边上的车，那他可能在颍川短暂停留或长期居住过，那里一定有人见过他，或许还知道他的身份信息；第三，他躲避的人是否就是杀害他的凶手？

于守志想到这里，马上向颍川市警方发出了协查通告，请求当地警方协助确认这名男人的身份。

东方天书

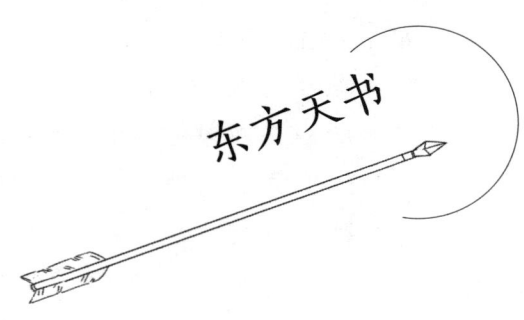

大荒之中,有山名曰天台高山,海水入焉。东南海之外,甘水之间,有羲和之国。有女子名曰羲和,方日浴于甘渊。羲和者,帝俊之妻,生十日。

——《山海经·大荒南经》

1

天台山还未开发,但是,有眼光的村民早已在山脚入口处建起了停车场。场地里停了几辆车,看车牌有本地的,亦有外地的。江言将车停在那里,跟主人讲好了停车的费用,在主人保证了车辆的安全后,她背着背包,沿着山路向财神庙而来。这次,她再上天台山已是轻车熟路。

今天的天气很好,道路两旁花木扶疏,草木幽香乘着清凉的山风扑面而来，令人心旷神怡。

这在外界名声并不响亮的财神庙可谓是香火旺盛，来庙里的香客还真不少。有跪倒在财神爷神像前，祈求财神爷保佑自己财源广进的；有祈求北极真人赐福，保佑父母长寿康健的；也有来天台山、财神庙游玩赏景的；可能是面临学生升学考试的时间，更多的人则虔诚祈求魁星保佑自己的孩子能考进理想的学校。

知客道士将江言引入了上次的客堂，住持王嗣舟已经在那里等她了。江言笑道："道长，我又来叨扰了。"

"能跟江女士再次品茶论道，也是一大快事。"王嗣舟似乎忘记了上次对江言下逐客令的事，脸上笑容可掬地说道，"市旅游局的孙局长已经把你的情况跟我说了，宣传莒城，打造莒城名片，促进莒城旅游事业的发展，是利市利民的好事，财神庙大力支持，江女士可以安心在庙里住下，想住多久都没问题。"

"谢谢道长收留。道长，您在这里住了这么多年，肯定对天台山的历史非常了解，这次我来是想了解一些关于太阳文化的内容，当然，不只是太阳文化，天台山的其他历史我也想知道。"

"这个没问题，老道一定知无不言。你的住处已经安排好了，老道带你前去。"

王嗣舟带着她穿过二进院落正殿右面的过道，进入第三进院落，这些建筑一派古色古香，一看便是有些年头了。院子里有一棵硕大的银杏树，庞大的树冠遮住大半边院子的日光，树下有青石围栏，围栏内有一个架子，架子上有一个手摇的辘轳，地面上还有未完全干去的水渍，看样子是一口水井。山风、树荫、清凉的井水在这样的天气里让人顿觉舒爽。

王嗣舟一边走一边向江言介绍财神庙。院子正面的房舍分为三间，居中一间是王嗣舟日常办公的场所，里面放着桌椅书案，墙边的书架上摆着许多书籍；东侧一间是王嗣舟日常起居休息的寝室；西侧的一间是负责庙里日常事务的总管道士法丛的居所。

第三进院落还有东西两个跨院，西跨院是庙里道士的寮房、厨房及饭堂；东跨院的房舍是放杂物的，还有几间空房子，用来作庙里挂单道士的临时居所。在东跨院的外墙边有一处侧门，据王嗣舟说，山上有一片茶园，是庙里的庙产，而这扇门就是直通茶园，不需要绕行到大门。

江言的房间安排在了东跨院里。房间虽然简朴，倒也干净整洁，一应起居的被褥都是新换的。江言放下背包，从背包里拿出钱包，将一叠钱递给住持王嗣舟："道长，我要在这里住上一段时间，有许多要麻烦庙里各位道长的地方，这是我这段时间的生活费用，哪里不够了我再补。"

王嗣舟忙摆摆手道："不用，不用，孙局长说了，你在庙里的一切费用，旅游局自会承担，不劳挂心。只是，庙里都是修行之人，山居清苦，只怕是委屈了你。"

江言听他这么说也只好把钱收了起来："不委屈，不委屈。能在这里住上一段时间，正好去去我身上的俗气。道长，如果您有时间，就给我讲讲天台山的太阳文化吧。"

"你倒是个急性子！"王嗣舟笑着说道。正好他今天有空，也就答应了江言的要求。"要讲天台山的太阳文化，那我要带你去个地方，能帮你更好地理解太阳文化。"

这正中江言下怀，于是，二人出了财神庙，往山上走去。王嗣舟指着远处的一个山头说道："那就是天台山的主峰，要说太阳文化，就离不开那里的一块石刻，你一定会感兴趣。"二人沿着山路向那个方向走去。

江言边走边问道:"道长,咱们莒城市被称作东方太阳城,天台山与秘鲁的马丘比丘、印度的科纳拉克太阳神庙、埃及的阿布辛贝勒神庙、希腊的德尔菲·阿波罗圣殿并称为世界五大太阳文化发源地。按理说,天台山早就应该声名在外了,可为什么天台山以前寂寂无名,在最近几年才听人说起呢?"

"看样子,你在来之前就做过功课了。"王嗣舟望着群山说道,"你说得不错,莒城市东方太阳城的美称就源于天台山的太阳文化。说起这天台山的名字啊,可就有历史了,它以前不叫天台山,而是叫财山,天台山这个名字也是近些年才改回来的。"

"改回来?这么说这山以前就叫天台山,是后来由于某些缘故才改叫财山的,而后来又因为某些缘故改回来的,对吗?"江言敏锐地捕捉到了他的用词。

"是,这里最初便叫天台山,明朝洪武年间改名叫财山,前些年才又改了回来。"王嗣舟刚说到这里,从山路的另一头走来一个背着画夹的年轻男人,他看到王嗣舟和江言二人,略停了停脚步便径直向这边走来。他走到近前向王嗣舟道:"道长,您这是要去哪?"他嘴里问的是王嗣舟,眼睛却瞟向江言。

王嗣舟道:"我陪这位居士在山上走走。"江言见他这样看着自己,便微笑着向他点了点头,算是跟他打过招呼。王嗣舟看他一直盯着江言,就向他介绍道:"这位是江言女士,来庙里小住的。"

"您好!"背着画夹的青年人微微跟江言点头,礼貌性地问候过之后又问道,"贵姓不知道是哪个字?是美女姜还是水工江?"

江言转了转眼珠答道:"是览椒兰其若兹兮,又况揭车与江离的江。"

那男子愣了一下，似乎一时间没反应过来，接着又问道："江小姐是哪里人？"

这样的追根问底，江言稍稍有点不快，出于礼貌还是说道："我是莒城人。"

那男子听她这么说，便向江言自我介绍道："我叫左英朗，大连人，听很多人说天台山风景秀美，就决定来实地看看，一见就被这里的优美风景迷住了，为了把天台山的美景尽收眼底，就在财神庙住下了，以后还请江小姐多多关照！"说完还微微向江言一躬。他这么彬彬有礼，倒让江言有点不好意思了，但一句"江小姐"又让江言别扭："左先生不必客气。"江言心里有些奇怪，她上下打量了一下面前的这个男人，左英朗有三十岁左右，白色半袖棉质T恤扎在休闲长裤里，脚上一双白色登山鞋。"江小姐也是被这天台山的美景吸引来的吗？"左英朗的话打断了江言的观察。

江言微微一笑，点点头算是给他这个问题的答案了。左英朗将背上的画夹在江言面前打开，"你看，天台山真的很美，像一幅画，也像一首诗。我想天台山的美景有更多人看到，所以我决定开个人画展，所有的画都是天台美景"。

展现在江言眼前的是一幅油画，画的是远处一座山峰，被郁郁葱葱的绿色覆盖着山头，远远看去状若一只报晓的翠羽金鸡。江言没有专门学过画画，但好的画她还是见过的，看着眼前左英朗的画，江言心里暗暗想道："以他的水平，离开个人画展还有好长的一段路要走。不过，要是他自己或他家里很有钱，那就另当别论了。"左英朗看江言没有说话，片刻后他说道："这幅画你喜欢吗？我送给你啊——"

江言这才抬起头："谢谢，君子不夺人所爱，等哪天左先生开画展了，我能去欣赏欣赏就可以了。"左英朗只顾着跟江言说话，似乎是忘记了王嗣舟的存在。江言向左英朗说道："左先生继续创作吧，我和王道长还有事，就先告辞了。"

左英朗忙问道："您二位这是要去哪？"王嗣舟说道："我带江居士在天台山走走。"

"道长，我来天台山这么长时间了，您也没给我当过向导。"左英朗故意显得对王嗣舟不满，眼睛却不时地瞟向江言。王嗣舟哈哈一笑道："左先生说得是，那么，今天我就权充向导，陪二位一游如何？"

"那当然好，就是不知道江小姐介不介意我一路同行？"左英朗看着江言，以退为进地说道。

"左先生要是有兴趣，就跟我们一起吧。"左英朗见她没表示反对，心中甚是高兴。王嗣舟在最前面带路，江言走在中间，左英朗背着画夹走在最后，三人沿着山路向前方走去。

王嗣舟心中暗笑这两个年轻人，他边走边说道："一个画家，一个作家，同样钟情于这天台美景，天台山何其幸哉！"

左英朗向江言问道："江言小姐是作家？"

"算不上什么作家，只是个自由撰稿人。"江言含糊其词地说道。

左英朗道："天台山风景不错，那你这次来天台山是想点写什么？"

"我来这里，正是想向王道长了解天台山的历史，之后才知道要写什么。"

"这个想法不错，天台山景色这么美，我也想了解了解天台山，好让我的画多些历史文化底蕴，以后听故事的时候别忘了叫上我。"左英朗说得兴致勃勃，也不管江言是否愿意。

"道长要是同意，我没意见。"江言向王嗣舟笑道，"刚才这一打岔，我都忘记聊到哪了。对了，刚才您说到天台山的名字有历史，道长，天台山的名字起源于什么时期？"

王嗣舟这才想起前面的话茬："天台山的名字由来已久，最早可以追溯到《山海经》中的记载。"

一听到《山海经》，江言眸子一亮，随即又恢复了那种满脸求知欲的好奇表情。"相传《山海经》成书于大禹时期，是东夷族人伯益根据前人口口相传的故事整理而成，是最早记载山川地理、史前生物以及上古神话的书，这部书包含的信息量之大，内容之广，在中华的历史上实属罕见。"

左英朗是学美术的，他听到《山海经》的名字时反应没有江言那么强烈，但好奇心还是让他竖起了耳朵，仔细倾听王嗣舟接下来的话。王嗣舟说道："这天台山的名字在《山海经·大荒南经》中便有记载：'大荒之中，有山名曰天台高山，海水入焉。东南海之外，甘水之间，有羲和之国。有女子名曰羲和，方日浴于甘渊。羲和者，帝俊之妻，生十日。'说的便是你脚下的这座山。"

江言问道："道长，中国境内名字叫天台山的不止这一处，据我所知，比较有名的有浙江的天台山、四川的天台山、石家庄的天台山，虽然石家庄与四川都在内陆，但是浙江的天台山却临海，为什么能确定咱们莒城的天台山就是《山海经》中记载的天台山呢？"

王嗣舟呵呵一笑说道："问得有道理。关于天台山的记载不仅见于《山海经》，还在古代许多典籍中均有记载。《尚书·尧典》、《尚书·禹贡》、清乾隆年间编写的《四库全书》中《禹贡九州图》也有涉及。你可以去查阅这些史料，看过之后你就会明白《山海经》中的天台山，就是莒城的天台山。从《山海经》中那段对天台山的记载来看，天台山与太阳文化息息相关是确凿无疑的。羲和是传说中帝俊的妻子，太阳的母亲，天台山曾有老母庙，供奉的就是太阳女神羲和老母与女娲娘娘，可惜老母庙在新中国成立前被毁了。"王嗣舟指着山谷中一块被绿色植物包围着的大石遗憾地说道，"那里就是旸谷，你们看到的那块就是老母像，老母庙原来就在那一片。"

"可惜了，多少文明都毁于战火。"江言感叹道。

王嗣舟一口气说了这么多，稍稍歇了口气，他又向江言问道："你知不知道战国时期的史书《竹书纪年》？"江言摇摇头，这本书她听都没听过。

王嗣舟继续说道："《竹书纪年》是春秋时期晋国史官和战国时期魏国史官所作的一部编年体通史，于西晋咸宁五年在魏襄王的墓葬中被发现，成为研究先秦史的重要史料。因为它是刻在竹简上，所以被称作《竹书纪年》。《竹书纪年》上记载：'东海外有山曰天台，有登天之梯，有登仙之台，羽人所居。天台者，神鳌背负之山也，浮游海内，不纪经年。惟女娲斩鳌足而立四极，见仙山无着，乃移于琅琊之滨。'秦朝时设琅琊郡，古琅琊郡就是现在的临沂，而与之不远的青岛尚有琅琊台，秦始皇东巡时，在琅琊台远眺大海。莒城北接青岛、东临大海、西连临沂，南接徐州、连云港，是当时东夷人世代居住的地方，所以《山海经》与《竹书纪年》里记载的天台山，不可能是浙江的天台山，更不可能在四川，只能是莒城的天台山。"

江言惊奇地看着王嗣舟："道长，《竹书纪年》这么冷僻的书您都知道，您以前不会是研究历史的专家吧？"王嗣舟哈哈笑道："专家谈不上，我出家前在S大教历史。"

"怪不得您对天台山的历史了如指掌。我就是S大毕业的,为什么我从来没见过您呢?"江言诧异地问道。

"老道士俗家的名字叫王济舟,出家时从了嗣字辈。看你的年纪也应该毕业没几年,我十几年前就来财神庙出家了,你怎么可能在大学里见过我呢?"真可谓深山之中有高人,没想到眼前这个老道士出家前竟然是大学教授。江言想想也是,不禁为自己在时间上的逻辑混乱好笑起来。"那我也算是您的学生了,应该称您一声老师。"

王嗣舟捋着胡须笑道:"那都是前尘往事了,老师也罢,老道士也罢,对于出家人来说,不过是一个称谓而已。"

江言听他这么说,也就点头称是。"怪不得我在第一次来天台山的时候,就看到路边的石头上有许多石刻,像是图画又像是以前的象形文字,原来天台山有这么久远的历史。"

"没错,这山上有许多远古时期象形文字的石刻。"王嗣舟指着不远处的山峰顶说道,"天台山其实是这几座山的统称,我们现在所在的是石盆山,那是天台山、财山、平顶山、鸡呴呴喽山,天台山是由五座山头组成的群山。刚才,左先生那幅画上画的就是鸡呴呴喽山,而在天台峰就有一块时间最久远的石刻,可以追溯到有历史记载以前。"

江言的心被这些不知深意的石刻牢牢地抓住了。

2

三人边走边说,不知不觉间已到了天台峰下,脚下的石板小径蜿蜒曲折，一路向前。别看王嗣舟已年近七十，却脚步轻快，一点也不落后于年轻人。江言正要详问天台山为什么改名的事情，却不想已来到天台山主峰。对着面前堆起似高台一样的山顶，王嗣舟说道："关于太阳文化的那块石刻就在这里了，外人送了它一个名字，叫东方天书。"

听他这么说，江言对天台山改名的好奇马上又被那块神秘的东方天书所取代。三人加快脚步，从石板砌成的小径登上峰顶。

那峰顶是用硬土夯实而成，正对着小径的大石上，一幅图画映入了三人的眼帘。那是一组由图画与一串符号组成的石刻，图画的上部是刚刚升起的半个太阳，太阳的下部是两条波浪线，在与太阳平行的位置刻着一弯月亮，在图画的底部，刻有一个人形的图案，在这个人形图案的下方刻有许多线条更加简单的人形，这些人形都高举右臂做欢呼状。意思便是太阳出来，带给人们光明和温暖，人们欢呼雀跃，载歌载舞，以示庆祝了。在图画的左侧刻着一行符号，江言看到这幅岩画，果然有太阳的图案，与王嗣舟说的一样。

"这就是东方天书？"左英朗看着那石刻向王嗣舟问道。

江言摇摇头道："刚才道长说了，东方天书石刻出现于有史料记载以前，那么，雕刻的符号应该只是象形文字的雏形，或更接近于图案，而这几个文字具有钟鼎文的特征，应该不是那块东方天书。"

王嗣舟诧异，他没想到面前这个年轻的姑娘对古文字竟然知道的这么多，他并没有开口询问，只是说道："江居士说得对，这不是那块传说中的东方天书。"

江言正沉浸在那几个文字当中，并没有发觉王嗣舟神态上的变化。她仔仔细细地把石刻看了一遍，用手指轻轻地顺着石刻的线条轻轻地描画了一遍，她回过头来向王嗣舟说道："道长，这幅图似乎刻的是太阳从海平面升起的时候，人们在欢呼跳跃，这旁边的几个符号有甲骨文的特征，但不知道是什么意思。"

"江居士竟然看得出是甲骨文，真是让老道士刮目相看。"王嗣舟看她的目光中有了探询的意味，"不知道你是家学渊源还是多有研究？"

"我不仅知道象形文、甲骨文，我还知道钟鼎文、大篆、小篆。"江言呵呵笑道，"我哪里懂了，就是瞎猜的，道长还当真了。道长，这几个字是什么意思？"

"王、其、焚、吉。"从王嗣舟嘴里清晰地吐出这四个字，"这四个甲骨文是记录商代的一个大王，到天台山祭祀太阳神时的情景，意思是说，大王来到这里，亲手点燃供奉的祭品来祭祀太阳神，大吉。"

从那一串符号仔细来看，确实有甲骨文的特征，与在殷墟出土的雕刻于甲骨上的文字特征非常相似。江言一脸崇拜地说道："道长，您真是学识渊博，连甲骨文都懂，还能准确地翻译出这些文字的意思。"

王嗣舟笑道："这些文字可不是我破译出来的，我还没那个本事。"

江言紧接着问道："那是谁破译的？什么时候翻译出来的？"

王嗣舟看着她不答反问道："江居士好像对这个人很感兴趣。"

江言耸耸肩膀笑道："当然，王道长您在我的眼中已经是学识渊博，能将您都看不懂的文字破译出来，我自然是非常好奇了。"

"这就说来话长了。"王嗣舟似乎是在想从哪说起，江言没打扰他，只是静静地看着他。"咱们看完那块东方天书，再从头说起吧。"王嗣舟指着不远处的一块大石说道，说完带头向前走去。

三人来到那块大石前，那块大石的形状像泰山上的探海石，向着东面大海的方向伸出，在大石上刻着许多象形符号，这些符号与刚才看到的甲骨文有所不同，看特征应该早于甲骨文，倒与江言第一次上山时，在路面看到的零星文字符号特征相似。这块大石上的文字分为四排，大约是四十二个符号，虽然因为年代久远，又地处沿海，被风化得很严重，却还是一笔一画，非常清晰。

江言俯下身去，手指沿着那些远古文字的线条仔细地描绘着，她那么专注，像是轻抚着情人的肌肤一样温柔。"道长，这些文字是什么意思？"

王嗣舟笑着说道："既然叫天书，那么，这上面的文字自然是没人看得懂。"

"既然那边石刻上的文字有人能看懂，那么，为什么不让他翻译一下这边石刻的文字呢？"江言锲而不舍地问道。

"那个人也看过，自然是也看不懂，东方天书的名字也是从那个时候传出来的。"

看来王嗣舟真的不知道这些文字的意思，江言只得放过这个无解的问题，转而问道："道长，既然没人看得懂，那您怎么说它与太阳文化有关的呢？"

王嗣舟捋着颌下的胡须，远眺群山，答非所问地反问江言："你知道离这不远的尧王城遗址吗？"

"知道，那里是龙山古国的都城，是龙山文化时期亚洲最大的城市。"江言不知道他这么问是什么意思，便直言答道。

"你说得没错。咱们汉人历来都有自己的丧葬习俗，人在去世后，下葬时都是头北脚南，而在发掘尧王城遗址时，其中的墓葬形式却都是头部朝向东南,这个特殊的现象引起了考古专家的兴趣。为什么会有这种现象呢?当时专家分析,这种异常的墓葬形式可能与龙山古国人的自然崇拜有关。"说到这里王嗣舟顿了顿,眼睛看向那块石刻继续说道,"这一片在龙山文化时期是东夷人的领地,而东夷人最重要的自然就是太阳崇拜,发现尧王城遗址墓葬的朝向,可能与东夷人的太阳崇拜有关。发掘墓葬的专家通过这种特殊的现象和一些文献中的记载,找到了当时还叫财山的天台山,发现了这些远古时期的石刻,并破译了之前的文字。在这祭祀太阳的祭坛,自然刻的就是祭祀太阳神的祀文了。通过对财山历史的追溯,天台山的名字又根据古籍中的记载改了回来。就这样,天台山和东方天书的名字才传到了外面,而东方太阳城也就成了莒城市对外的城市名片了。"

"原来如此!"江言感叹道,"太阳从东方升起,第一缕阳光照耀到的地方就是莒城,我一直以为东方太阳城的名字是因为莒城市的地理位置而得来,却不想是与远古先民的太阳崇拜有关。破译文字的那个专家是谁啊?"

"破译那些文字的正是当时考古队请来的文字专家,至于叫什么名字,我不知道,因为当时我还在大学教书。"

原来如此,江言又问道:"那以后,您没再找人来破译这些文字符号吗?"

王嗣舟笑着摇了摇头,江言稍稍有些失望。全程,左英朗都静静地倾听,并不随意打断二人的对话。

看到江言有些失望,王嗣舟安慰她道:"当前的天台山,虽然以这块石刻最为出名,但是,关于天台山的历史遗迹不止这一处。"

他这句话勾起了江言的兴致:"既然天台山有着如此悠久的历

史和文化底蕴,关于它的故事一定不少,我正想听您讲讲这天台山呢。"

王嗣舟心说,真是个小女孩,好奇心这么重,一句话就成功地转移了她的注意力。于是他说道:"走吧!带你去看看别的地方。"

3

三人起身往回走,刚走下天台峰顶不远处,江言看到路边一堆杂乱的大石,地面上散落着一些砖瓦的残片,她蹲下身,将一块残片拿在手里反复观看。左英朗不解地看着她,而王嗣舟则看着她微笑不语。半晌王嗣舟问道:"你知道你手里拿的是什么吗?"

江言仔细看了看,石上既无图画也无文字,她又在乱石堆中仔细地寻找了半天,这才在乱石之中发现了一些青灰色的块状物,因为这些块状物很小,看不出它原来的形状,她便拿起来在石块上敲了敲,质地非常坚硬,敲之有金石之声。江言眉头微皱,疑惑地问道:"看这质地和形状,像是砖石,这难道是秦砖?"

王嗣舟向她竖起了大拇指:"你说对了,这就是秦砖。"江言脸上露出不可思议的神情,"我这乱猜的水平也太高了吧,这里是——?"江言手里托着那块小小的秦砖碎片,指着那堆乱石问道。

"这里是安期祠旧址,是秦始皇为安期仙人所建。"王嗣舟说到这里,江言马上问道:"道长,安期仙人就是庙里供奉的北极真人吗?"

"是,安期仙人就是庙里供奉的北极真人。"王嗣舟便讲起了安期仙人的故事。

安期仙人叫安期生，是战国末年、秦朝初年间人，祖籍在潍坊安丘，拜在天台山修行的河上公门下，采药炼丹，修习黄老之术，终有所成。传说他从战国末年一直活到了汉代，活了上千岁，人称千岁翁，最后羽化成仙，飞升后在陶弘景的《神仙位业图》中被尊为北极真人。

据说秦始皇三次东巡琅琊，听说了安期生的千岁翁之名，于是三次到天台山寻访安期生，第一次与安期生长谈三昼夜，向安期生求教长生不老之方，并赐给安期生很多黄金玉器。安期生都拒绝了，只留下一句"数年后求我于蓬莱山"，便飘然而去，不知所终。

其实世上哪有长生不老的仙方神药，不过是安期生懂得修炼养生之方罢了。安期生知秦始皇不信，为了自己的平安，他只能留书出走。

秦始皇第二次到访时已经见不到安期生，于是天天远眺东海，并派徐福出海寻找，可谓是望眼欲穿。

徐福几次出海都以失败告终，徐福最后一次率三千童男童女及工匠，造大船出海，仍然没有找到安期生所说的蓬莱仙山及长生药，他怕秦始皇怪罪，不敢再回去见秦始皇，于是继续东渡，来到了日本，在那里居住了下来。

几年后，秦始皇第三次东巡，不光没有见到安期生，连徐福也一去不回，于是，又派方士燕人卢生出海寻找徐福以及蓬莱岛的安期仙人。谁承想，卢生带的人也如泥牛入海，一去不返。

最终，秦始皇也没能等到安期仙人的长生药，在第三次东巡回程的路上病死了。他命人在天台山修建的安期祠经不住岁月的侵蚀，逐渐破败，最终剩下了一堆乱石。

虽然安期仙人离开了天台山，但是，天台山的方仙文化却没有因为安期生的离开而败落,历史上到天台山访仙求道的人不计其数,三国时期道教仙师葛玄、被孙策杀死的老神仙于吉都是天台山方仙文化的代表人物。

江言听得认真,左英朗亦听得全神贯注,他时而倾听,时而沉思,脸上的表情变幻不定。

秦始皇三次东巡的事见于历史记载,江言也读过这段历史,却不知这三次东巡与天台山有着这么紧密的联系。她不禁兴味更浓:"天台山简直就是一座宝库,您就掌握着打开这座宝库的钥匙,我一定要深挖下去,直到找到埋藏在这里的所有宝藏。"

江言一时得到这么多信息,心中兴奋,这些话几乎是脱口而出。王嗣舟、左英朗二人都用异样的目光看向她,江言察觉到了:"你们为什么这么看着我?我说错什么了吗?"

王嗣舟呵呵一笑道:"比喻得好,只是天台山的'宝藏'太多,不是一天两天就能挖完的。你看日已西斜,老道士这肚子也饿了,咱们还是回去用饭吧,吃饱了才有力气发掘宝藏。"他的话中加重了"宝藏"二字的语气,带着戏谑的成分,而左英朗则把目光移到了王嗣舟身上。

一高兴起来,连到了吃饭时间都没发觉,经王嗣舟这么一说,江言的肚子立时咕咕叫了几声,以响应王嗣舟的意见。这样失礼的举动让江言立时红了脸:"抱歉,抱歉,我光顾着玩了,却不记得已到了用午饭的时间,那咱们就回去吧。"

4

颖川市警方做事也算给力,他们查到确实有一个跟照片上非常相似的人在颖川出现过。有一户人家装修房子的时候,其中一个装修工人跟警方要找的这个人非常相像。于守志听到这个消息,他带着李杨来到颖川市,找到了那家户主。

户主告诉于守志,他家的房子是承包给一家叫爱巢的装饰公司进行装修,给他家铺地板刷墙的有几个工人,其中一个就是于守志要找的那个男人。

他并不知道这个男人的名字,只是记得他说话有一口浓重的西北口音,那个带班的工头姓云,他称呼他云师傅。姓云的工头平时讲普通话,而跟那个男人讲话时,也用西北方言,二人的话非常相近,可能老家来自同一个地区。

于守志又找到了颖川市爱巢装饰有限公司,负责人说他们公司确实接过这家住户的房屋装修工程,铺地砖、墙面和吊顶的工作承包给了一个叫妘泯的工头,这个人手下有几个干装修的工人,做的活还不错,跟他们公司合作有几年了,至于他手下这些人的情况,公司并不知道。而这个妘泯已经离开公司快两个月了,公司也联系不上他。

爱巢装饰公司提供了妘泯的身份证复印件、银行卡复印件以及手机号码。他们之间也仅仅是业务合作关系,对这个妘泯所知有限,提供不出更多有价值的线索。

提供情况的那家户主所说的云姓工头,看来就是这个妘泯了。户主以为他的姓是白云的云,却不知道是这个很少见的妘姓。

既然这个男人在他手下打过工,两人又有着同样的口音,想必

039

妘泯对这个人有所了解，至少知道他的姓名和籍贯。被害男子到莒城的时间有一个多月，而妘泯离开爱巢装饰公司有两个月左右，在时间上，妘泯离开公司在先，男子失魂落魄地去莒城在后，那么，这二者之间是否有联系呢？

带着这些疑问，于守志把妘泯的身份信息发给了宋语，要他查找这个人的所有信息，希望从这个妘泯身上查到死者的信息。

宋语掌握着庞大的数据信息和查询权限，他很快查证了妘泯身份证信息，这张身份证上的信息是真的。妘泯，四十三岁，身份证上登记的户籍信息是青海省格尔木市齐林郭勒县摩崖村，妘泯老家所在的位置非常偏远，在地图上找不到详细的坐标。

妘泯没有合法配偶以及子女的记录。在他的名下，没有房产、车辆、租房以及暂住登记等信息，登记在他名下的只有一个手机号码、一张建设银行的储蓄卡和一张信用卡。电话号码已处于停机状态；信用卡透支两万多元，已经逾期三十八天。储蓄卡里只有四十几块的余额，他最后一次取款是在一个月前，地点是在莒城市南城区岚丰路的一台 ATM 自动取款机上，他取走了卡里仅有的四百元，因为卡里余额的零钱不足最低取款限制，ATM 自动取款机上无法支取，所以剩在了卡里。

从妘泯登记的身份信息和死在泵房里的男人有着相同的西北口音来看，二人的老家应该是在同一地区或比邻而居，那么二者很有可能就不仅仅是雇佣与被雇佣的关系，至少是老乡或熟识。为什么他的电话停止使用后不久，跟他一起干活的男人就神态慌张地去了莒城，一个多月后又死于莒城呢？这二者之间有什么内在的联系吗？他的电话停止使用这种行为，是他主动进行的，还是他出了意外而被动出现的呢？

于守志调看了银行 ATM 机的监控录像，截取了取款人的头像，在与户籍登记信息的照片作过比对后，证明是妘泯本人。这时候，他的人身自由并未受到限制，他的手机号码停止使用便是他的主动行为，那么，这是否与莒城的死者有关呢？

从妘泯的银行流水来看，现在的他，身上应该没有多少钱，若要居住，他不会选择大酒店等消费颇高的地方，租房居住的可能性比较大，于是，于守志又令人在那些租金低廉的城乡接合部展开排查，结果无功而返。

限于经济承受力，妘泯若出行，应该会选择火车或汽车作为交通工具，而不会选择飞机、高铁或租车等高消费的工具，于守志又查了火车站及汽车站的购票记录，依然没有查到妘泯离开的记录。

如果妘泯要离开莒城，除非他用假身份信息或者是像泵房案的死者一样半路上车，不然一定会留下蛛丝马迹。于守志从他的经济状态来分析，他离开莒城的可能性不大。

一时间，这个妘泯虽然在于守志的眼皮子底下，却也无法锁定他的踪迹，就银行卡里那四十几块的余额，想要取出来只能到柜台，看他这鬼鬼祟祟的样子，想来他也不会再取了。

调查进行到这里的时候，青海省同行传来信息，莒城的死者与户籍登记里一个叫妘丁的年轻人的头像相似度达到了 89%，年纪、身高等特征也基本相符。

要确定死者是不是这个妘丁，下一步要做的便是确定妘丁是不是还在世，现居何地。

青海省在中国的西北，而莒城在中国的最东边，相距几千公里，要去那里调查费时费力，而最大的嫌疑人妘泯也身在莒城，于守志联系了青海市格尔木市的警方，请兄弟单位帮忙调查妘丁和妘泯的情况，格尔木市的警方答应了。

可摩崖村地处昆仑山腹地，距离市区有很远，交通不发达，就算当地警方肯帮忙，一时半会也不会有消息传来。

5

王嗣舟毕竟是上了年纪的人，下午就面有疲倦之色，江言也就识相地不再提同游天台山的事。左英朗本想约她一起出游的，见她也懒懒的，也只好作罢。他一个人背上画夹，消失在天台山秀丽的景色之中。

对财神庙这样的古建筑，江言似乎也很感兴趣，她跟王嗣舟说过后，便在财神庙前前后后地游览了一番。她先是在前面大殿中恭敬地上香叩首，在功德箱内投入了自己的供奉，对这所历史悠久、规模不大的古建筑啧啧称赞。不管她走到哪里，庙监法丛总是出现在离她不远的地方，黑着脸一声不响，很明显是在监视她的一举一动。

就算是财神庙有值钱的宝贝，也不至于这样明目张胆地监视自己。财神庙除了第三进院落外，其他地方都是对外开放的，何况她的参观是征得了住持同意的，法丛的行为让江言更加好奇起来，这财神庙究竟有什么秘密值得法丛这样明目张胆地监视？

江言就当看不到法丛一般，在庙里前后左右地逛了一遍。当她要进入第三进院落的西跨院时，法丛伸手拦住了她："这里面是出家人的寮房，你一个姑娘不方便进去。"

江言虽不满他的行为，但听他这么说也不便闯进去了。她看了一眼法丛，转身回了自己的房间。

江言凭着记忆将财神庙的平面图画了出来,她虽然不是专业绘图的,但记忆很好,很多细节都仔仔细细地画了出来,特别是下午仔细观察过的监控头的位置。

莒城市在几年前便规定,在公共场所要安装监控设备。财神庙是合法的宗教场所,加之也是古建筑群,里面亦有些有历史的道家法器经典,所以在庙门、大殿等处也安装了监控设备。第三进院落是庙里道士的居所,并不对外开放,所以也就没有了这些东西。

时间过得很快,一抬头,红日已隐于西山。江言活动了一下酸痛的肩膀,走出房间。山里清幽,爽风习习,她深深地吸一口带着草木芬芳的空气,通身舒泰,相比较那钢筋水泥混凝土的都市,这里不知要惬意多少倍。怨不得修行之人多寻一些深山,远离红尘的喧嚣,不仅能静心,还能延年益寿。

庙里的道士晚课已毕,厨工也将晚饭做好了。道士们在饭堂用餐,而江言与左英朗,则与住持王嗣舟、庙务总管法丛在偏厅中用餐。

偏厅外面传来一深一浅的脚步声,一个男人托着几盘素菜和米饭进来。那男人五十多岁的样子,身上系着围裙,走路时一跛一跛的,显然是腿上有残疾。脸上的胡子像是很长时间没有剃过,混在蓄须留发的道士中并不显眼,看他的打扮却并非是出家人,想来是庙里的厨工了。那男人也不说话,将饭食放到桌上后便离开了。

修行之人大多食素,小菜是庙里道士在山上自己种植的,现摘现炒,很是新鲜,随便烹调也颇为爽口。菠菜粉条、茶香豆腐,另有一份野菌汤。虽是素食,却也鲜香满口,特别是那一份野菌汤,是江言从未尝过的味道。

"道长,这汤是用什么做的?这么鲜,我从来没吃过。"江言用小勺盛了一勺汤,放到嘴里仔细地品着鲜香的味道。

王嗣舟说道:"这是用山里采的野蘑菇炖的汤。每年夏秋季节,下过雨后,山上都会长许多野蘑菇,我们就采回来,晒干后储存,可以吃一年,今年又快到采蘑菇的季节了,只要雨后,庙里的人就会去山里采蘑菇。"

法丛黑着脸不说话,只低头吃饭。对于在都市里长大的江言来说,采野蘑菇这样的事情,她从来没做过,不禁开始祈盼着下雨。

左英朗道:"等下了雨,咱们一起去山上采蘑菇,想来应该很有趣。"

"山中这么幽静,可真比城市里舒服多了。晚上吹吹山风,听听虫鸣,闻闻花香,连空调都省了。"江言不禁感叹道。

王嗣舟咽下最后一粒米,把碗放在桌上。看着两个年轻人兴致勃勃的样子,不禁微笑不语。

听江言这么说,一直黑着脸的法丛头也不抬地说道:"我们庙里都是出家人,你一个姑娘家,在庙里时间长了也不方便,如果没事了还是早点离开。还有,晚上你最好待在自己的房间,不要到外乱跑,别扰了别人清修。"法丛似乎对江言存在很大的敌意,从她初到庙里就很不友好,现在更是毫不留情地越过住持下逐客令,也不管江言脸上是不是挂得住。

尴尬的神情在江言脸上一闪而过,她马上换了一副无所谓的笑容:"只怕要让您失望了,我还要在这里住一段时间,不会很快离开。再说,若真是静心清修,又岂是别人能够轻易扰得了的。"

法丛本以为江言脸上挂不住,明天就会收拾东西离开。谁想江言根本不把他的态度放在心上,对于后面江言近似挑衅的话,法丛无言以对,他的脸更黑了。他站起身来,把住持的碗筷与自己的叠到一起,把江言正欲夹取的那盘菜也收走了。他这样的行为是非常失礼的，让王嗣舟也有点尴尬了。

"法丛，你太没礼貌了！"住持王嗣舟也沉了脸，向法丛说道，"是我答应江女士在庙里小住，快向江女士道歉！"

法丛并不理会住持的话，他把桌上江言和左英朗还未吃完的饭碗也收进了托盘，端着就出去了。左英朗倒是脸上有点挂不住了，尴尬地抿了抿嘴，想说什么却又不知道怎么开口，只好讪讪地看着江言。江言饶有兴趣地看着法丛远去的背影："这位法丛道长似乎不怎么欢迎我。"江言耸耸肩，无奈地说道。

"你不要跟法丛计较，他也是个可怜人。年轻的时候为情所困，一气之下出家，修行了这么多年，依然看不开、放不下，可惜！可怜！可叹！"

"我自然不会跟他计较，我是来采风的，又不是来跟人置气的。只要您住持道长不赶我走，我并不计较别人的态度。"江言心里倒是对这个法丛好奇起来。

"你年纪轻轻便有这样的涵养，好气量，真是难得。"王嗣舟看江言面不改色，反而自嘲几句，不禁赞赏。

这是在山上的第一晚，与灯火通明的都市相比，山上气温凉爽怡人，环境清幽雅静，非常适宜睡眠。山居生活没有都市里的热闹，财神庙都是修行的乾道，晚上有的读经典、有的练功，还有的就是静坐冥想，江言则盘腿坐在床上，闭上眼睛，似乎是在冥想。良久，一滴泪珠从她的眼角轻轻滑落。

月移星沉，夜已过半。外面除了偶尔传来的夜枭叫声，并没有其他声音。江言站起身来，换上一身暗色的运动装，将长长的头发挽进一顶深色的帽子里。白天那种爽朗率真、毫无城府的表情在她脸上看不到了，取而代之的是坚毅和犀利。她从包里拿出一副眼镜戴上,听了听外面没有声响,便轻手轻脚地出了门。

此时正是月初,新月早已西沉,昏暗的夜色在江言的眼中却清晰可辨。她轻轻地出了院子,贴着墙脚来到王嗣舟窗外静听,王嗣舟房里寂静无声,显然人已经睡熟。她又悄悄地来到法丛的窗外,屋里传来有节奏的呼噜声。

江言缓缓站起身来,从窗帘的缝隙向屋内看去,屋内并不黑暗,光亮的源头是一台电脑的显示屏,上面有九宫格的画面,显然是连接外面监控的。江言顺着墙边的网线转到小屋的后面,将一个小小的夹子夹到了网线上,并将一盆大中型植物拉过来挡住人们的视线。片刻后,她悄悄返回了自己的房间。

她取出电脑连线上网,接通了她的朋友徐斌。徐斌按她说的开始操作,十几分钟后就成功地侵入了法丛的电脑。用徐斌的话说:"这防火墙也太菜了,一般的电脑高手都防不了,更别提专业的黑客了。"

"你帮我看看里面的视频有没有我要的内容。"江言打出了这几个字。在徐斌打出了OK后,她合上电脑开始睡觉。

江言刚闭上眼睛没有两分钟,她听到外面传来"吱呦"一声,接着便是缓缓的关门声。江言有点好奇,这都凌晨了,谁还出门去了呢?她立时走到窗边,挑起窗帘的一角,透过玻璃向外看去,朦胧的月光下,她看到一个身着黑衣的身影正从小院的侧门快速地向这边走来。那个黑影最后走进了江言隔壁的房间,随着一声轻微的关门声,外面便沉寂下来。

江言房间的隔壁住着左英朗,那个来天台山画画的大连人。江言暗叫一声不好,她不知道左英朗是什么时候出去的,更不知道自己出去时是否被他看到。还有一个疑问,他偷偷地出去,去了哪里?

去干了什么？

　　江言不由得想起了白天初见左英朗时的情景，他是听很多人都说天台山风景秀丽，这才大老远从大连跑来。自己找到这天台山还是费了不少气力，就连向莒城的本地人打听天台山，好些人都一问摇头三不知。他一个外地人，又是如何听"许多人"都说起天台山美景的呢？难道这天台山在外地比在本地还有名？当时自己听了便有疑惑，现在看到他行踪诡异，难道他来天台山另有所图？想到这些，她对这个左英朗更加留意起来。

6

　　第二天住持就收到邀请，下山访友去了，江言想到了自己第一次来天台山时发现的迷宫一样的山路。于是，在避开了庙里众人和左英朗后，江言出了财神庙，在山里转了一会，又绕到了第一次进天台山时，那片令她迷惑的山路。

　　有了上次的经验，她不再乱走，而是先在心里默念着，掐着手指计算方位和步数，很快，她成功地绕进了这片网状路径的中心。说白了，这山路也没有多么精密高深，它不过是用简单的八卦阵法设计的，不懂的人只会在外围的山路上绕圈子，进不到阵中而已。如果是高深的八卦阵，不懂的人进去，没有人指引，那么将会被困死在里面。

　　好在江言家学渊源，祖父对这些东西颇有研究，那些奇门五行、八卦易数的东西，她从小耳濡目染，虽算不上精通，这么简单的也难不倒她。

这片网状路的中心是一处鼓起的小山包，由乱石、泥土、草丛和黑松组成，令她惊奇的是，在一片黑松掩映之下的石包前，立着两块长条形的石碑，上面有一些被硬物胡乱凿过的痕迹，像是有人刻意凿去了石碑上原有的字迹一般。

　　这两块石碑上的凿痕在风雨的侵袭下变得圆润，显然这些凿痕也有些年头了，并非最近所为。

　　江言站在这片山包往周围看去，发现这里并不显眼，非常低调地隐匿于群山苍翠的植被之中，这两块石碑也掩映在黑松之下，被山上的草丛所覆盖，若不是仔细寻找便很难发现。并且这里跟周围的景色也没有什么明显的区别，寻常人走到这一片，在山路上绕来绕去，总会岔到别的路径上去，断然不会走到这里来，即使误打误撞走到了这里，看不出山路的奇巧设计，更不会把目光聚焦在这一片普通得不能再普通的景致上。

　　而江言不同，她对奇门之术略有涉猎，那片山路的设计她已了然于心，也是这片山路的设计让她对于隐藏在阵眼位置上的石碑更是好奇，按中国人的习俗，这种形制的石碑多用作墓碑，这是什么人的埋骨之地呢？史料上也并无记载有高官巨贾葬在天台山，是什么人葬在这里，以至于让人费心设计这样的山路，以阻止寻常人踏足这片禁区呢？

　　这些问题在江言脑中不停地闪过，她的眼睛盯着那两块石碑，脑海中思绪纷乱，恍惚中，她伸出手，用手指抚摸着石碑上被凿去的字。突然，按在石碑上的左手无名指尖传来微微的刺痛感，她抬起手指看时，指尖似是被什么东西刺破了，一滴殷红的血珠从指尖涌出。这时，她眼前一黑，晕倒在石碑前。

"江小姐！江小姐！"江言听到一个男人的声音在叫她的名字，还有一双手在推自己，她睁开眼睛，面前出现的是左英朗的脸。

她疑惑地四下看了看，自己正坐在山路边的一块石头上，背靠着一棵黑松树。左英朗看她睁开眼睛，这才说道："你怎么坐在路边就睡着了，这么累还出来干什么，就在庙里休息呗！"

江言四下看了看，这是从石盆山通往天台峰的道路，并不是那片奇怪的山谷。自己明明记得去了那处山谷，还晕倒在了石碑前，怎么会在这里醒来了呢？听刚才左英朗的话，并不是他把自己带出来的，这是怎么回事呢？她看了看腕上的手表，时间显示是下午五点十三分。她明明记得自己到达那片山谷时才刚刚四点多一点，她在那片山谷中不过二十几分钟的时间，现在已是五点多了，从她晕过去到在路边被左英朗叫醒，中间有四十几分钟的时间，自己是怎么从山谷中来到路边的呢？看左英朗脸上那好奇的样子又不像是骗自己，那段记忆是真实发生的呢？还是她的梦境呢？

"难道我是想去那片山谷，从财神庙出来，在去的路上睡着了，然后，做了那个奇怪的梦？"江言心中暗暗想道，她抬起左手，无名指尖上细小的伤口告诉她，这一切都不是梦，这到底是怎么回事呢？难道是因为这阵眼中汇集了天地间神秘的力量，而当时自己身处阵眼位置，才发生了不可思议的事情？

江言回过神来，面对左英朗询问的目光，她只好笑着说道："出来走走，没想到一坐下就睡着了，还做了一个奇怪的梦。"

"哦，原来是这样。虽然现在天气热，但山风凉，容易感冒，还是回去吧。"左英朗伸手将江言拉起来，二人一起回了财神庙。

今天发生的诡异事件，让她多了一份恐惧。可她不能退缩，也不想退缩，她必须向前，这是她唯一的线索。

上次江言稍稍一提这片山路，引得王嗣舟立时下了逐客令，可见他是知道这片山路的蹊跷之处，更有可能掌握着隐藏的秘密，他越是讳莫如深，江言的好奇心就越重。只是每个人的心中都有不愿对人言讲的东西，出于礼貌和尊重，她不能再去向王嗣舟询问，只能借助史料对天台山的记载了。搜索了许久，也没有发现有用的信息，她只好把这个疑问放在了心里。

徐斌很快给她递来了消息，法丛的电脑里没有别的东西，只有财神庙的监控视频，这也正是江言需要的。庙里共安装了九个监控头，二十四小时开着，视频存储所占用的空间很大，电脑里设置成了自动覆盖功能，最早的视频是一周前的。

徐斌查看了里面的视频，没有发现江言要找的人。只有七天的内容，也许她所需要的内容已经被后面的视频所覆盖了。

一连两天王嗣舟都有事情，江言有时会与左英朗相约，一起去领略天台美景；有时，左英朗也会把自己的画拿给江言看。左英朗的画没有多少苍松翠柏，他更钟情于那些山林怪石，而且，他的画更注重写实而非布局和角度，整个画面有些杂乱无章的感觉，这让江言觉得这些画有失美感。因为有了左英朗，江言不敢再轻举妄动，但看到左英朗这奇怪的画，更让她深感这天台山和财神庙不简单。她对左英朗的身份以及来天台山的目的就产生了怀疑，于是处处留心，连睡觉时都十分警觉。

这天晚上她出门去卫生间，刚出门便听到左英朗的房间里传来低低的讲话声。她转过头，左英朗房里的灯关着，声音又确实是从他的房间里传出来的。虽然听不清他说的是什么，但可以肯定的是，他语言清晰，决不是梦中呓语。江言好奇地竖起耳朵细听下去，声音稍大，左英朗说了一句日出语。江言在日出国游历过两年，懂得日出语，而左英朗那句话的意思翻译成中文便是："我走遍了整个山，至今无法确定具体位置。"

这个自称大连人的左英朗，操着一口标准的普通话，没有半点东北口音。当时自己以为是他普通话说得好而已，而他现在却讲着一口带日出国流川县口音的日出语，这种略带口音的日出语，绝不是中国人说日出语时能模仿出来的，他必是日出国人无疑了。

与大多数东北人的不羁比起来，左英朗在服饰和举止上更加保守拘谨，当时自己以为这是个人的性格原因。而今天听到他略带流川县口音的日出语，那么，从他的举止和穿戴风格，更符合日出国人的特征。他一个日出国人，到天台山来找什么呢？这让她马上想到了石盆山一带迷宫一样的山路，从那片山路的构造来看，像是为了保护什么而建，难道那一片真的隐藏了什么秘密？联系住持王嗣舟的反应，她不由得好奇心更盛。她把身体贴近左英朗的窗户，想听听他还会说什么。而左英朗却压低了声音，再也听不清了。

江言怕被左英朗发现，便悄悄地回了自己的房间。一个人如果发现自己的秘密可能被他人知晓，能做出什么事来殊难预料，自己还是小心提防为妙。

"我倒要看看这个日出国人，来我们莒城天台山想找什么。"江言心里暗暗地说道。

女娲补天

往古之时四极废，九州裂，天不兼覆，地不周载；火滥焱而不灭，水浩洋而不息；猛兽食颛民，鸷鸟攫老弱。于是女娲炼五色石以补苍天，断鳌足以立四极，杀黑龙以济冀州，积芦灰以止淫水。苍天补，四极正；淫水涸，冀州平；狡虫死，颛民生。

——《淮南子·览冥》

1

这天，住持在庙里休息，用过早餐，住持便坐在后院的银杏树下休憩。后院的那棵银杏树有一个成年人抱不过来的"腰围"，丰满的树冠遮了半个院子，想来得有上百年的树龄了。青翠的树叶令人神清气爽，一眼望去便觉得清凉。

树的旁边有一口水井，井口周围铺着青石，一尺多高的青石井台、地面上还有庙里道士取水后残留的水渍，被太阳折射出耀眼的光。

银杏树下有一石桌，四个石墩，王嗣舟坐在一个石墩上，他面前的桌上放着一个茶盘，茶盘里几个茶杯扣在里面，茶壶放在桌子上。离他不远处，一个白泥茶铫正煨在红泥小炭炉上，炉中的榄核炭初燃，他左手拿着一本书，右手摇着一把蒲扇，正怡然自得地在看书。

江言走了过去，在他的面前坐下。住持王嗣舟抬起头："在庙里还住得惯吗？"

江言笑道："住得惯，这里山明水秀，清雅幽静，正宜修身养性，我在这住一段时间，身上的俗气就成仙气了。"她话说得恰到好处，王嗣舟听了不由得脸上的笑意更浓。

江言看那桌上的茶壶，是一把莒城市特有的黑陶壶，茶杯是普通的瓷器。江言笑道："道长，这是您餐后的第一泡茶呢！"

王嗣舟说道："是啊，这几天忙得都没有好好坐下来喝口茶，今天稍闲，得犒赏一下自己的嘴了。"

左英朗却不请自到，他远远地大声说道："你来找道长喝茶听故事，也不叫上我，不够意思哦！"他走到近前，在另一个石墩上坐下。江言冲他呵呵一笑，算是对他的回复了。

江言这才将自己带来的礼物放到了王嗣舟面前："绿蚁新焙茶，红泥小火炉。早来霞初散，能饮一盏无？"江言吟诵着被她篡改过的小诗，笑吟吟地望着王嗣舟。王嗣舟向她竖起了大拇指："想饮的岂止一盏乎！"

"上次我来庙里避雨，便知道道长是好茶之人，这次我也带了些茶来，请道长品鉴。"她打开一个礼品盒，里面有六只小茶罐，每一只茶罐都用盖子封住了口。

江言从里面拿出一罐放在桌上，王嗣舟拿起茶罐，用力把盖子打开，顿时有淡淡茶香从罐中溢出。他倒了几片茶叶在手中仔细看了看，又把茶叶放在鼻子下嗅了嗅："一芽两叶，茸毛披身，嗅之有清透的瓜类香气，这是白牡丹。"

江言点点头道："没错，这就是白牡丹，我们还没开始喝茶，先用它来校正一下味蕾，这样，再喝别的茶时，才会有渐入佳境的感觉。"她又打开另一个礼品盒，从里面拿出一把茶壶，王嗣舟从她手里接过来放在手中把玩。那壶是把绿泥竹节型紫砂壶，材质细腻油润，已没有新壶的生涩，一看便是用茶养出来的好壶。

王嗣舟拿在手中把玩，有种爱不释手的感觉。"这把壶可入得了道长的法眼？"江言问道。

王嗣舟笑道："这是出自宜兴的紫砂壶，真是不错。"江言又从盒里拿出一只白瓷杯放于桌上。这时小炉上的茶铫发出清脆的哨声，显然是泡茶的水开了。

江言将茶铫取过来，将自己带来的壶和杯一一烫过，然后，将已醒好的白牡丹放进紫砂壶内，把烧好的水冲入壶中。少顷，将茶汤从壶中倒入公道杯内，再分别倒入王嗣舟、左英朗和自己的品茗杯里。

"好茶！"王嗣舟赞道，"用白瓷杯品白牡丹，白瓷映着杏黄色的茶汤，更增加了茶汤的韵味。"

"正是这个道理，所以，我才带了白瓷杯来请您品鉴。"江言回头看着左英朗。左英朗正襟危坐，确实是在小口小口地品着杯中的茶汤。江言又在壶里续了些热水，给住持和左英朗重新添了茶汤，然后问道:"画家,这茶怎么样?"

"不错,不错,究竟哪里不错,我也说不上来,只觉得好喝。"左英朗不懂茶,倒是说句大实话,江言与王嗣舟不由得相视而笑。

三泡过后,江言又取出一个茶罐递给王嗣舟。王嗣舟倒了几片茶叶出来,那茶叶叶色淡绿,顶端的茶芽微黄,与一般茶叶不同,王嗣舟将叶片置于鼻端细闻,他脸上露出惊喜之色道:"这是白鸡冠。"

江言点头道:"是啊,这便是武夷岩茶白鸡冠,也是道家茶,正好奉与道长品鉴。"说话间水已沸腾,江言将壶内的茶叶换成白鸡冠,冲泡之后,将茶汤倒入一个白瓷玉兰杯中奉与王嗣舟,她与左英朗仍然用刚才的杯子。

白瓷玉兰杯里的茶汤橙黄明亮,入口唇齿留香,王嗣舟喝了杯中的茶汤,微闭双目,摇杯闻香,许久之后,王嗣舟才睁开眼睛赞道:"好茶、好器——"说到这里,江言接口道:"还有好水,三者俱备才能相得益彰。"

"看来小江居士深知茶道啊!"王嗣舟赞道。

"不敢在道长面前卖弄,只是,我知道唯有好茶、好水、好器三者皆备才能让茶香发挥到极致,目赏其色,鼻闻其香,舌品其味才能不辜负茶之雅韵。好茶还要水主其香,盏增其色,所以我这里——"她指着盒里的其他茶罐和那个放着壶和茶盅的盒子道,"分别是琉璃盏配西湖龙井、羊脂玉盖碗配蒙顶黄芽、白瓷杯配白牡丹、玉兰杯配白鸡冠、龙泉青瓷配正山小种、建水陶配普洱,道长是懂茶之人,唯有这些东西才配得上道长的仙风道骨,所以,这些都是我带给道长的礼物,还请道长笑纳。"

王嗣舟听得津津有味,当听到这些都要送给自己时,他立马推辞道:"这些礼物太贵重了,得尝滋味已是心满意足,老道士是方外之人,不敢受此厚赠。"

"这些东西不过是满足人的口腹之欲,与道长传授我的知识有云泥之别,您要是不接受,我只能为自己的礼物没有选对而遗憾了。"江言故作沮丧,还深深地叹了口气。

她如此说,倒让王嗣舟不好不受了:"能与小江居士品茶话道实乃人生幸事,居士既如此说,那老道士就却之不恭了。"

"有好茶必得有好水来配,我一直想问道长,这天台山上的山泉在哪里,您能带我去看看吗?"江言绕了这么一大圈,终于说到了主题。

受了这么厚的礼,加上市旅游局的嘱托,王嗣舟不会,也不能拒绝江言这并不为难的请求。"当然可以,现在我们茶也喝了,正好今天泡茶的泉水还未去取,走,咱们一起去吧。"于是王嗣舟拿来了背水的桶,江言想替他背,被他拒绝了。左英朗不懂茶道,一直不曾插言,现在听二人说要去取山泉水,他自是不能落后,于是抢过王嗣舟的水桶背在肩上,跟着二人出了财神庙。

2

三人出了财神庙,往山上走去。江言边走边问道:"道长,那山泉叫什么名字?"

"我们庙里泡茶的泉水来自石盆山的神龙泉,附近也有村民每天都到山上来取水喝,这眼山泉在石盆峰的高处,车开不上来,取水不太方便,知道的人也不多。"王嗣舟介绍道。

"神龙泉?光听名字便能想象这眼山泉肯定来历不凡,道长,您给我讲讲呗。"江言说道。

财神庙本来就在石盆山,离王嗣舟口中的神龙泉并不远,三人边走边说话,王嗣舟带她从石阶路拐上了一条山路,这条山路并不像其他路一样用石板铺成,而是走的人多了被踩成的小路。

"当然有故事。你看前面就是了。"他们在小路上没走多远,拐过一个路口后看到一块大石头,石头上面鼓起大大小小的包。在这块大石头上有两个深深陷下去的坑,一个呈半圆形,里面储了大半坑的水,而另一个坑呈圆形,里面的水似乎比那个坑里的水要满。但是在朝向大石边缘的一侧有一道窄窄的裂缝,里面的水从裂缝里源源不断地流向外面,而圆坑的水面并不下降,可见下面有泉眼,泉水正不断地冒出来,以至于水怎么流都能保持水面的高度而不减少。在那眼流动的泉水旁边放着两个水瓢,水瓢是用葫芦切开后做成的,其中一个大一点的水瓢颜色颇深,显然已用了很久,而另一个小一点的水瓢颜色比较浅,应该是新放在这不久的。

王嗣舟指着那眼圆形的泉水道:"这就是神龙泉了,尝尝水的味道怎么样。"

不用他说,这两眼山泉早就吸引了江言的眼睛,江言俯下身仔细地看这两眼山泉,那眼圆形的流动泉水,水坑并不算大,水质清澈,看不到任何杂质。仔细看,能看到泉坑底下一个小洞正往外涌着水花,靠近山泉便有一股清凉之气,在这热天里让人感觉非常舒服。江言拿起泉边的水瓢,从里面舀了半瓢水,喝了一口,那泉水冰凉清冽,带着一丝丝幽微的甜意,这股凉意直达肺腑,连她身上的汗意也一时全无。她不由得赞道:"水质清澈,入口冷冽,回味微甘,正是泡茶的好水。"

她又拿着水瓢来到与这眼山泉相隔不过两米左右的另一眼半圆山

泉。那眼山泉的泉水却是一汪死水，水质比那边略显浑浊，透过水质能看到石壁上绿色的苔藓，水面似乎比刚才那边的泉水水面略低，水面上还漂浮着几根枯草，水底也看不到向外涌动的水花。

江言转着眼珠想了想，用水瓢将那眼死泉中的泉水一瓢一瓢地舀出来，洒向周围的树木山草，那眼泉水的水面随着她不断地向外舀水而下降，直到泉坑里面的水所剩无几她才停了手。然后便蹲在泉坑边出神，似乎忘记了还有王嗣舟和左英朗的存在一般。

王嗣舟坐在了泉边的石头上，他饶有兴趣地看着江言的一举一动。他以前在S大学教书，而江言亦是S大学毕业的，且二人在品茶方面颇为投缘，王嗣舟潜意识里已把江言当作了自己的学生一样。

江言皱着眉头做思索状，一会便有笑意浮上她的脸颊："我知道了——"江言有些兴奋了，"这两眼山泉是处在同一水层上的两个泉眼。这眼半圆形泉水的水面看起来较旁边的泉眼低些，并且泉坑四周没有出水口，而旁边圆形的泉坑中泉水虽一直不断外流，水面看起来却比这眼山泉水面还高，实际上两眼山泉的水面高度是一样高的，只是两眼山泉旁边的参照物有高低而已，是眼睛欺骗了我们。两眼山泉的泉眼就像是连通器，如果把这眼活泉的出水口堵上，泉周石壁加高，那么用不了多长时间，那眼死泉便会储满了水，直到水从周围溢出来。道长，我说的对吗？"

王嗣舟捋着胡子点着头，似乎对她的解释很感兴趣："不错，你刚才从那眼死泉里往外舀水，不过是想验证这眼死泉里的水是前几日的雨水还是从地下涌出的泉水。当你看到这眼泉水水面慢慢回位后，就在想这是怎么回事。你在试图用科学来解释你所看到不合常理的东西，是不是？"

江言也把他当成了自己的老师，便笑道："都是老师教得好！

我上学的时候,老师就告诉我们,一切神秘的自然现象都可以在科学领域找到合理的解释,如果没有找到,那便是我们的科学还未发展到足够先进。"

"这个老师讲得有道理。"王嗣舟也赞道。

江言这快忙活了半天,又费体力又费脑力,她一屁股坐在石头上:"道长,您还没有给我讲讲这神龙泉的来历呢,正好一边听故事一边歇会儿。"

王嗣舟却在此时卖起了关子:"这神龙泉的来历说来可就话长了,我该从哪里给你讲起呢?"

"那就从头讲起,我有时间听您慢慢讲。"

"那我就给你说说这神龙泉吧,你来看。"王嗣舟站起身来,手指向山坡的方向,江言顺着他指的方向看去,黑松下面是山草,一片条形的山石在草丛里时隐时现,直到完全淹没在草丛中。这些条形的石头块块相连,看石块处连接缝的纹路,像极了一片片鱼鳞,不,是龙鳞覆盖在一条龙的身体上。而这条龙的身体正与他们所在的大石相连,那两眼山泉所在的大石神似龙头的形状,两眼山泉正是两只龙眼的位置所在。半圆形的山泉似是半闭着眼睛,而圆形的山泉则是睁着的眼睛,江言不由得啧啧称奇。

王嗣舟说道:"神龙泉的名字便来自于这条神龙,这条神龙叫东方神龙。这条东方神龙全身长 100 米,龙头大约有 20 米,身体 65 米左右,尾巴 15 米。龙头上的两眼山泉就是两只龙的眼睛,这两眼山泉深不到半米,直径不到 5 尺,但即使大旱之年,这两眼泉水也从来没有干涸过。"王嗣舟看看远方,又回头看看那两眼山泉,复坐到了泉边,用水瓢在泉中舀了半瓢水,咕咚咕咚喝了几口。

而江言则聚精会神地看着他:"那么这个名字是谁起的?附近

的村民吗?"

王嗣舟摇摇头继续讲道:"说到这个名字的来历,那可就早了。当年寿星彭祖游历天台山,在山中口渴,正好看到这两眼山泉,于是喝了这泉水解渴,喝下之后身心大悦,马上就给这两眼山泉赐名:神龙泉。并为神龙泉留下了一副对联。对联是这样写的,'登斯山断七情身已在三界之外,饮此水净六欲心不在五行之中',横批是'再来一瓢'。"

"这对联妙啊!"江言不由得赞道。

"这神龙泉虽然现在寂寂无名,可在很久以前,不知被多少名人雅士赞颂过。"王嗣舟就是在山下的上元村长大,在大学中教的是历史,后来又在这天台山修行十几年,天天饮这神龙泉的水,对这神龙泉的历史自是如数家珍,"这东方神龙头上的两眼山泉形似龙眼,一只圆睁,一只微闭,为神龙泉留下诗文的名人雅士不知道有多少。其中比较有名的是东方文殊和南郭先生,东方文殊为神龙泉写下了'睁一只眼看破红尘乃知烦恼自从心中出四大皆空万事需随缘,闭一只眼参透禅机方能平常之心对世界三省其身六根得清净'的对联。而南郭先生则写的是'睁一只眼看斗转星移绿水青山风花雪月世上无限美好事,闭一只眼听松涛海浪莺歌燕舞男唱女和人间多少天籁'。"

江言对这些文字十分感兴趣,她将这几副对联念了起来,只觉得令人回味不尽。她自己嘀咕了半晌,忽然又抬起头来看着王嗣舟:"您刚才给我讲了一些名人与这神龙泉的故事,但是,这条神龙如此活灵活现,既形似又神似,以我对中国文化的了解,它一定还会有一个传奇的来历,道长,还请赐教!"

王嗣舟站起身来说道:"还真被你说对了,这条神龙有一个十分传奇的来历，这要从一个上古的神话讲起，你跟我来，我从头讲给你听。"

3

于守志接到了格尔木警方传来的消息。

格尔木警方接到莒城警方的协查请求后，便知会齐林郭勒县警方，派人去了摩崖村，调查妘丁及妘泯的情况。

走访的警察开车加徒步，最后来到了摩崖村，了解情况的民警一进村子，便觉得气氛有些不对。

警员并不是第一次进摩崖村。以前，村民对于外来的人都很热情，会主动与他们打招呼，主动邀请他们到自己家里用饭，天晚了，还会留他们在家里过夜，而今天的村里，气氛压抑，每个人的脸上都挂着愁容。

要了解情况，最先选择的便是村里的村长，可当他们找到村长家的时候，村长却不在，他们见到了村长的儿子妘罗，妘罗告诉他们，父亲去邻村亲戚家了。

民警询问了妘泯及妘丁的情况，当妘罗听到二人名字的时候，脸上出现了比较奇怪的表情，是不屑、是厌恶，还有极力压抑着的愤怒。之后，妘罗以一种非常平静的语气告诉民警，妘泯早在十几年前就外出打工去了，已有好长时间没有回过村子了，至于他在外面做了什么，和什么人有过恩怨，一直生活在村子里的他们，对此一无所知。

而妘丁是一个刚满二十岁的年轻人，在外面县城读完高中后就回到了村里，在一年多前就出外打工去了。具体在什么地方，做些什么工作，以及与什么人在一起，他真的不知道。

妘罗说的也是实情，附近的几个村子虽不是与世隔绝，但也离外面的世界很远，村里的人算起来都是沾亲带故的，且这里民风淳朴，得多大的仇恨才能追到东海省去杀他呢？与村里人结怨的可能性比较小，很有可能的是他在外打工期间得罪了什么人吧。

经妘罗辨认过，证明死者就是妘丁。妘罗好奇地问警员，妘丁在什么地方？出了什么事？因为涉及刑事案件，警员不便多说，他又问到妘丁的家人在哪，妘罗便带他去了。

当民警到妘丁家的时候，家里只有妘丁的母亲和妹妹，而妘丁的父亲在两个多月前因病去世了。妘丁家里生活也很窘迫，妘丁母亲说话的时候畏畏缩缩，不时地看向妘罗，似乎是害怕着这个村长的儿子。

民警便让妘罗先回去，他们想跟妘丁的家人谈谈。妘罗深深地看了一眼妘丁的母亲，手里牵着妘家的小女儿离开了。

就算妘罗走了，民警也没有问出太多关于妘丁在外面的情况。摩崖村地处偏远，这里仅仅是通了电，电话线路并未铺设进来，附近也没有铺设信号塔。在这里，民警的手机只能当电子表使用，根本没有信号，外出打工的人只能靠最原始的书信与家里人互通信息，且外出的人很少，也很少写信给家里人。如果有信，邮递员也只每半个月才会进村一次。

当问到妘丁外出有没有同伴同行时，妘丁母亲只是摇头。她一脸惊慌地问民警，她的儿子妘丁到底出了什么事。因为涉及案件，且案件并不在自己治下，民警不便将妘丁已被害的消息告诉他的母亲，只是取了她的 DNA 样本，想用这个方法最终确认死者的身份。

在民警的一再追问下，妘丁的母亲最终说出了一个名字：妘林。说二人是从小一起长大的伙伴，一年前，也是二人一起外出打工的。

就在这时，妘罗又带着妘家小妹妹走进院来，民警看到他，知道接下来什么也问不出了。在这样的村落里，宗族势力根深蒂固，村民并不相信警方。如果族长不发话，他们是什么都问不出来的，民警不得已离开了摩崖村。

县城的公安局，不具备做DNA检测的条件，于是，民警将取到的妘丁母亲的DNA样本送到了格尔木市。市公安局出了DNA图谱，然后把妘丁母亲的DNA图谱传给了莒城市公安局刑警队的法医处，用于死者身份的最后确认。

与之前判断的一样，被害者与传过来的妘丁母亲的DNA比对，证实具有直系血缘关系。被害者最终的身份被确认了，就是妘丁。

4

卢屋同长着一张魅惑的脸，虽然用这个词来形容男人似乎不是褒义，但这丝毫不影响他的颜值得分。此时，他正站在别墅宽大的落地窗前，看着外面的草坪沉思。

骤然响起的电话铃声打断了他的思绪，接听完后，他的眼睛里闪烁着兴奋的光芒。他向一直站在屋里的一个男人说道："带上两个人，咱们去齐州。"

齐州市就在莒城的隔壁，从莒城往西一百一十公里就进入齐州市范围。东海省交通便利，高速公路四通八达，一个小时的车程，卢屋同已经进入了齐州市范围。

他按照收到的地址,进入了齐州市区一处高档私人会所。今天他接到电话,说他要找的人已经找到了。手下人本来想把人带来莒城的,只因莒城最近风声鹤唳,齐州市相对平静一些,所以,卢屋同亲自带人来齐州市。

这是一个专为有钱人服务的私人会所,里面有酒吧、KTV、洗浴桑拿、休闲娱乐一条龙服务,其实,背后也做着其他生意。

有人将卢屋同带入后面的一个包间,成哥已经等在里面了,他向卢屋同说道:"你要的人我已经找到了,带过来你验验货?"

卢屋同点点头,成哥的手下从外面带进来一个双手被反绑的男人,这个男人嘴用毛巾塞着,眼上戴着眼罩。卢屋同上下左右打量了一下,伸手将他的眼罩扯了下来。

长时间处在黑暗之中,眼睛乍一见到亮光,被绑的男人立即闭上了眼睛,稍稍适应了外面的光线后,他才缓缓地睁开了眼睛。他惊恐地看着眼前的这些人,嘴里发出"呜呜"的声音。

卢屋同还是不能确定眼前的人是不是他要找的人,于是又扯掉了男人嘴里塞着的毛巾。男人活动了一下被长时间撑大的嘴巴,颤抖着声音说道:"大哥,你们为什么抓我?我身上没钱,家里也没钱,你们就放了我吧!"

卢屋同看着他问道:"你叫什么名字?是哪里人?"

男人说道:"我叫黄永贵,是从贵州来齐州打工的。求你们放了我吧!我刚来没多长时间,还没赚到钱,你们绑我也拿不到钱。"

卢屋同又仔细地将他看了一遍,伸手扯开了他的上衣,那个男人惊恐地看着卢屋同,不知道他接下来会把自己怎么样。当卢屋同看到男人的胸口时,失望地摇摇头:"错了,不是他。"

成哥似乎不信，他拿着照片与面前的这个男人又仔细地看了一番，二人确实很像，但细看之下还是有差别。他不由得抬起头，向着手下生气地骂道："你们什么眼神，找人都能找错，以后不用跟着我混了。"他手下的弟兄不敢回嘴，只得低了头。"都站着干什么，要把他留在这吃晚饭吗？真是一群废物，养你们有什么用！"

他的手下唯唯诺诺地将人带了下去。成哥向卢屋同道："他们办事不力，让你白跑一趟。"

卢屋同心里也窝火，却不能跟成哥发，只好说道："这个人对我很重要，我不管你用什么方法，只要能尽快带他来见我，辛苦费不是问题。"

成哥听他这么说，脸上露出笑容："只要有钱就好办事，我会调动更多的兄弟去找人，你等我消息吧！"

卢屋同也是无奈，这毕竟不是自己的势力范围，他不得不借助成哥这些人来做事。他虽然看不上这些只想拿钱办事，效率低下的家伙，却又不得不借助他们的力量。"我再重申一遍，我要活的，是活的，死的对我一点用都没有，明白吗？"卢屋同再一次强调道。

成哥"嗯"了一声，算是给了他答复。"如果找到了这个人，请把他随身的行李一件不少地带来交给我。"卢屋同又补充道。

相比莒城，齐州市算是风平浪静，卢屋同决定留在齐州市等消息。

齐州的平静让他暂时处于放松状态，在莒城多日的蜗居，让他有一种想要放飞自我的冲动。他在夜幕下走出了住所，来到附近的一条美食街。这一条街上都是各式各样的小吃，散发着诱人的香味。

他将一串烤虾放进嘴里，虾的鲜香立刻冲击着他的味蕾。他边吃边向前走去，在一个卖炸臭豆腐的摊位前停下，要了一碗炸臭豆腐,他不明白,这种美食为什么闻起来味道怪怪的,吃起来却回味无穷。

正当他大快朵颐的时候,一只手拍在了他的肩膀上,他回过头一看,是一个皮肤粗糙、面色黝黑的中年男人,那男人操着一口浓重的西北口音道:"卢兄弟,真的是你啊!"

卢屋同愣了一下,他马上反应过来:"是你啊,融大叔。如果不是你叫我,我都不敢相信是你,你怎么到这里来了?"

融大叔憨厚地一笑,然后问卢屋同道:"卢兄弟,刚才我还怕认错了你,你的家就在这里吗?"

卢屋同热情说道:"是啊,大叔,你怎么到这里来了?戎叔、晋叔都好吗?还有阿丁和朵儿小妹妹,他们都跟你一起来了吗?"

融大叔脸上现出欲言又止的神情,最后他还是说道:"他们都好,就是阿林和阿丁两个娃子,前段时间,背着家里人偷偷跑出来了,家里人不放心他们,族长带了些人出来找他们,你有没有见着这两个娃?"

卢屋同摇摇头说道:"我没见着他们,嗨!他们又不是小孩子了,出来外面看看也没啥吧,怎么族长还亲自带人出来找他们了呢?"

融大叔似乎有难言之隐:"出来倒也没啥,就是他们走之前没跟大人说,家里大人不放心。"

卢屋同又问道:"从摩崖村到这里这么远,你们怎么知道他俩是来了齐州呢?"

融大叔摇摇头道:"我也不知道,族长说的应该不会错。麻烦你看到他俩时,告诉我一声,好让他的家里人放心。"

"没问题,只是我不知道怎么联系你。"卢屋同问道,"融大叔,你有联系方式吗?"

融大叔从口袋里掏出一部老式手机,将一个电话号码报给卢屋同:"你如果看到这两个孩子,不要告诉他们我们来了,你先告诉我,我们过来带他们回家。"

"好的,好的。"卢屋同一边将号码存入自己的手机电话本,一面满口答应,"我见到他俩一定马上给您消息,阿林兄弟和阿丁兄弟也太不懂事了,就这么背着父母跑出来,不知道他们的家人该怎么担心呢。融大叔,你们来了多少人?住在哪里?用不用我帮你们安排住处?"

融大叔摆摆手说道:"我们来的人不少,就不用麻烦你了,只要你看见他俩马上跟我联系就行,但是千万不要告诉他们,省得他们怕挨骂又跑掉了。"

在卢屋同的满口答应中,融大叔匆忙离去。卢屋同丢下那些美食,悄悄地跟在融大叔的身后,想看看他们到底住在哪里,可是融大叔的脚步实在太快,三转两转便消失在人流当中。

卢屋同再也顾不得美食的诱惑,立即回到了住处。他思虑良久,从手机中调出一张照片,看了片刻,最后他决定立即回莒城。

5

王嗣舟带头向山顶走去,江言欣喜地跟在他身后。三人片刻间便走到了石盆山的山顶处,那里有一堆很大很高的石头,王嗣舟指着那堆石头道:"你知道些石头是干什么的吗?"

江言摇摇头。王嗣舟又问道:"你一定听过女娲补天的故事吧?"江言这次点了点头:"当然听过,这是咱们中华民族代代相传的故事,难道这些石头与女娲补天的神话有关吗?"

王嗣舟道:"这里是女娲补天台,女娲娘娘就是在这里熔炼五彩神石后修补苍天的。"江言听到这里不由得张大了嘴巴,半天后才问道:"难道女娲补天的故事就发生在这天台山?"

王嗣舟说道:"不错,这并不是老道士杜撰的,而是天台山的来历也与女娲补天有关,这在很多古籍上都有记载的。"

女娲补天的故事,每个中国人都是从小听到大的,王嗣舟也不多用累述,只拣要紧的说。

人类的历史是与大自然不断进行抗争、不断征服自然的历史。

女娲娘娘用黄土和泥,以自己的模样创造了人类,并将人类分作男人和女人,让男人和女人以婚姻这种形式来繁衍种族,自此人类快乐地生活在大地上。可是好景不长,有一年,天裂了个大窟窿,太阳爆裂,一块块燃烧着的火球撞向地面,引得地动山摇,地面裂开了大口子。低矮的地方隆起变成了高山,高山下陷为谷底,从大地的裂缝中喷涌出滚烫的岩浆,附近的人类和动植物都瞬间化为一缕青烟,江河湖海里面的水随着大地的变化而开始泛滥,淹没了人们刚刚建起的家园。大地一片汪洋,人类只能爬上高山暂保性命,而有的地方则赤地千里,以至于寸草不生。动物因为水源和食物的匮乏走出山野和丛林,袭击人类以求得生存,在这样恶劣的生存条件下,人类的存活率百不足一。

身为人类母亲的女娲娘娘,不忍心看到自己的孩子们遭受灭顶之灾,她决定想办法来解救自己的孩子。她走遍了四海八荒,收集了三万六千五百零一块五彩神石,想要炼石以补苍天。

五彩神石是集齐了,还需要以五色土和泥为灶,以乌金木为炭,以纯阳神火方可将五彩神石融为一体,来修补苍天裂开的大窟窿。

可是到哪里去找五色土、乌金木呢？

最后，女娲娘娘在东海中的一座仙山上找到了五色土和乌金木，这座仙山名叫天台山。为什么叫天台山呢？原来这座仙山上面住的都是仙人，山上有登仙台，台上有登天的梯子。这座仙山在一只神鳌的背上，这只神鳌时常在东海中遨游，所以，天台山并不固定在一个位置。

女娲娘娘找到了在东海中浮游的天台山，用山上的五色土和泥为灶，以岛上特有的乌金木为炭，找羲和女神借来纯阳神火，经过七七四十九天的熔炼，终于将三万六千五百块五色石炼为一块，踩着天台山登仙台上的登天梯，将天上的那个大窟窿修补好了。

虽然苍天上的窟窿补好了，经过这一番折腾，大地一片狼藉，天和地就都快合到一块去了，于是，女娲娘娘就将那只背负着天台山的神鳌的四条腿斩断，分别放到了大地上东南西北四个方向的尽头，用它当作柱子支撑起快塌下来的苍天。

到了后来，共工氏与颛顼帝大战，失败后怒触不周山，致使天柱折，地维缺，天倾西北、地陷东南。不周山便是当年女娲娘娘用来撑天的一只鳌足。

神鳌被女娲娘娘斩掉四足后，天台山就在东海里漂来漂去，时沉时浮，仙人们终于受不了了，于是纷纷向女娲娘娘求救。女娲娘娘就将天台山移来琅琊之滨，天台山终于安定下来，不用在海上漂荡了。那只被女娲娘娘斩去四足的神鳌化作一只石鳌，永远地留在了天台山上。这就是天台山独占鳌头石的来历，而在石鳌的背面，则有一个近似于钟鼎文的石刻，刻有"魁星阁"三字，这魁星阁也是因石鳌而得名的。

"原来那块独占鳌头石还有这样的来历！"江言不禁叹道。

王嗣舟微笑点头，继续讲述女娲补天的故事。

天的问题是解决了，可大地上的问题仍然存在，于是女娲娘娘将芦灰堆在两岸，将大水引入大河，疏通河道以使河水入海，于是水患的问题解决了。女娲娘娘又杀死了许多凶禽猛兽，最后把为祸一方的黑龙也杀死了，黑龙从天空中掉下来，就落在了天台山的石盆峰上，那条黑龙就是今天的东方神龙。

人类终于可以安心地生活了。人们为了纪念女娲娘娘和羲和女神，在天台山下修建老母庙，世代供奉，以铭记两位女神拯救人类的恩德。

老母庙历经多次修葺，直到解放前还依然香火旺盛。每年的农历六月十九，天台山都会有庙会，人们在老母庙前搭台唱戏，有来老母庙祈求多子多福的；有来摸摸鳌头求魁星庇佑金榜高中的；还有来财神庙以求财源广进的。总之，人络绎不绝。

传言在一次庙会上，戏台上正在唱关云长温酒斩华雄的戏段，却不想关羽一刀下去，竟然真将华雄的头颅斩下，面对那染血的道具木刀和身首异处的戏子，人们一哄而散，自此庙会日趋冷清。

解放后，天台山上的老母庙和财神庙被毁于一旦。后来财神庙得以重建，但是，老母庙却只余一堆残砖断瓦，再不复当年的盛况。

"'往古之时四极废，九州裂，天不兼覆，地不周载；火滥焱而不灭，水浩洋而不息；猛兽食颛民，鸷鸟攫老弱。于是，女娲炼五色石以补苍天，断鳌足以立四极，杀黑龙以济冀州，积芦灰以止淫水。苍天补，四极正，淫水涸，冀州平，狡虫死，颛民生。'这段故事曾在《淮南子·览冥》里有所记载。"最后，王嗣舟这样说道。

江言听到这里，若有所思地说道："道长，我以前听到的关于女娲补天的故事，与您刚才讲的似乎有所不同。您刚才说共工怒触不周山的故事中，不周山就是女娲娘娘用来撑天的鳌足。我以前看到的故事好像是共工与天帝争神，失败后，一气之下用头撞向了大地西北方的不周山，不周山原本是撑天的柱子，被共工氏撞断后，天就塌了下来，这才有了女娲补天的故事。"

王嗣舟呵呵笑道："在秦代以前的典籍记载中，女娲补天与共工氏怒触不周山是两个独立的故事。《列子·汤问》中关于两个故事的记载是这样的：'天地亦物也。物有不足，故昔者女娲氏炼五色石以补其阙；断鳌之足以立四极。其后共工氏与颛顼争为帝，怒而触不周之山，折天柱，绝地维，故天倾西北，日月辰星就焉；地不满东南，故百川水潦归焉。'而在《论衡·谈天篇》中关于这两个故事的记载中有了因果关系，书中是这样记载的：'共工与颛顼争为天子不胜，怒而触不周之山，使天柱折，地维绝。女娲炼五色石以补苍天，断鳌足以立四极。天不足西北，故日月星辰移焉，地不足东南故百川注焉。'"

王嗣舟稍作停顿，然后继续说道："列子，名御寇，战国时期郑国圃田人，也就是今天的河南省郑州市人。道家学派著名的代表人物，著名的思想家、寓言家和文学家。而《论衡·谈天篇》成书于东汉时期，王充在《论衡·谈天篇》利用'共工怒触不周山'为背景原因，完善情节并解释了'女娲炼石补苍天'中缘何天塌地陷、发生灭世灾难的理由，至此，女娲补天与共工怒触不周山，融合成了一则救世神话。记载这两个神话的古籍不只是列子，咱们前面提过的《竹书纪年》《淮南子》都有关于这两个神话的记载，成书时间也都早于王充的《论衡》。"

江言心悦诚服地点了点头："道长说得是，时间逻辑关系理清了，故事也就不会发生混乱了。我曾在书里面看到过这段文字，只是从来也没有想到,这段文字与莒城、与莒城的天台山有这么紧密的联系,并且这么早就有记载,也就是您对历史如此了解,才能将文学作品与历史联系起来。"

王嗣舟捋着胡须哈哈大笑:"文学作品来源于现实,而现实是历史的发展,就算是那些虚构的作品,亦离不开真实的故事原型及地理背景。最早对天台山有记载的可不是《淮南子》,《淮南子》成书在西汉时期,是由汉武帝的叔叔,淮南王刘安组织其手下的文人编纂的。关于天台山最早的记载出现于《山海经》,但对于女娲补天事件与天台山的关系,最早记载于战国时期魏国的史书《竹书纪年》,这个咱们前面讲过的。如果有这些古籍相互印证的话,历史的可信度又提高了许多。"左英朗只在一旁静静地听故事,并不时地向群山张望,将这些景色与王嗣舟故事里提到的典故一一对照。

江言停顿了半晌,似乎在想什么问题,最后她说道:"道长,咱们前面说过,神话故事并非全部来源于人们的想象,而是限于当时贫瘠的天文地理知识,将那些在当时还无法合理解释的自然现象神化,从而产生了神话。那么,女娲补天的故事,它背后真实的历史原型又是怎样的呢?"

王嗣舟料到她会有此一问,他微笑着看向她:"女娲时代出现在人类早期的母系氏族社会,人们只知其母而不知其父,也并不知道在人类繁衍过程中男性起到的作用。认为母亲是负责人类生命传承的,于是产生母亲梦吞星而孕、踩天神足迹受孕而生的故事,将母亲神化,女娲娘娘和羲和女神就是母系氏族社会母亲神化的产物。

"就像我们前面说过的,不只是《淮南子》里面对那次灾难有记载,清代王陨的《天外来客——陨石收藏录》中对发生在女娲时代的这次灾难也有记载,'山巅尚有马蹄形陨石坑依稀可辨,陨石散落于其间,山下有陨石立于涛雒南门外。土人传曰:盘古开天辟地,日月星辰各司其职,四海一统,其乐融融。不意太阳爆,陨石降,竟至石破天惊,四极废,九州裂,民不聊生者也,幸得女娲补天于高山之巅,羲和浴日于东海之滨,救得万众生灵。乃建老母庙于山下以祀女娲羲和,堆陨石于高台以祭太阳神灵。'

"从这个记载可以看出,当时地球上发生了大量陨石撞击地球的事件,这个事件导致一些地方火山喷发,而另一些地方洪水泛滥。限于当时人们对于这种现象的认识,就以为是天裂了个大口子,太阳爆裂的碎片落到大地上,于是人们期盼着女娲娘娘能把苍天补好,以拯救人类于水深火热之中,于是就诞生了女娲补天的神话。"

江言听了连连点头。这样就很好地解释了女娲补天的故事背景。正在江、左二人听故事听得尽兴的时候,法丛来山上找王嗣舟,说有同门中的道友来访,于是四人从神龙泉取了泉水,一起回了庙里。

一个多月前颍川发生了火灾,在这次火灾中共有两名住户及一名消防员遇难。刚到头七,来人请住持及庙里的道长,为遇难者举行一场法会,超度亡灵。

对于这样的请求,住持道长自是责无旁贷,于次日,只留下法丛和厨工看守庙观,自己则带领其他高功道长去了法会。

6

因为前次江言在石盆山谷晕倒,也因她见左英朗半夜偷入天台山,又听到了他的电话,在心里便对自己身边的人和事都产生了好奇。于是，她经常与他一同出游，并时时观察他的动向。二人在天台山的各个山头，又发现了许多住持还不曾带他们游览过的地方。于是江言都记好位置，等住持回来，便可以向他请教了。

这天晚上，江言整理完笔记后，便关了灯躺在床上，脑子里总有些天马行空的念头，使她久久不能入睡。她听到隔壁房间的门轻微地响了一下，于是她竖起耳朵，静听外面的动静。

那像猫一样的脚步声停在了江言的窗外，窗外的月光将一个身影映在了窗帘上，黑影把耳朵贴在窗外，似乎是在听江言屋内的动静。

江言静静地躺在床上，像是睡着了一般。黑影悄悄地离开了江言的窗前，飞快地向旁边的侧门走去。

自从左英朗的行为引起了江言的怀疑后，她对左英朗的行踪更加留意。也因为这是在庙里，她晚上睡觉时，身上都穿着便于行动的运动装。她听着窗外的脚步声离开，便下床穿鞋，透过窗帘一角，看到一个黑色的身影从小院侧门闪身而出。于是她也轻轻地出了屋子，贴院门听了听外面的动静，之后，她像那个黑影一样，闪身出了小院。

前面的身影一身黑色，连头上都包着黑巾。江言远远地跟在他身后，黑影不时地四下张望，这鬼鬼祟祟的模样，让江言更加意识到了危险。如果让对方知道，自己对他的行动有所察觉，那么自己将处在危险当中。

夏夜的山上，风微微发凉，朦胧的月光下松柏变得黑黝黝的，偶尔传来几声夜枭的叫声，听得人心里发毛。

当左英朗走到一个岔路口的时候，他停住了脚步，四下张望确定没人后，轻轻地拍了三下手。从路边的树丛里弯腰走出两个人，这两个人都与左英朗的装扮一样，全身都裹在黑衣当中，只露出两只眼睛，身后都背着长条形的包裹。左英朗手一挥，带头走在前面，剩下两人紧随其后。

看到又多了两个人，江言不得不万分小心了。如果自己被发现，那必会招来灭口的结局。好奇心又让她舍不得放弃，于是她拉开了与左英朗等人的距离，远远地跟着，以免自己被他们发现。

左英朗等三人沿着山路前行，最后来到一堆乱石旁边。

这里江言来过，这里有一堆乱石包，旁边却又有一个用山石砌成的小屋，在旁边还有一块平坦的大石，大石上有许多石刻，这些石刻上刻着一些看不懂的文字。

江言在左英朗的画中也看到过这个地方。江言对这些文字特别感兴趣，本想拉住持来的，可惜住持最近都有事，所以江言也就把这件事搁下了。

两个黑衣人放下身后背着的东西，打开其中一个包裹，从里面拿出一个长方形的盒子，又从盒子里拿出一个东西。因为隔得太远，江言看不太清楚，从对方的动作来看，似乎是在组装一件工具。

黑衣人三两下把那东西组装好了，上面一个长长的手柄，在手柄的底部有一个圆盘，靠近圆盘的手执杆上，装着一个仪器一样的东西，上面一个红色指示灯，在幽暗的月光下显得格外显眼。

江言怕他们发现，不敢靠得太近，她把自己隐身在树后面，夜色下看不清楚三人的动作，但是她大体看懂了三人的意图，他们在找东西。

黑衣人弯腰低头，用那个仪器靠近地面缓缓移动着，像是在寻找什么东西。这样的场景江言似曾相识，她紧锁眉头，恍然间想起自己在影视剧中看到过，这男人的动作和仪器跟排雷的工兵有些相似，他们很可能是利用探测器在寻找藏在地下的金属物质。

"难道他们是在找古墓？可近代的帝王以及高官巨商也没有在莒城安葬的记录，那他们在这里找什么呢？左英朗又是什么人呢？难道他是盗墓贼？"想到这里，一个念头突然闪过江言的心头，"如果他们真是在找古墓的话，现在这个石冢里藏的是什么人呢？与隐藏在迷宫深处的那座不知名的古墓有什么关系？"

江言心里正在千回百转之时，仪器发出了嘀嘀的声音，常亮的红灯变成了不停闪烁的绿灯。三个黑影都是一怔，黑衣男人将一个东西插在了地上，用以标记方位。左英朗蹲下身，在仪器表上看了看，然后做沉思状。

另一个黑衣人从自己背着的包裹中拿出两把折叠的铲子，打开就准备挖。左英朗制止了他的行为，而是把那个标签状的东西拔了出来，从旁边的树上折了根树枝，插在了那个位置，低低地说了几句话。江言离得太远，根本听不到他说什么。

他们的这种行为否定了江言刚才的想法，他们在此地找到了目标，那他们的目标就不是自己发现的那座墓葬。那么，这里也是一座古墓吗？是谁的墓？旁边那块大石上刻的文字是不是能揭开墓主人的身份呢？

江言看左英朗的意思，现在并不打算动手开挖，于是她快速地从原路返回，闪进自己的房间后，轻轻地将门掩上。没过两分钟，她就听到开关院门的声音，透过窗户看到左英朗快步回到了自己的房间。

女巫之歌

女巫魂兮，灵游林兮；守我家兮，老祖尸兮。万年睡兮，帝俊生兮；子炅鸷兮，祖羲和兮。行人安兮，神赐福兮。

——天台山女巫歌

1

为塑造一个良好的城市环境，以便吸引更多的游客，莒城的交管部门除了正常的交通管理和疏导之外，夜间对出行车辆的治理也是不遗余力。从小型车辆的不系安全带、不礼让行人、超速超载、酒驾毒驾，到大货车的超载、越限、超速、不按规定加盖篷布等行为，都成为重点纠查的项目。

作为旅游城市的莒城，夏季意味着旅游旺季的到来，也意味着吃烧烤、喝啤酒的季节到来。结束了一天的忙碌,约上三五好友,撸着烤串,喝着啤酒,那可是莒城夏季都市夜生活的标配。可有一部分人却不能享受这种自在逍遥的生活,那就是风里雨里、在各大路口等你的交通警察。

时间已过了零点,在外撸串的人群也已基本结束了夜生活,开始陆陆续续归家,路上的小型车辆渐渐变少,而趁夜出行的大货车及渣土车多了起来。

碧海路是一条四车道马路,沿海边由南向北接东西向的海音路。海音路西口接外环路,与国道相交,经外环路向西 4 公里便是渣土场,莒城内正在施工项目产生的废弃渣土,便由渣土车经海音路运到渣土场进行处理。海音路与威远路的交会处是一个交通枢纽,不管进出渣土场的大型货车,还是这一片的居民区、别墅区的小型家庭轿车,都要经过这个路口,此处便成了交警设卡的最佳地点。当驶入这一路段的车辆发现前面临检的交警时,已无法掉头,只能前行接受检查。

在几十辆大货车之间夹杂着几辆小轿车,车车首尾相接,缓缓向前行驶。这个时间若出现堵车现象,那一定是前面遇上了交警的临检。

夹在中间的一辆黑色小轿车正是随着车流向前缓慢地行驶,它被堵在了车队里。因为路中间设了交通分离护栏,黑色小车几次试图掉头驶离车队都失败了,无奈只好随大车队缓缓向前,依次接受交警的临检。

这次检查的重点是大货车的超限问题,所以临检的交警只看了黑色轿车司机的驾驶证和行驶证,也没多问就要挥手将黑色小轿车放行。

"等等！"站在路口外侧警车旁边的一个中年警官大声说道。交警又忙将正要启动的小车拦了下来。那名警官将手中的保温杯放回车里，然后快步走了过来。

小车司机是一名三十多岁的男人，他又忙把驾驶证和行驶证从打开的玻璃窗中递出来。中年警官并没有接，而是俯下身，从打开的玻璃窗向车内望去，车里黑乎乎的一片。

"开灯！"中年警官说道。司机犹豫了一下，还是把车里面的顶灯打开了。车里只有司机一个人，也收拾得很干净。中年警官皱了皱眉头，向另一个年轻的警察示意了一下，那个交警将酒精测试仪递过来："对着这个使劲吹。"司机照做了，测试结果显示，没有饮酒。中年警官拿过他的驾驶证和行驶证看了一遍，又抬头看着他，驾驶位的男人问道："警官，我可以走了吗？"

中年警官说道："查查他的证件。"那男子听他这么说，神情顿时紧张起来。当警察正用警务通查他的证件时，男子突然打火，想驾车驶离。

"拦住他！"随着中年警官的一声令下，前面的一辆警车马上启动，把黑色轿车挤向了马路中间的隔离绿化带。另一辆警车紧随其后，其他交警也向这边包抄过来。那辆车被前后两辆警车堵在了路上，司机在慌不择路的情况下只得撞向前面警车的车头，那辆警车死死地堵住了他的去向，而其他交警这时也围了上来。

因为之前的凶杀案，莒城公安局着实紧张了一段时间，要求各警种在执勤时，可以有部分人员携带武器。今天部分交警携带了枪支，几个黑洞洞的枪口对准车里的男人时，他只有束手就擒。

幸好没有人员受伤，警车受损也不严重。经过警务通的查询，这个驾驶证是伪造的，车辆是登记在一家汽车租赁公司名下。警察又从他的身上搜出了身份证,经查也是伪造的。"时哥,怎么办?"年轻警员问道。

那个被其他警察称作"时哥"的中年警察便是莒城公安交警支队的一名二级警督时单农,今天晚上的临检行动便是由他带队。

这个男人使用假身份证、假驾驶证,又冒险闯卡、撞击警车,这辆车一定有问题。当他们打开汽车的后备箱时,果然发现一个被塞进后备箱、蜷缩着身体的男人。这个男人手足被绑,嘴里塞着毛巾,人已经昏迷。不知道是事先就昏迷了,还是因为刚才的撞击导致的昏迷,时单农立即叫了急救车。

时单农向那个男人问道:"你叫什么名字?后备箱里的男人是谁?你为什么要绑架他?"

那男人闭紧了嘴,一个字都不肯回答。涉及了刑事案件,处置权限已超出了他的职责范围,时单农便拨通了刑警队于守志的电话。

发现了绑架案,几个年轻的交通警察更是兴奋。没想到今天晚上的临检行动,救了一个被绑架的人,还抓到了一个绑架犯,这可是个意外的收获。

时单农身旁的年轻交警问道:"时哥,这辆车的证照我都没看出问题,你是怎么发现他有问题的?"

时单农笑而不答。另一名警员道:"时哥,今天咱们也算是小小立了一功,给兄弟们传授点经验呗!"时单农笑道:"真想听?"

"说说,说说。"几个年轻的警员都来了兴致。时单农道:"很简单,你们在前面检查车辆,我在后面看得清楚。这辆黑色轿车几次想掉头都没成功,很显然是想躲避我们的检查。开始我以为是酒驾、毒驾或是无证驾驶,经你们检查又没问题,我就想会不会是别的什么原因,比如车上携带有违禁品,或是车是失车等,没想到却是绑架，这也算是意外的收获了。"

急救车先于刑警队的人到达，时单农派了警员随同去了医院。刑警队的人随后也到了。于守志从车上跳下来，直接冲着时单农走过去，打了个哈欠问道："时哥，你这唱的哪一出？查车查出个刑事案件，你可真是火眼金睛啊！"

时单农笑道："还不是怕你闲得发慌，给你找点娱乐项目，怎么样，时哥待你不错吧。"

"不错，不错，你给我找的这娱乐项目还真不错，重口味！"于守志摇头晃脑地说道。时单农简单地把事发的经过向于守志转述了一遍，于守志说道："时哥，还有事得请你帮忙。"

时单农道："这辆车是登记在一家汽车租赁公司名下的，要想知道具体情况，你得让人去查了。这车的行驶轨迹我已经让人在查了，监控录像稍后给你转过去。"

"那就辛苦你们了，剩下的事情交给我吧。"守志带走了那名被交警制伏的男子，同时派警员去医院，与看护被绑架者的交警进行交接。

交警队的监控视频资料很快就传了过来。在天网监控系统中查找这辆车的行车轨迹的工作量非常大，一时半会还没有结果。而对汽车本身的调查也没什么进展，经租赁公司相关人员的辨认，租赁这辆汽车的正是被抓的男人，他租赁时提供的身份证信息也是被查到的那张伪造身份证。至于这个男人的真实身份信息，还有赖于刑警们的调查了。

医院传来消息，被送来的男人受了轻伤，同时吸入了某种药物，致使他一直昏迷，虽没有生命危险，却一时半会醒不过来，医院正在全力医治。

对被抓获的这名男人的审讯，进行得也不顺利，他闭紧了嘴，审了半天，愣是一个字也没从他的嘴里撬出来。

医院传来消息，被交警解救的被绑架人已经醒过来了，于守志派孙少成去给他做笔录。当孙少成赶到医院的时候，警员正到处找那个男人，最后的结果是，那个男人不见了。

警员告诉孙少成，那个男人醒来时情绪特别激动，显然是被吓到了，在警员的安抚下，情绪渐渐平静。当警员给于守志打电话后，那个人趁警员上厕所的时候，从医院跑了。因为他是被解救的受害人，不是犯罪嫌疑人，警员看当时是白天，又是在人来人往的医院，所以并未对这个人进行严密监控，这才让他瞅个空当逃走了。

这个情况让于守志十分意外，按照常理，即使这个人被绑架人吓坏了，那么在他得知被警察解救后，他应该配合警察锁定绑架者的身份，可他却不声不响地溜走，难道这个人身上还有不能为警方所知的秘密？这让于守志不由得对这个绑架案更加重视起来。没有了被绑架者，甚至不知道被绑架者的身份，对绑架犯的审讯更加困难了。

2

为了避免引起左英朗的怀疑，江言当作什么都不知情，并没有去昨晚跟踪到的地方查看。如果左英朗今天晚上动手掘墓的话，自己该怎么办？要不要告诉法丛？他会相信自己的话吗？况且，以法丛对自己的态度，他会不会也怀疑自己此行的目的呢？江言正在为此伤脑筋，却没想到，下午王嗣舟带着众道人回到了财神庙——水陆道场做完了。因为回来的人多了，左英朗行事就没那么方便，江言也就暂时松了口气。

也许是这段时间太紧张，一放松下来就容易疲累。吃过晚饭后不久，江言就困得睁不开眼睛，早早就回去睡了，直到第二天明晃晃的太阳照进房里，她才悠悠醒过来。她从床上坐起来，只觉得头昏脑涨、浑身酸痛，看看手表，已是上午九点多了，便赶忙起床洗漱。走出房门时，左英朗也刚从房间里走出来，他看到江言后，忙和她打招呼道："江小姐，早啊！"

江言笑道："不早了，你也刚起床啊？"

左英朗笑道："是啊，不知道怎么了，好累，一下子就睡过了，只怕都没早饭吃了。"二人一前一后向饭堂走去，前殿传来道士们早课的声音。往常这个时间，道士们早已过了早课时间，看来起晚的并不止他二人。

住持看到二人时，脸上一丝尴尬的神情闪过："早饭马上就好，二位稍等。"

江言道："这几天道长们辛苦了，我们不着急。"

王嗣舟呵呵一笑，算是对她的回应。江言对庙里众人集体睡过头这件事，心中已然起疑，但是她又不能说什么。她看到左英朗往前院去了，便向住持道："道长，吃过饭，咱们出去走走吧，我看到有个地方挺有趣的，想要请教您，就你我二人，如何？"

"当然没问题。"王嗣舟觉得她这个表现有点奇怪，却也没有多问。简单地吃过早餐，江言看左英朗不在旁边，便同王嗣舟出了财神庙，沿着山路，往那天夜里左英朗等人去的那里走去。

一路上江言都面色沉重，缄口不言，这倒引起了王嗣舟的好奇。他问道："江居士今天不一样啊，好像有点躲着左先生的意思。"

江言没法向王嗣舟解释，只好笑笑，不承认也不否认。王嗣舟看得出左英朗对江言很有好感，而江言对他却是一般，他便把江言的态度当作了一位女士婉拒一个献殷勤的男人的态度，于是，他也就不再多问。

江言笑道："道长，前几天我看到一个石刻，但不知道是什么意思，于是今天拉您出来讲讲典故。"江言刚说到这里，就看到左英朗背着画夹站在山路上，似乎是知道他们故意躲开他，便在这里等他们一样。

他的出现让江言微微皱起了眉头。如果自己带着王嗣舟直奔那个左英朗选定的地方，左英朗就会明白自己对他的行动有所察觉，如果再改道他往，附近又没有合适的地方，自己这样就是明显的欲盖弥彰。事已至此，江言便当作若无其事地向前主动打招呼道："上午好！你这是要到哪里去作画呀？"

左英朗笑道："再美丽的风景，若没有美人入画，也就少了风情，所以在这里等你啊，你和王道长这是要去哪里？"

"前段时间我在这一片发现了一些石刻，所以今天邀道长一起去看看。"说话间已经到了那个地方。

江言瞟了一眼那堆乱石包，跟江言预想的不一样，那天晚上左英朗探测的地方一如往昔，并没有地面被翻动过的痕迹，只不过那天晚上插下的树枝不见了。

江言盯着大石上的石刻文字，对王嗣舟说道："道长，前几天您不在庙里，我和这位画家先生在山上转悠的时候，发现了这片石刻。看这上面的文字，显然比东方天书的文字要晚，字形有点像钟鼎文，句式又像先秦时期的毛诗，只是不知道这些文字的成书时间和意思，今天想听道长给我们讲讲。"

王嗣舟凝视了这块大石片刻，口中吟诵道："'女巫魂兮，灵游林兮；守我家兮，老祖尸兮。万年睡兮，帝俊生兮；子夋鸶兮，祖羲和兮。行人安兮，神赐福兮。'这就是石刻上的文字，也与太阳崇拜有关。"

江言嘴里喃喃地重复着王嗣舟刚才的句子。左英朗刚才还静静地看着二人交谈，他这时向王嗣舟问道："道长，我是学美术的，对这样的中文不太懂，你说说什么意思呗！"

王嗣舟缓缓念道："'我是阴魂未散的女巫，像幽灵在密林中漫步；守卫着昔日的家园，看护着先祖的尸骨。我是沉睡万年的女巫，出生在帝俊的国度；太昊少昊是我的晚辈，羲和女神是我的祖母。好心的路人放慢脚步，你会得到神灵的祝福。'石头上的句子就是这个意思。"

江言听完，眨着眼睛想了想又问道："道长，这片石刻成于什么年代？背后有着什么样的动人故事？"

王嗣舟指着那一堆乱石包说道："这个积石冢是女巫墓，关于这女巫墓，最早记载于东晋葛洪的《嵇中散孤馆遇神》，里面记载着这墓中女巫与竹林七贤之一的嵇康之间的故事，我想你一定感兴趣。"

"道长，快点讲讲这个女巫是谁，他跟嵇康之间有什么故事？"

对于这个好奇心超重的江言，王嗣舟算是领教了，他指着女巫墓旁边的石室说道："在讲女巫与嵇康之间的故事前，我要先给你讲一个关于墓中女巫与一个书生的爱情故事，与女巫墓室旁边这个石室有关，也与女巫的身份有关。"

3

江言将旁边一块石头上的落叶拂去，让王嗣舟坐在上面，而自己则坐在了他的对面，根本视左英朗如无物一般。王嗣舟捋着胡须，开始讲述女巫与书生的那个爱情故事。

相传，在很久以前，有个书生进京赶考，路过天台山的时候，见天台山古木参天，野花遍地，他一时贪看景色就忘了时间，当他醒过神来的时候，夜幕已经降临。他正愁没有人家借宿，却远远地看到谷中有灯火，隐隐地听见有琴声传来，于是他向着灯火找了过去。

他在谷中灯火处发现有一所宅院，大门之上有"神巫雅居"四个字。他上前叩门，有一个年轻的女子给他开了门，这女子披发长裙，眉清目秀，书生一见之下倾心不已，女子对书生也有爱意，于是留书生在她的神巫雅居过夜。

这一夜，二人诉不完的柔情蜜意。书生问到女巫姓名来历，女巫笑而不语。二人指天为誓，互不相负。

玉鸡一唱天下白，书生醒来已是日上三竿，他惊奇地发现，自己躺在一块山石上，那所叫"神巫雅居"的院舍不见了。院舍的位置那里只有一座积石冢，再看自己身下的石头，那是一块刻满文字的大石，读石上诗文才知道，昨夜的女子是谷中女巫，是羲和女神的后人。

书生难忘这一夜的柔情蜜意，竟把功名利禄抛于脑后，在墓室旁垒了一间石房住下，终生陪伴女巫，直到终老。

左英朗脸上失望的表情一闪而过，江言听得唏嘘不已："天长地久有时尽，此恨绵绵无绝期！"感叹片刻便转过神来，又向王嗣舟道："那么道长，女巫与嵇康之间又有什么荡气回肠的故事呢？"

"你就不能让我喘口气,要累死老道士啊!"王嗣舟装模作样地叹了口气。江言笑着递上一瓶水道:"道长,您喝口水润润嗓子,再给我们讲故事。"她这样的表情,不仅把王嗣舟逗笑了,连左英朗都笑出声来。

王嗣舟道:"刚才是一个爱情故事,你们这些年轻人比较喜欢听,接下来我要讲的便与爱情无关,而是一个知音难求的故事。"接着王嗣舟又开始讲述女巫的故事。

嵇康是三国魏末的诗人、音乐家,他在音乐上有着极高的造诣,他创作的《长清》《短清》《长侧》《短侧》四首琴曲被称为"嵇氏四弄",由他传播开来的《广陵散》,更是成为我国十大古琴名曲之一。

嵇康还崇尚黄老之术,这一年,他慕名来游天台山。在天台山观东海日出,欣赏仙山胜景,见安期先生石屋尚在,河上公坐痕犹存,不禁感叹仙山虽在,仙人难寻。

他又来到女巫墓,看见墓室与小屋相连,人与鬼同居,不禁发出感叹:"阴阳两界,实一墙之隔耳。"

当夜他便在女巫墓附近住下,只见月光如水,清风徐来,碧波荡荡,仙岛渺渺,天台巍巍,星汉迢迢。嵇康由衷地赞道:"大美不言,真人间仙境也!"

这时,他忽然听见谷中有琴声幽幽,玄乐绵绵。循着琴声找去,见一宅院,竹篱茅舍,见之忘俗。他屏息静听,唯恐打断了这么美妙的琴声。一曲终了,一个清丽绝俗的女子开门说道:"先生光临寒舍,不胜荣幸。请入内稍坐。"

嵇康喜遇知音,欣然入内。女子为他奉上香茶,后二人对坐。交谈中,嵇康方知女子便是谷中女巫。两人一见如故,彻夜长谈。

或谈论天地自然生死轮回之法,或印证诗词音律琴棋书画之妙。谈至兴浓,嵇康便问道:"敢问神女刚才所弹是何曲?"

女巫道:"情之所至,信手而弹,实为无名之曲。"嵇康请教再三,女巫才将刚才的曲子传授给他,便是今天的琴曲《孤馆遇神》。

女巫又说道:"见先生甚爱琴,我另有《广陵散》一曲相赠。此乃天籁之音,曲中丈夫也,不可轻传于他人。"

嵇康问道:"《广陵散》曲为何人所谱?"

女巫道:"广陵子是也。昔与聂政山中习琴,形同骨肉。"

嵇康恍然大悟,然后恭请神女传授,习至天明方散。后再寻时已不见女巫与其居所,只余积石冢与石室耳。嵇康不由得怅然若失。

嵇康一生唯钟爱《孤馆遇神》和《广陵散》二曲,弹奏时必择雅静高岗之地,风清月朗之时,深衣鹤氅,盥手焚香,方才弹之。虽有达官贵人向他求教,但他一概不传。

至嵇康将要东市赴刑之时,三千太学生"请求朝廷赦免嵇康,让嵇康做他们的老师",最终没有得到朝廷的允许。嵇康在刑场前调琴而弹,琴弦弹动处风停云止,周围全都寂静无声,只有音符在琴上跳跃,他的思绪在指尖滑动,他的情感在琴弦流淌,天籁之声在青天之上回荡,仙乐袅袅如同行云流水一般,琴弦发出琤琤之声犹如兵器撞击,使天地惊恐、鬼神哭泣,听的人们无不动容。曲毕长叹一声:"袁孝尼曾求习此曲,吾吝惜坚决不传,《广陵散》从此绝响矣——"最终,他慷慨赴死。海内之士莫不痛惜。

王嗣舟的故事讲完了,江言就这样托着腮,久久地望着那块刻有女巫歌的大石,似乎还沉浸在王嗣舟讲述的令人荡气回肠的故事中。左英朗也被王嗣舟的故事感染了,也久久盯着那女巫墓出神。

"摔碎瑶琴凤尾寒,子期不在为谁弹?春风满面皆朋友,欲觅知音难上难!"江言吟诵完这首诗,又长长地叹了口气,"没有知音的女巫,嵇康的《广陵散》弹与谁听?绝响也罢!"一向爽朗明快的江言,因这个故事变成了一个多愁善感的林妹妹,这委实出乎王、左二人的意料。

王嗣舟并不去打扰她,许久看她还沉浸在故事当中,便说道:"今天这故事好听吗?"

江言这才回过神来,"好听,太好听了!我都不知道嵇康与《广陵散》还有这段渊源,更不知道这段渊源竟与天台山的女巫有关。我一定要把它记录下来,让更多的人知道这段故事"。

4

绑架案嫌疑人的闭口不言,被绑架人的神秘失踪,这都不符合常理,这个绑架者和被绑架者的反常行为,看似普通的绑架案,背后一定隐藏着不普通的隐秘。

通过沿途监控录像的调查,这辆车从租赁公司驶出后,直奔莒城西高路路口,上高速后去了齐州市。这辆车从齐州东口下高速,之后驶离了主路,脱离了视频监控,消失在夜幕中。

当它再次出现在监控视频中时,是两个小时之后,时间已接近凌晨时分,这辆车原路返回,目的地是莒城,直至最后被警方控制。

两个小时的时间,这辆车没出现在任何监控视频当中,那么,他能去的地方实在有限,在对他目的地的判定中也就有了大致的范围。

最后，于守志得到了一个消息，在修建莒城到齐州高速公路辅线的工地上，一名叫桑林的工人失踪了，时间正是发现被绑架人的那天晚上。

经桑林的工友说，桑林来自西北，带着一口浓重的西北口音，从来没听他提起过自己的家人，他来工地也才一个多月，工友对他也不了解。那天晚上他十点多从宿舍出去后就没有再回来，开始工友以为他去上工了，后来才发现他不见了，他们只报告了工头并未报警。

桑林，来自西北，难道他就是与妘丁一起出来打工的妘林？想到这里，于守志眼前一亮。

如果这是真的，那么，绑架妘林的人是不是与加害妘丁的是一伙人呢？杀害妘丁的那伙人到底在找什么呢？看来要解开这一切的谜题，找到妘林也能得到答案。

于守志让负责画像的警员根据工人和负责在医院看护被绑架者的警员的描述，分别进行了模拟画像，确定被警方解救的人正是工地失踪的桑林，于守志又将画像与妘林户籍中的照片进行比对，初步确定，桑林就是妘林。

于守志又让李杨带着画像去了颍川市，找到了当初提供线索的那家人，当初给他家装修的人中，跟妘姓工头一起干活的就是泵房案的死者和这次画像中的妘林。

至此，于守志把泵房案和这次意外发现的绑架案联系到了一起。这个妘泯在整个案件中扮演了一个什么角色？他与被警方抓获的这个男人是什么关系？要破解这两桩疑案，找到妘泯是案件的关键。

而审讯绑架者却一无所获，那个男人就像一个哑巴，警方无法从他的嘴里知晓关于案件的任何一个字，更是连他的身份都没有确认。

除了提审之外，这个不知名的绑架者就是待在看守所。他从不跟同屋的人说话，任凭同屋的人怎么对他挑衅，他都一言不发，只是一个人直挺挺地跪坐在床上。

于守志观察了他两天，对他的身份越发好奇。被绑架者失踪了，这就缺少了指控他最有力的证据，最后能定罪的也只能是使用伪造身份证、驾驶证、妨碍执法以及袭警等罪名。要查清他的身份，还得另想办法。

这一天，那个被抓获的绑架者正跪坐在自己的铺位上，看守的警员走来，将他带到了大厅。大厅里有两个男人和一个花白头发的老太太在等他。他抬起头来时，惊讶地发现，出事那天晚上，被警方从他汽车后备箱里解救的男人赫然在内。另一个男子他认识，是刑警队的于守志。

那老太太看到他，上前一把拉住他，一把鼻涕一把泪地哭道："豪儿啊，我让你去把你弟弟带回家，他不听话你就是打他一顿也没什么，你怎么那么傻，竟然去撞警车，你爸死得早，妈就你跟小杰两个儿子，你们要是出了事，妈可怎么活啊——"

男子被老太太哭得愣住了，老太太又回身指着那名被绑架的男子就是一通大骂："你个不孝子，一天到晚正事不干，就知道打牌赌钱，没了钱就跟你哥要，你哥都被你拖累死了。我让你哥去叫你回家，你还跟你哥动手，就算动手也罢了，还把你哥哥送进了公安局，你忘了你小时候，你哥是怎么疼你的了？为了给你还赌债，你哥到现在都没娶上媳妇啊！你个不懂事的孩子，你对得起你哥吗？你要气死我呀——"说罢还在他身上狠狠地捶了几拳。

被绑架的男子走上前，低着头向他说道："大哥，是我不对，我不该偷了妈妈的钱出去耍，那天你去带我回家，我不该跟你打架。

在医院里醒过来，看到有警察，我还以为是你报警抓我赌博，我怕进公安局，趁警察不注意我就溜了，跑回家我才知道你被警察抓了，都是我的错，哥，你原谅我吧，我以后再不敢了！我要是再去赌，你就把我的手砍了！"

那男人一言不发地看着眼前的妈妈和弟弟。于守志说道："唐永豪，你的情况弄清楚了，一家人有什么话好好说，不能动不动就绑人，更不能袭警。至于你用伪造的身份证和驾驶证，这半个月的拘留也算是惩罚了。撞坏的警车，你妈妈已经做出了赔偿，你妈妈和弟弟来保释你，交过保释金你们就可以走了，如果有下次，数罪并罚，一定严惩不贷。"

唐永杰走上前来拉着唐永豪的手说道："大哥，是我不好，有什么事咱们回去再说。"说着还捏了一下他的手。

唐永豪看他说得隐晦，自己又能离开看守所，也不多问，唐永杰为他办了保释手续，母子兄弟三人便离开了看守所。

三人在看守所门前上了出租车，等车开出一段路程后，唐永杰让车停了下来，然后向他说道："有人托我把你弄出来，他说你知道接下来该怎么做。"说罢将一个信封塞到他的手里，"这里面是给你的东西。"当着出租车司机的面，他不便问，只是疑惑地看着他的这个"兄弟"。

"我是拿钱办事，别的事一概不多问。好了，我的任务完成了，你走吧。"在唐永豪疑惑的目光中，自称他弟弟的男人跟老太太都下了车，乘着另一辆车离开了。唐永豪让出租车去了莒城市最繁华的商业区——万象汇广场。他打开信封，里面是身份证、银行卡和几百块钱现金，密码写在银行卡的背面。

这个男人身上的疑点颇多，刑警队自然不会就这样轻易释放他。

他闭口不言，再把他放在看守所，便是一步死棋，于守志想到了一个死棋变活棋的办法。

于是，于守志找了一个与被他绑架者相貌相似的人，又找了局里一个退休的老大姐，演了这么一出戏。顺理成章地将他弄了出来。

唐永豪在万象汇广场转了半天，看似漫无目的，跟踪他的人知道他并不完全相信这出戏，他这是在验梢，最后他从侧门又乘坐一辆出租车离开。他这点手法，自然甩不开外号警犬的孙少成，他像影子一样，如影随形地跟在了唐永豪的身后。

唐永豪在城里转了几个圈，换了几辆车，最后在夜幕的掩护下来到了北城区碧海北路。他在路边下了车，沿着路走了一段后，快步穿过马路，又打了一辆车，返回了市中心，又在城里逛了大半圈，最后在一个网吧门口停了下来，用警方给他准备的身份证开了一台电脑。十几分钟之后，他又离开了网吧。

孙少成继续跟踪这个男人，而宋语则调取了那台电脑中他的上网信息。那个男人只发了一封邮件，他等了几分钟没收到回复，于是就离开了网吧。邮件的内容是用日文写成的，宋语看不懂，他立即将内容发给了王灵儿。

王灵儿略懂日文，她将邮件的内容翻译成了中文。邮件没有抬头也没有落款，是没头没尾的几句话。"我已顺利脱身，请指示下一步行动方案。"

邮件一翻译出来，王灵儿吃惊地看着于守志，于守志道："他在看守所时，我就怀疑他的身份了，果然是这样。"

王灵儿脸上写满问号地看着他，于守志道："我们这么久都没有查到他的真实身份，并且他在看守所里一直用一种日出国标准的坐姿坐在那里，我就怀疑他是偷渡来的日出人。要不然我也不会动用这么多警力去跟踪他。日出国的人偷渡来中国，他们图谋的绝对不会是一件小事，我们必须慎重对待。"

鉴于此案可能涉外，于守志将这一情况向许万均作了汇报，在专案组会议上，许万均要求莒城公安系统各分管领导对入境的日出国人多加留意，多方面配合刑警队的行动。

最近发生在莒城的案件，一件比一件蹊跷，每条线索都是查到一半便进行不下去，都是断线头和乱线头，于守志便把自己关在屋里，又把所有的线索捋了一遍。

水泵房案中，死者的身份以及经历的事件与这个同时段失踪的妘泯可能有着千丝万缕的联系，而遭日出国人绑架的妘林与泵房案中的死者同为妘泯打过工，且三人都来自西北。

一个多月前，同为妘泯打工的妘林和妘丁同时离开了颍川，妘林去了齐州，妘丁来了莒城，妘泯在莒城完成了他最后一次的取款，之后失踪。一个月后，妘丁在莒城被杀，十几天后，妘林被日出国人绑架。从警方的调查来看，妘泯一直是一个人，没有同伙，而妘丁的死亡现场出现了至少三个人的足迹。另外绑架妘林的也不是一个人，而是一个由日出国人主导的团伙，那么，妘丁的死便与妘泯无关，而是与妘林的绑架案相通了。

从妘丁的死亡判断，那些人并不想杀死他，而是想控制他，从他身上得到一件东西或那件东西的下落，而妘丁在反抗的时候死于意外。妘林也是被绑架而不是被杀害，绑架他的目的可能与想控制妘丁的目的相同，他们到底在找什么呢？那么妘泯呢？他在这当中扮演了什么样的角色？与妘林、妘丁一样，都是受害者吗？他现在在哪里？是不是已经遭遇了日出国人的毒手？他把跟踪的任务交给了孙少成，而排查这种工作是李杨的强项，自然就落到了他的头上。

工作就这样安排下去了，结果却不理想。莒城是个开放的沿海城市，与日出国隔海相望，每年来莒城旅游、留学、工作、定居的人数以万计，这还只是通过合法途径入境的人数。那些从事非法活动的外国人，为了不留下痕迹，往往选择通过偷渡的方式入境，这就给排查工作制造了不小的难度。

于守志不得不通过出入境管理处，对他们掌握的蛇头进行排查，以获得非法入境者的信息。

宋语一路追查，从医院的视频监控再到各大路口的天网视频，最后，那个从医院逃走的妘林还是消失在巨大的人流中。

而那个被孙少成监视的日出国男子，像是察觉了自己的处境一般，一天到晚蜗居在一间小旅馆内，十几天都没有与外界联系，也没有要出境的迹象。

一时间，调查又一次陷入了僵局。

5

下午，左英朗又背着他的画夹到山上转悠去了。

从上午左英朗在通往女巫墓的路上等二人来看，他已经对江言有所怀疑，而江言在女巫墓并没有发现被翻动过的痕迹。虽然这时左英朗不在庙里，但说不定他就在庙外不远的地方窥视着自己，自己如果再出现在女巫墓，摆明了告诉他自己对他的行动有所察觉，这样会增加自己的危险。如果直接告诉住持，一来，自己也没有确实的证据，住持道长可能不会相信自己的话。二来，自己并不确定这个住持道长王嗣舟值不值得信任。如果她贸然去说，就怕不只是打草惊蛇，也会暴露自己来这儿的意图。王嗣舟会对她如何知道这件事追问到底。于是，她放弃了这个想法，在保证自己安全的前提下静观其变。

今天大家都睡过了头，醒来后，众人都有头晕脑涨、全身乏力、注意力难以集中的感觉，这分明是服用大剂量镇静药物后的典型症状。有了昨天的教训，江言在用晚餐时，对入口的食物和水都特别小心。晚饭后她一直没有困倦的感觉，这才稍稍安心。今天她一直处处留意，时时观察，走了那么多山路，费神又费力，于是，她便躺到床上想早点睡。

嗅着枕上淡淡的香味，精神立时变得恍惚起来。她觉得有点不对劲，便晃了晃头，想从床上坐起来。谁知她不动还好，稍一活动，头晕得更厉害了，她想叫却叫不出声，眼前的东西开始扭曲变形，一个个动起来，不过两三分钟便失去了意识。

片刻之后，她突然睁开眼睛，从床上坐了起来。她的目光呆滞，僵硬地站起身来，打开放在床头的行李箱，从里面翻出一条白纱长裙换上，然后坐在桌子前面，开始化妆。没有灯光的照明，昏暗的光线丝毫不影响她娴熟的动作。

她对着镜子，在细腻柔白的脸上一遍又一遍地擦着粉，描摹着飘逸的蝴蝶眉，在几个色号的口红中选了一支，将饱满水润的双唇涂上了艳丽魅惑的深玫红色。从粉底到腮红，眼妆到唇妆都一丝不苟。

接着，她拿起梳子开始梳理那一头长发，将头发挽了个堕马髻，用一根簪子绾住。洁白无瑕的白纱裙、精致的妆容，若不是呆滞的目光，那真是一张精致美丽的面容。

江言就这样坐了一会，她站起身来，赤着脚走出门去。庙门已被值夜的小道士从里面上了门闩，江言打开门闩，径直走出门去。

庙里的道士都已睡下，并没有人发现江言离开。

财神庙里的众人都睡下了，一阵清越的歌声突然传入法丛的耳中，虽然听不清歌词是什么，声音却是从庙外的山谷里传来的。法丛从床上坐了起来，他走出门外，歌声稍微清晰，只听那女声唱道："万年睡兮，帝俊生兮；子夋鹜兮，祖羲和兮……"歌声虽不十分清晰，却大体能听出是女巫歌。这夜半山中怎么会有歌声？唱的还是很少有人知道的女巫歌。

法丛急忙来敲王嗣舟的房门，王嗣舟屋里的灯亮了，显然他也听到了刚才的歌声。王嗣舟走出门外，他身后还有一个跟他年纪相仿的老道士，面容甚是陌生，并不是在财神庙修行的道士。

住在左跨院里的道士们已经在寮房外指指点点、议论纷纷。"法丛，这是怎么回事？哪来的歌声？"王嗣舟问道。

"我也不知道，我刚睡着就被这歌声吵醒了。"法丛屏息凝神听过后向王嗣舟说道，"好像是从女巫墓那里传来的。"

二人正在交谈，左英朗从右跨院里走来，人还未到跟前便问道："道长，谁在外面唱歌？"

住持想了想，向法丛说道："你跟我来。"法丛和那个老道士跟在王嗣舟的身后，三人向江言的房间走去。左英朗看到住持身边的老道士，脸上有点意外，他看住持并不回答他，也就闭口不问了，而是跟在三人身后又回到了自己所住的院子。

法丛在王嗣舟的示意下，上前敲了敲江言的房门，屋里的灯黑着，没有回应，法丛再敲，虚掩的门在敲击的作用下开了一道缝。法丛回头看着住持，住持在门外说道："江居士，你在屋里吗？"屋里没人应声，王嗣舟又问了一遍，依然没有人回答。

王嗣舟感到情形有异，于是伸手推开门，按下了门口的电灯开关。屋内并没有江言的影子，床上的被子被掀开了，看样子是人已睡下，之后又揭被而起。床头放着江言白天穿过后换下来的衣服和一套睡衣。桌子上放着一台笔记本电脑和一堆凌乱的化妆品，一把梳子上面还缠绕着长长的发丝。

那歌声仍在持续着，王嗣舟带人出了江言的屋子。自从江言住进来以后，住持就曾告诫过庙里众人，江言是女客，没有特别的事，不要进这个院子，所以，那些道士都在院门外张望，却并不进来。

"法丛，你带两个人跟我来，左先生，你也来。"法丛叫了两个年轻的道人，跟在王嗣舟身后，向大门走去。大门半掩着，王嗣舟心里更是不安，他带着众人向歌声的方向走去。

女巫墓离财神庙并不远，离女巫墓越近，歌声越清晰，歌声婉转清澈，配着那如诗经句子一样的歌词，越加动听。

转过最后一个弯路，朦胧的月光下，一个身着白裙的长发女子，正赤着脚，在那块刻有女巫歌的大石上翩翩起舞。翩若惊鸿的舞姿加上一咏三叹的歌声，若不是在这样诡异的氛围下，那该是多么美好的感观享受。众人都停下脚步，痴痴地望着女子，浑然忘了自己是来干什么的。

还是王嗣舟最先反应过来，他向那起舞的女子大声叫道："江居士，江居士！"那女子自顾自地跳舞唱歌，对他的叫声丝毫没有反应。

"江言！江言！"王嗣舟又叫了几声，江言这才缓缓停下身形，她呆滞的目光向王嗣舟这边扫过，侧了头，似乎在寻找声音的来源。不光是王嗣舟，其他人也感觉到面前的江言不对劲。王嗣舟又叫了她两声，江言还是那样呆呆地站在那里，并不回应。

法丛在得到王嗣舟的示意后，走到江言跟前。江言像根本没有看到他一样,还是那样呆呆地站着。法丛突然抬起右手,在江言的后枕部手起掌落,江言立刻身体一软,缓缓地倒下去。法丛伸手将她扶住,慢慢地放倒在大石上。

一直跟在王嗣舟身边的那个老道士,走到江言的面前,蹲下身去,将江言的右腕托起,伸出三指,搭在了江言手腕的脉门处。接着放下江言的右腕,又抬起她的左腕,继续替她把脉。王嗣舟等了片刻后问道:"怎么样?她没事吧?"

老道士说道:"她没事。"

左英朗忍不住问道:"她这是怎么了?"

老道士微微沉吟了一下道:"这是睡行症,也就是梦游,一会醒过来就好了。"

左英朗听他这么说,算是松了一口气:"原来是梦游,吓死人了,还以为是在兰若寺遇到了聂小倩呢!"他拿《倩女幽魂》的故事来比喻刚才的场景,把江言比作了女鬼,那财神庙便是兰若寺了,虽然贴切,只是略显刻薄。

王嗣舟不答,法丛脸上却明显地摆出了不悦的神情,本来就黑着的脸更是阴云密布。"左先生,劳烦你把江居士背回去,我们出家人多有不便。"

左英朗并不推辞,背起江言回了财神庙。左英朗将江言放回到她房间的床上。江言光着脚在山路上走了这么远,脚底有一些被划破的细小伤口,左英朗打了盆清水替她清洗了足底的伤口,王嗣舟又拿来了捣碎的草药给她敷在脚底,不一会,小道士送来了煎好的药,那老道士喂她喝下,半个小时后,江言悠悠地醒转过来。

她疲惫地从床上坐起来,抬手揉揉眼睛,看到王嗣舟、左英朗还有一个不认识的老道士坐在自己床边,她诧异地将众人看了一遍,本能地低头看看自己身上。当她看到自己身上穿着的白裙子时，脸上的表情由惊诧变成了惊恐。

王嗣舟马上说道："小江居士，不要害怕，你能想起昨天晚上发生了什么事吗？"

江言疑惑地侧了头，实在想不起什么来，她的头有点疼，抬手揉着太阳穴说道："我不知道，我想不起来，只记得自己上床睡觉，似乎还做了个乱七八糟的梦，醒过来就看到你们都在这里。"

听她这么说，左英朗接口问道："你真的想不起来了？昨天夜里你梦游了，是庙里的道长和我一起把你带回来的。"

江言不说话了，她垂了头做沉思状，半响后抬起头："怎么会这样？我真的想不起来了。"

王嗣舟说道："昨天夜里，你着了点凉，刚给你喂了药，休息一下就没事了。我忘了给你们介绍，这是在咱们莒城望仙涧羲元宫修行的袁嗣明道长，也算是我的同门师弟，昨天来庙里看我的。"

江言、左英朗跟袁嗣明打过招呼，小道士送来了厨房给他们做的粥，江言吃过之后，王嗣舟说道："小江居士，你以前有过梦游的经历吗？"

江言摇摇头。王嗣舟又道："你今天先休息，有什么事等你休息好了咱们再说。"

袁嗣明的草药非常管用，江言脚底那些细小的划伤已经开始有痒痒的感觉，江言知道这是伤口在生长愈合的症状。她休息了大半天，晚饭时分已经可以走着去餐厅用餐了。

看到她没事，王嗣舟也就放心了。用过晚餐后，王嗣舟说道："梦游症这个病说轻也轻，但是却可能在不知不觉中身涉险地。所以啊，明天还有最后一个景点，我陪你游过后，你早些回家去，到医院里好好看看,别耽误了治疗。"

出了昨夜的事,江言也不好再说什么。寂然饭毕,江言早早地回了自己的房间。左英朗把昨夜的情景绘声绘色地说与她听,江言听了一边是尴尬,一边是惊恐。现在的天台山是一个巨大的旋涡,又发生了昨夜的事,住持是怕自己在山上出事,他无法向旅游局交代,还是他对最近发生的事也有察觉,疑心自己,才让自己尽快下山的呢?出了昨天晚上的事,就算自己把之前的发现告诉住持,他还能相信吗?既然住持已经明确地这样说了,江言也不能有异议,只能一夜无话。

羿射九日

逮至尧之时，十日并出。焦禾稼，杀草木，而民无所食。猰貐、凿齿、九婴、大风、封豨、修蛇皆为民害。尧乃使羿诛凿齿于畴华之野，杀九婴于凶水之上，缴大风于青丘之泽，上射十日而下杀猰貐，断修蛇于洞庭，禽封豨于桑林。万民皆喜，置尧以为天子。

——《淮南子·本经训》

1

第二天用过早餐，王嗣舟约了左英朗，一起来找江言。"这天台山还有最后一个故事，与我们这财神庙也有关。我记得第一次跟你游天台山的时候，你曾经问过我一个问题，那就是天台山是什么时候改名叫财山的，今天的故事便从这个典故开始吧！"

这个问题江言已然知晓，今天王嗣舟主动提及，江言自是想听他从头说起。王嗣舟带她出了院子，往第一进院落去了。左英朗自是不会放过这么好的听故事的机会，他也跟在后面走来。

在第一进院落正殿的右侧，有一块石碑，只见石碑上的碑文道："重修天台山玄坛庙碑记：夫玄坛庙者，奉祀武财神赵公明也……"

这块石碑就立在财神庙第一进院落正殿的右侧，江言闲来无事时已然看过，王嗣舟说道："想来这段碑文你已经看过，这段碑文不仅记载了天台山何时改名为财山的，还记载了财神的由来以及财神庙最初的修建时间以及修建者。"

江言说道："这块碑文我确实仔细地看过了，也查阅了相关资料，那个时候我才知道财神庙始建于明初洪武年间，是由官至宁波太守的王琎所建。王琎清廉自守，被人称作'埋羹太守'，他的老家就在咱们莒城的涛雒镇，王琎晚年辞官还乡后，在天台山修建了最初的财神庙，到现在，算来也有五百余年的历史了。"

王嗣舟捋着胡须，笑嘻嘻地看着她说道："嗯，你果然查阅了相关资料，不然，这么鲜为人知的记载你都知道了。不过，第一次修建财神庙时，还未建成就毁于山火，后来，王琎又出资，王氏族人合力再建财神庙，这才有了现在财神庙的前身。"

"道长，王琎最初在天台山修建了财神庙，您也姓王，而且老家也在这天台山下，您跟埋羹太守王琎是不是一家呢？"江言突然问道。

王嗣舟微微笑道："山下的王姓都与当年的'埋羹太守'王琎是同一族人，当然，我也不例外。"江言提出这个问题的时候就已经猜到了，只是需要王嗣舟证实一下罢了，左英朗则听得津津有味。

江言又问道:"碑文上说,当年被后羿射掉的九个太阳中,有八个落到了海里,变成了海上八仙,有一个落在了天台山,变成了太阳神石,太阳神石的精气化作了财神赵公明,那么,天台山是不是应该有一个景点是太阳神石呢?"

王嗣舟呵呵笑道:"当然有!今天我就带你去看看传说中的太阳神石。"还没等江言说话,左英朗却抢先说道:"那还等什么,咱们出发吧!"要听故事,左英朗自是不甘落后,他连画夹都没背,就跟着二人出了财神庙。

三人在石盆山三绕两绕,最后来到一处山头,远远就看到一块非常大的圆石立在一片光滑的石坡上,圆石体积很大,跟地面接触的部分很小,像是一阵山风就能吹得动它一样。

王嗣舟指着那块圆石说道:"你看,这就是被后羿射落的那个太阳。"

三人走近太阳神石,江言不禁感叹道:"后羿射日和嫦娥奔月的故事,我从小就听过,没想到这太阳神石这样逼真,你看,这里还有一道箭痕呢!"江言伸手去抚摸圆石上那道笔直的痕迹,别说,还真像是被弓箭射中后留下的痕迹。

"既然你说后羿射日的故事你从小就听过,那么,今天换你来讲,如何?"王嗣舟说道。

一直都是王嗣舟在讲述天台山的故事,今天突然这样说,让江言有点不太明白他的意思,只好一脸不解地看向王嗣舟。王嗣舟又转头向左英朗说道:"左先生,每回你都是跟着听故事,从来不发表意见,今天你也来说说,你听过的后羿射日是个什么样的故事?"

左英朗斟酌着说道:"既然道长让我讲,那么我就讲吧,只不过那是从小当神话故事听来的,哪里说得不对了,请道长给我纠正。"

王嗣舟点点头，便开始听左英朗讲述后羿射日与嫦娥奔月的故事。

2

在帝尧时候，有一年，天上出现了十个太阳，大地上的水都被晒干了，植物也都旱死了，动物因为没有水和植物，也纷纷干渴而死。后羿是有穷国的首领，他也是一个神箭手，于是用箭射下了天上的九个太阳，之后，大地恢复了以往的平静，人们继续安居乐业。

后羿与嫦娥本是一对恩爱夫妻，二人为了能长生不老，生生世世都在一起，后羿历经辛苦，不远万里到昆仑山向西王母求来了长生不老药，想找个日子，二人同服仙药，一起相守终身。却没想到，嫦娥动了贪念，一个人把所有的仙药都吃了。这些仙药的分量，两人服用可以长生不死，一个人服用则能白日飞升成仙。嫦娥吃了仙药后，只觉得身子越来越轻，最后一个人飞到月亮上去了。

后羿因为嫦娥的背叛而意志消沉，最后郁郁而终。

这是一个悲伤的故事，与前几天听到的女巫那荡气回肠的故事天差地别。王嗣舟听完，微笑着说道："故事讲得差不多，但你故事里有一个错误，我需要给你纠正过来。"

左英朗急忙问道："什么错误？倒要请教。"

"首先，射日的英雄是大羿而不是后羿，大羿和后羿并不是同一个人，大羿是帝尧时代的人，他的妻子是嫦娥姮娥氏，传说中射日的就是他。而后羿是夏朝时期的人，他的妻子是纯狐氏，夏朝的君主太康喜欢打猎，不理朝事。于是，后羿杀死了太康，自己做了夏朝的君主。可后来，他也整天只知狩猎玩乐，同样不理朝政，最后，又被自己的家臣寒浞所杀。寒浞不只当了夏朝的国君，还娶了后羿的妻子纯狐氏。再后来，太康的儿子少康长大成人，又杀死了寒浞，做了夏朝的君主，这就是历史上的少康中兴。大羿和后羿都出自东夷族有穷氏，两个人都是神箭手，但两个人不是同一个朝代的人，更不是同一个人。"

"原来是这样，我们从小听到的都是后羿射日，却不知道，这原来是错误的。"江言不禁感叹，她想了想又说，"道长，咱们前面曾经说过，每个神话故事，都有产生的时代背景和真实的事件为原型，那么大羿射日的故事原型是什么？"

王嗣舟说道："就你这种追求真相的性格，没去学历史、作研究，真是可惜了。我再带你去一个地方，到了那里，我给你讲真实的大羿与嫦娥的故事。"

三人沿着山路走了不远，来到一处比较僻静的黑松林，在这片黑松林里有几处山石与泥土积成的石包。王嗣舟在一个高大的石堆前停住了脚步。那个乱石堆掩映在黑松之下，倚在乱石堆的前面有一块石碑，上面的文字被凿掉了。"你知道这里面埋的是什么吗？"王嗣舟问道。

江言仔细地将周围看了一遍，然后说道："在上古时期，人们的丧葬有一段时期流行积石葬，也就是用大石堆成坟冢，这里是一片乱石包，符合积石冢的特征，难道——"江言边分析边说道，说到后来，她也被自己的想法吓到了。

王嗣舟看着她笑道："这确实是一个积石冢，里面埋葬的正是射掉了天上九个太阳的大羿，这里便是大羿陵。"

听说这是大羿陵，江言和左英朗二人脸上都露出惊讶的神情。

江言知道大羿确有其人，他是东夷族人的英雄，是有穷部氏的首领。但是他的陵墓竟然就在天台山，这大大出乎了江言的意料。

王嗣舟又带着二人向南走了有十几米，那里也有一处乱石堆，石堆前有一块石碑，碑上却没有文字。

"这是嫦娥墓。"王嗣舟说道，"这里面葬着的是大羿的妻子嫦娥，也就是神话传说中那个飞升月宫的嫦娥仙子。"

江言兴奋地说道："《淮南子·本经训》中曾有这样的记载：'逮至尧之时，十日并出。焦禾稼，杀草木，而民无所食。猰貐、凿齿、九婴、大风、封豨、修蛇皆为民害。尧乃使羿诛凿齿于畴华之野，杀九婴于凶水之上，缴大风于青丘之泽，上射十日而下杀猰貐，断修蛇于洞庭，禽封豨于桑林，万民皆喜，置尧以为天子。'道长，只是不知道大羿射日与嫦娥奔月的真实故事又是怎样的呢？"

看她这么兴奋，王嗣舟也就开始讲述一个有别于神话故事的大羿射日与嫦娥奔月的故事。

嫦娥本来叫姮娥，到汉文帝时，为避汉文帝刘恒的名讳才改作了嫦娥。大羿和嫦娥都是东夷部落的首领，羿是有穷氏的男子，嫦娥是㜪訾氏的首领的女儿，二人在天台山的月桂树下相遇并相互爱慕，从而结成夫妻，开创了一夫一妻制的先河。

羿射九日是记录东夷族各部落之间混战的故事，东夷的很多部落都是太阳崇拜的部落，各个部落之间经常发生战争，大羿靠自己的神勇和族人的善战，灭掉了多个崇拜太阳的部落而建立了十日国。所以，传说羿射九日的神话故事，并不是大羿真的将天上的九个太阳射掉了，而是大羿统一多个崇拜太阳部落的故事。九并非实指九个，而是指多个，在中国的文化中，九是最大的数，是虚指而非实数。

至于《淮南子·本经训》中提到的羿又杀死了这些恶兽猰貐、

凿齿、九婴、大风、封豨、修蛇，不过是征服了以这些动物为图腾的部落而已。大羿死后便葬在了天台山上，嫦娥与大羿本是恩爱夫妻，嫦娥死后也葬在了大羿陵侧，二人就这样生相伴、死相随了几千年。

至于西王母、长生不死药、嫦娥奔月，那不过都是人们想象出来的美丽神话而已。

王嗣舟的故事讲完了，这样的大羿与嫦娥的故事还是比较容易让人相信的。左英朗问道："道长，照您这样说，大羿不曾射下过天上的太阳了？"

王嗣舟哈哈笑道："连古人都说'天无二日，世无二主'，我们生活在现代的人相信科学，自然知道天上从来就只有一个太阳，无论弓箭如何精良，以人的力量，弓箭的射程最多也不过百米，怎么可能射到天上，更不可能把太阳射下来。古人对大事件的记录与现代人不同，容易产生歧义，所以才有了研究历史的专家呀！"

左英朗失望地叹了口气道："那么美丽的故事，被解读成历史后就变得索然无味了，真让人失望。"

他的表情引来王嗣舟与江言的莞尔相笑。"小江居士，这天台山的故事也讲完了，你好好整理整理，说不准能写出一本好书呢！"王嗣舟带头向财神庙的方向而去。

"道长，我在这待了这么长的时间，有太多的事情麻烦您了。"江言感激地说道。

"你在为宣传莒城而努力，老道士不过是略尽绵薄之力。小江居士，老道士还有一言想说给你听，梦游症这个病症，说轻不轻，说重不重，你还年轻，早点去治，别留下什么病根才好！"王嗣舟娓娓说道。

江言略显尴尬，最后还是无奈地点了点头。三人边说边回到了财神庙,厨房已做好了午餐,寂然饭毕,王嗣舟向江言说道:"出家人山居清苦,你在山上这些日子受委屈了,天色还早,你也早点回家吧!记住我说的话,去医院看看,别把自己的病耽误了。"

王嗣舟这是明确地下了逐客令,江言也不好再说什么,自己便回去收拾东西。她一边收拾东西,心里一边想,自己要不要把左英朗的事告诉住持。那次财神庙里的人集体起晚了,江言怀疑就是左英朗在众人的饮食中下了药,她碍于自己的苦衷不能向王嗣舟说明。前天夜里又发生了自己梦游的事,估计也是这个左英朗做的手脚,他这样做的目的,无非是怀疑自己对他的行动有所察觉,用这种方法赶自己走。可经此一事,一顶梦游症的帽子扣在了自己头上,就算自己把发现的情况告诉住持,他会相信自己的话吗?自己走了之后,左英朗还会不会对财神庙里的人再次下手呢?

江言在收拾东西,左英朗也没闲着,他在一旁说道:"认识了这么久,你这一走,还真有些舍不得,等我完成了天台山的画,去莒城找你可好?"

"当然可以,欢迎之至!"江言笑道。左英朗这样亦步亦趋地跟着她,嘴里说着对她不舍,实际上是切断了她单独与王嗣舟交谈的机会。她也不好再找住持,收拾好东西后,左英朗替她拎着包,出了居住的小院。

王嗣舟、袁嗣明和法丛都在那棵银杏树下喝茶,王嗣舟看到江言,便站起身来,"你是坐车还是开车?"

"我的车就放在山下,开车一会就到市区了。"

"我有件事还要麻烦你,袁师弟要回去了,你能不能捎他一段,送他到公交车站就行。"王嗣舟这样说,江言这才看到袁嗣明身旁的石礅上放着一个布包,看来他也是准备下山的。

"当然没问题,我把袁道长送回去都行。"江言痛快地说道。袁嗣明也站起身来向王嗣舟告辞。这样王嗣舟、法丛和左英朗将袁、江二人送出山门外,看着江言与袁嗣明的背影远了,这才回转。

3

江言和袁嗣明离开了,左英朗便继续背着画夹在天台山转悠。吃过晚餐不久,困意继续袭来,庙里的众人早早就睡下了,庙里一片寂静,唯有左跨院中,道士们的寮房还亮着灯。

一个黑影走到窗外,透过窗户的玻璃,看到房间里的床上,有的道士鞋还没脱就睡下了,有的趴在桌上打着呼噜。黑影故意弄出一些动静,屋里的道士一点反应都没有。

黑影又走到住持的房间外,用手叩了叩房门,里面的住持没有应声,黑影又叫了住持几声,住持依然没有反应。黑影推门进去,按下了墙上的电源开关。灯光中,左英朗就站在住持寝室的门口,住持睡在床上,对亮起的灯光以及进入屋内的人丝毫没有反应。

左英朗关了灯,又走到法丛的房间,确认了法丛也睡得人事不知,他这才放心地出了财神庙,向着山里走去。他前进的方向竟然是白天才与王嗣舟、江言来过的大羿陵、嫦娥墓。

在一个路口,两个黑影从树丛中蹿出,他二人身上依然背着上次的包裹,三人最后在嫦娥墓前停住了脚步。

一个黑影拿出上次的那个仪器,在嫦娥墓周围扫了一遍,仪器没有任何反应,他又仔仔细细地扫了一遍。当他扫到一块大石旁边的时候,仪器发出嘀嘀嘀的警报声。三人凑近仪器的显示器,上面显示扫描到的东西在距仪器1.5米以下的地方，看形状是一个长条的盒状物，三人立刻兴奋起来。

三人当即从另一个包裹中拿出一个钢钎和三把折叠铲，一个黑影用钢钎把压在上面的那块大石撬开推到一边，然后用铲子开始挖掘下面的碎石和泥土。

三个人轮流工作，一会便把那个地方挖了一个大坑。当他的铲子与埋在土里的硬物碰撞出金属撞击的声音时，左英朗的动作停了下来，他将铲子扔在一边，开始徒手挖掘。另一个黑影打开手电给他照明，不一会，他就从土里挖出一个黑黝黝、沉甸甸的长盒。这个盒子似乎是锈住了，怎么也打不开。左英朗从身上拿出一把折叠刀，用刀尖沿着盒口划了一圈，然后又用刀尖一撬，盒子略有松动。经过几次试撬后，终于将盒子打开了。

在手电的光圈里，左英朗发现盒子里只有一张字条，这字条很新，似乎是刚写好不久，上面只有一句话"你中计了"。

左英朗看到这张字条，心中一惊，暗叫一声不好，马上招呼同伴，做了一个撤的手势，三人正要开溜，周围却有无数的手电光亮起，那些手电光把三人围在中间。

三人本能地将后背靠在一起，组成了一个防守的阵势。包围圈慢慢围拢过来，这些人里面，除了财神庙里的道士之外，其他的都是手持木棒的青壮年男子，这一圈人少说也有二三十人之多。

王嗣舟开口说道："左先生，放下手中的利器，不要做无谓的反抗，你只要把事情说清楚，我就会让你们离开。"

左英朗这才明白，王嗣舟早就对自己起疑了，只是一直没有表现出来，今天白天带自己和江言来这里，给他和江言讲的那些故事，不过是抛下的鱼饵，他们做好圈套，单等自己上钩。看到周围那些拿着木棒、虎视眈眈的青壮年男人时，三人做好了拼死一搏也要逃离的决心。王嗣舟又说道："如果你们一定要反抗，那么我立即打电话让警察来处理。警察可未必有我们这么好说话。"

若如他所说，把自己三人交给警察，那么，事情将会越弄越复杂。现在对方有这么多人，自己三人就是拼死一搏，全身而退的概率也不大。

左英朗却不甘心就缚，他向王嗣舟说道："要么放我们走，要么咱们鱼死网破。虽然我们只有三个人，但是想让我们束手就擒却也办不到，就算能抓到我们，你们也要付出很大的代价，歼敌一千，自伤八百的事，我想您也不会干。"

"嗯，这是你们日出国人的风格。"王嗣舟说道。

听到王嗣舟这么说，左英朗惊讶的表情溢于言表。王嗣舟连自己来自日出国都知道，又能这样有针对性地设下圈套，自然对自己的来意已洞若观火。左英朗虽然没有回答，看他的反应也证实了王嗣舟的判断。王嗣舟又问道："你们是怎么找到天台山的？"

左英朗三人闭口不言。王嗣舟又问道："谁派你们来的？你们来了多少人？"左英朗依然不答，王嗣舟又说道，"如果你坚持不说，那我只有把你们交给警察了，只怕到那个时候，你们再想回国可就难了。"

"道长，你在我这里得不到任何您想知道的信息，如果您一定要这么做，那我们三个一定会跟你们来个玉石俱焚，结果怎样很难预料。您是出家人，在您的庙前发生流血事件，只怕也会扰了您这道家清静之地。警察会怎么想？只信您的一面之词吗？"

他说得并非全无道理，王嗣舟却不以为然，"今天晚上的事，知道的人不多，你就不怕我将你们打死，然后在山上随便挖个坑，把你们三个人一埋，你们将从这个世界上消失得干干净净？"

"您自然可以这么做，但您不会。"左英朗似乎胸有成竹，"您是出家人，自然不会随便害人性命，再说，今晚有那么多人看见，想要神不知鬼不觉地让我们消失，只怕你办不到。况且，我们的人如果长时间得不到我的消息，他们自然会找到这里来，只怕这天台山财神庙以后就不会有安宁之日了。那样，这天台山的秘密将不再是秘密。我话已至此，还请道长三思。"

他这一番话似乎是打动了王嗣舟，片刻之后，王嗣舟脸上挂着一丝似有若无的笑意。"你威胁不了我。这里是中国，你日出国能来多少人？你以为守护天台山秘密的只有我财神庙里的几个人吗？你错了，只要我一句话，天台山周围村子里的人会倾巢而出，将你们全部抓住。最不济，我把秘密公开，那么守护天台山的人就不会只是我们，自然会有国家的军警人员，只怕到那时，你们就再无机会。我宁可让秘密公开，也不会让神器落入你们日出国人手里。你回去告诉你的主人，别再白费心机了，他没有机会的。"王嗣舟这番话说得不卑不亢，有理有节，左英朗等人听得面如死灰。

左英朗态度坚决，就算这样僵持下去也不会有结果，在王嗣舟的示意下，众人闪开一条道，王嗣舟命人将三人护送下山，让他们离开。说是护送，其实是押送。

那些青壮年男人也随后下山了，只剩下庙里的道士和一个中年男人。中年男人跟在王嗣舟身后，回到后院住持的起居室，里面有两个人正在等他，正是下午已经离开的江言和袁嗣明。

4

"道长，怎么样？"江言首先站起身来问道。

原来，江言与袁嗣明一起下了山。当她坐进自己的车里后，她犹豫了。自己不能就这么走了，先不说自己来天台山的目的还没有达到，就是眼前日出国人来天台山的图谋是什么还没弄清楚，自己作为一个中国人，怎么能为了隐藏自己的目的而放任日出国人在中国境内有所图谋呢？也许自己要找的人与这些日出国人也有关系呢？不管财神庙有什么秘密，是否与自己所探查的事情有关，那都是中国人自己的事情，共同对付日出国人才是当务之急。

于是江言思之再三，还是把这些天发生的事情通过电话的形式告诉了王嗣舟，当然，她隐去了自己做的那一部分。当时电话中，王嗣舟似乎并不惊讶，他向江言表示了谢意，并安排她和袁嗣明悄悄地潜回了财神庙，准备夜里看一场大戏。

王嗣舟叹了口气，脸色凝重。袁嗣明却稳稳地坐在桌边喝茶，他倒了一杯茶给王嗣舟。王嗣舟渴了半日，他坐到桌边，喝了一口茶，这一口茶有一半洒在了他的胡须上，他用手擦拭过后长长出了口气。然后，转头对跟在他身后的中年男人说道："宗礼，从今天起，你在进入天台山的各个路口都安装监控，派人盯着，以便第一时间知道有陌生人进入。再者，你将咱们族里住在山下的青壮年男人组织起来，以备不时之需。如果需要钱，就去找宗晏，我跟他打个招呼。"

"伯父，你放心就好了，我这就去办。您也要小心，一旦有事，马上招呼我们过来。"王宗礼并不多问什么，按照王嗣舟的安排去布置了。

从王嗣舟的这些安排来看，这天台山一定是隐藏了一个天大的秘密，而王嗣舟以及山下的王氏族人便是守护这个秘密的人。

江言虽没有见到抓住左英朗等人的过程，但以她的聪明，结合左英朗对女巫墓下手和王嗣舟主动带二人看大羿陵和嫦娥墓这两个事件，她大体也猜出了左英朗的目标就是大羿陵或嫦娥墓。只是左英朗他们在找什么，她还猜不透。这些日出国的人会不会与自己要查的事有关呢？"王道长，左英朗和他的同伙呢？您不会就这样放他们走了吧。"江言有点着急地说道。

王嗣舟看着她，不答反问道："江言，现在你可以告诉我你是什么人吗？到底来天台山有什么目的？"

当然，围捕左英朗等人的行动不会让袁、江二人参加，他们也就没有看到具体的细节。江言知道发生了这么多事情，作为住持的王嗣舟不可能不怀疑自己，可还没弄清楚自己调查的事情是不是与这天台山有关系，她也不想把事情说得过于仔细，便问道："王道长，你认识姜星翰吗？"

王嗣舟听到这个名字时，先是愣了片刻，然后才说道："不认识，但我听说过这个名字。姜星翰是咱们省考古研究所研究古文字符号的专家，在国内都是非常有名了。我不知道你说的是不是这个人。"

江言说道："我姓姜，是炎帝成于姜水的那个姜，我叫姜雁书，颍川人，江言是我的笔名。姜星翰是我的祖父，他从颍川来到莒城，在天台山附近失踪了，所以，我才来到了这里探查他的行踪。王道长，事情已经到了这个地步，我对您坦诚相告，也请您告诉我，我爷爷有没有来过天台山？"说罢，她拿出一张姜星翰的照片给王嗣舟来看。

王嗣舟看过摇了摇头道："我没见到他来过财神庙。至于他到没到过天台山，我问下弟子们见过没。"

当问过财神庙所有的道士后，确实没有人见他来过。王嗣舟又问道："你说你怀疑姜老先生的失踪与天台山有关，有什么证据吗？"

姜雁书摇摇头道："正是因为没有证据，警方才不能立案，但警方查到他从莒城长途汽车站离开后向着天台山的方向而来，最后的手机信号就消失在天台山附近，天台山上有这么多古文字符号，这正是我爷爷感兴趣的东西。所以，我来这里，就是寻找线索的。"

王嗣舟迎向姜雁书疑惑的目光郑重说道："我也久闻姜老先生的大名，只是无缘一见。我可以保证，姜老先生的失踪与我财神庙的人没有任何关系，至于他是不是要来天台山，来天台山干什么我真的一无所知。"

姜雁书没有别的办法，也只能姑且信之。王嗣舟又道："我还要感谢你把发现的情况告诉我，让我们可以防备日出国人。"

姜雁书苦笑道："道长，您早就发现我和左英朗都有问题，只是您都一直装作不知道而已。就算我不告诉您，左英朗也不可能得逞。"

"最初，我们对左英朗倒是没有怀疑什么，只是你来之后，法丛一直对你心存敌意，不过，他也只是想让你早点离开，并没有要伤害你的意思。"王嗣舟一边向姜雁书解释道，"从你住进庙里后他就盯着你，想让你早点离开，就连你那次昏倒在山谷中，也是他把你背出来放到路边的，直到左英朗叫醒你，他确定你没有危险之后才离开。巧合的是，在盯着你的同时，他也发现了左英朗鬼鬼祟祟的行踪，当时他就告诉了我。我很好奇，你们两个显然不是一伙的，可住进财神庙后似乎都在寻找什么，我一下不明白你们在找什么，只是没想到左英朗会对庙里的众人下药，虽然不是毒药，这也让我们心惊。我们为了防备他再次下药就请来了袁师弟，可我们千防万防，他没对庙里的人再下手，却给你一个人下了药，很可能是察觉到你对他的行动有所怀疑，所以，想用这个方法将你赶出财神庙，以免阻碍他下一步的行动。"

姜雁书暗叹一声，姜还是老的辣，自己没有王嗣舟那样处变不惊。她也顾不得这些了。"道长，我为什么会在那片山谷中昏过去？难道八卦阵的阵眼里真的汇聚着一股天地间的神秘力量吗？"

王嗣舟沉吟了一下才道："八卦阵的阵眼里是不是真汇聚着天地间一股神秘的力量，这我不知道，但你的昏迷有可能是被路边的一种植物扎到了。法丛回来说你的手指被扎出血了，这种植物就混杂在路边的绿植丛中，它的花香和尖刺都具有强烈的麻醉作用，花香可能已经让你有点头昏，再被尖刺扎到，所以你才会昏迷。不过，这种植物对人体并不会造成伤害，等你醒了也就无碍了。"

这个解释让姜雁书将信将疑，便紧接着追问道："王道长，这天台山究竟有什么秘密，要用八卦阵和这样的植物来保护，还引得日出国人这样处心积虑地谋算？"

王嗣舟沉默了片刻说道："这事关我们家族的秘密，我不能告诉你。"他这样说，姜雁书自然不好往下问，可是，这也许与自己祖父失踪有关，现在王嗣舟放走了他，查找自己祖父的下落又少了一条线索，姜雁书差点落下泪来。

王嗣舟也无话可以安慰她，姜雁书稳定了下自己的情绪又问道："道长，左英朗是什么时候住进财神庙的？"

"大约有一个月了吧。"王嗣舟想了想又道，"应该有三十二天了。"

那个时间在祖父失踪之后。祖父最近在做的研究是否也与日出国人有关？他的失踪是不是因为他在研究中发现了什么，要来天台山求证，而在这个过程中被日出国人绑架了？这一切的问题像一团乱麻一样。王嗣舟说道："如果姜老先生的失踪跟财神庙没有关系，那么，会不会跟左英朗这伙日出国人有关呢？"

"我不知道，您不应该放左英朗走，应该把他抓回来问清楚。您也了解日出国人的行事作风，为达目的、不择手段，您放走了他们，只怕这天台山以后没有安宁日子了。"人已放走，再多说也无用了，姜雁书无奈地道："财神庙和山下的村民虽然人数众多，可毕竟都是民间力量，您看是不是报警，利用警方的力量来对付这些日出国的人呢？"

王嗣舟摇摇头说道："这件事我自会处理，小姜居士不必操心。你下山之前我要告诫你，不要把在这里看到的事情告诉别人，也不要再对这个秘密好奇而私下调查，你下山之后就当作什么都没发生，这样对你有好处。"这似是要求，也似是警告，姜雁书听了不置可否。

王嗣舟沉思了片刻，他叫来了厨工刘占奎："最近庙里事多，你也不便留在这里了，还是下山去吧。"

刘占奎虽然一直待在厨房，除了做饭便是做些杂事，种植蔬菜、打扫庙宇，并不管庙里的正常事务。但是，最近庙里不太平，他也能感觉到，他面露难色地道："师父，我没有家，也没有家人，没有钱也没有工作，除了您这里，我还能去哪？您如果不收留我，我要么睡在大街上，要么就从这山上跳下去，没有别的路走。"

王嗣舟沉默不语，庙里的道士都是在这修行很长时间的，可以看作是自己人，只有刘占奎是新来的，有了左英朗的前车之鉴，王嗣舟不想再冒险将身份不明的人留在山上。

袁嗣明打破了这尴尬的气氛，他向刘占奎说道："你要是实在没有地方可去，不如先随我到羲元宫小住，等这里的事了了，再研究你的去留可好？"

刘占奎回头看看王嗣舟，看他没有反对的意思，他也就心怀感激地答应了。王嗣舟向姜雁书说道："小姜居士，麻烦你下山的时候带上袁师弟和刘居士，把他们送到能坐车的地方就行。"

姜雁书道："开车也方便，我直接把他们送回羲元宫就是了。"刘占奎除了随身的一件衣服，没有其他行李，自然也不需要收拾什么，说走便走了。他在财神庙待了有些日子了，对这里也有了感情，跟姜雁书和袁嗣明下山时，对着天台山一步三回头，直到袁嗣明说："过段时间你若还想回来，我再送你回来。"他才收回了恋恋不舍的目光。

5

再说左英朗三人下了天台山，顾不得那些用于伪装身份的器物，只开了车，在众人的监视下离开了。

王嗣舟自然不会这样善罢甘休。只是他知道，即使他抓了三人，三人咬死不说，自己不能一直关着他们，更不能将他们杀了，时间一长，这三人就成了一步死棋，所以就放他们离开，暗地里却安排人开车跟着，要看他们离开后去了哪里，是谁在幕后操控这一切。

左英朗他们也不傻，自然不会直接去找他们的主子，他们去了一家酒店住下，一连几天都叫了饭去房间里吃，根本不出门也不跟外界联系。当王宗礼发现异样的时候，三人已经成功脱身，只留下空空荡荡的房间。

这样的结果让王宗礼万分恼火却也无可奈何，他怪自己太大意了，只能求助于王嗣舟，王嗣舟一个电话打给了自己的儿子王宗晏。王宗晏的超越集团在全国都很有名气，在东海省的人脉也非常之广，于是他开始发动关系调查左英朗三人的下落。

左英朗在成功摆脱了王氏族人的跟踪后，驱车到了海星路上的海天铭墅，进了小区西门不远的9号别墅。

别墅里，卢屋同一个耳光重重地扇在左英朗的脸上，怒斥道："混蛋，你都暴露了还敢回这里来，你是想害死我吗？"

左英朗虽然被打，身体却站得笔挺，垂着头道："您放心，我确认没有尾巴后才过来的，没人知道我们来了这里。"

听他这么说，卢屋同在屋子里来回走了几圈说道："我们好不容易才锁定了天台山，这么长时间的努力都被你毁了。现在他们有了防备，我们还怎么动手？你做了这么愚蠢的事，你说我该怎么惩罚你？"

左英朗吓得面如土色，他知道回到这里来，自己必定不会有好结果，但他不敢逃走，自己的父母妻儿都在日出国，在卢屋同的监视之下。如果自己背叛或害怕惩罚而逃走，那么自己的家人必将受到牵连，到了这一步，他只能破釜沉舟地说道："我知道自己犯下的过错太大，不敢乞求饶恕，只是，我还有几句话想说，请让我说完。"

卢屋同平息了一下怒火，示意他说。左英朗说道："这次我虽然失败了，但却证明了一点，我们要找的东西就在莒城的天台山。这样，我们就可以集中力量在天台山，此其一；其二，我也找到了东西所在的确切位置，只要我们想个办法，想拿到东西并非全无办法。"

卢屋同听他说得有理，面上却不动声色地说道："你说，下一步我们该怎么做？"

左英朗显然还没有想好下一步怎么做，他的嘴嚅动了半天才说道："守护那件东西的人，不只是财神庙那几个人，山下的村民也参与了进来。要不，我们用钱收买财神庙里那个老道士？或是直接把财神庙里的道士都杀了？"

"杀了财神庙里的道士，你还嫌事闹得不够大吗？"卢屋同飞起一脚将左英朗踹得后退了几步才站稳，"除了使用暴力和收买，你就想不出别的方法来了吗？你以为中国的警察也跟日出国的警察一样，只要用权、用钱就能把这么大的案子作为悬案放到一边不管吗？蠢货！"卢屋同把左英朗三人骂了个狗血喷头，之后又说道："因为你的愚蠢，我又得换一个地方，我真不知道，当初怎么会带你们来。给我赶快抹掉别墅里的痕迹，撤！"

姜雁书将袁嗣明和刘占奎送到了羲元宫，在羲元宫稍稍逗留便回到莒城，天台山的事还一直不停在她的脑海中翻腾。从左英朗的行为来看，他要找的肯定是一件东西，王嗣舟对左英朗要找的这件东西心知肚明，但他却不肯说出来。日出国的人下这么大力气，这件东西肯定不普通。王嗣舟为保住这个秘密，不惜冒着东西可能被盗走的风险，也不愿求助于警方。这是件什么东西呢？与王嗣舟和财神庙是什么关系呢？这件东西应该与大羿射日、嫦娥奔月的神话有关，到底是什么东西呢？祖父来天台山也与这件东西有关吗？

自己的祖父失踪后，日出国的人就到了天台山，他们是从祖父那里得到天台山这个线索的吗？自己也是根据祖父无意中留下的线索找到了天台山，那么，祖父的失踪是不是跟日出国人有关呢？王嗣舟放走了左英朗，也不允许自己再插手这件事，等于断掉了自己找祖父的唯一线索。就这样放弃寻找祖父的线索吗？不能！依靠自己的力量再难以进行下去，那么，警方则成了她唯一可以借助的力量了。

她考虑再三，想到了于守志。上次在调查祖父失踪案的时候，于守志帮了很大的忙，这让姜雁书心中很是感动。一个失踪案他都这么尽心，如果是更大的案件，他必定不会置之不理，这样，也许能找出祖父的线索。而且于守志是刑警，他掌握着更便捷的调查权限，也许能借助警方的力量，粉碎掉日出国人对天台山的觊觎。在这种心理的作用下，她拨通了于守志的电话。

于守志正在办公室想那个日出国的人，思绪就被电话铃声打断了，电话里传来一个清脆悦耳的声音："于警官，您好！我是姜雁书。"

听到这个名字，于守志脑子里立时浮现出那张让他印象深刻的面容："是你啊，最近还好吗？"

电话那头的姜雁书说道："我还好，我想问一下，您有我祖父的消息吗？"

于守志稍稍沉默，之后略带歉意地说道："对不起，令祖父的案子你报给了颍川市公安局，有他们的协助调查函，我可以协查。但是，这个案子毕竟不是在我这里立案的案子，我无权动用警力。不过，我要是有令祖父的线索一定会知会颍川的同行。"

姜雁书虽然失望，却也知道他说的是实情。沉默片刻后她继续说道："于警官，我现在在莒城，我遇到了件非常奇怪的事情，电话里一两句话也说不清楚，不知道你有没有时间见一面，这件事很重要。"

于守志正在为妘丁、妘林的案子头痛，他听着姜雁书说得奇怪，也不忍拒绝，二人就约在了离刑警队不远的咖啡屋见面。

于守志到的时候，姜雁书已经到了，她看到于守志过来，便站了起来。于守志微笑着说道："让一位女士等我，真是失礼！"

　　姜雁书微笑道："没关系，我也是刚到。"二人坐下后，于守志要了一杯跟她一样的白咖啡，姜雁书这才向于守志道："于队长，最近我遇到一件非常奇怪的事，本来我想自己查清楚的，可是现在牵扯到了很多人和事，远远超出了我的预想和能力，所以，我觉得有必要跟你说一下。"

　　"什么事？"于守志看她说得这么郑重，对她将要说的事越发好奇，"虽然我未必能帮上你的忙，但我很愿意听一听。"

　　"我还是从头跟你讲起吧！"姜雁书便把自己住进了财神庙之后发生的事一五一十地讲给于守志听。自然，她让人入侵法丛电脑的那一节是略过的。当她说到那个用带有流川县口音的日语跟外界联系的左英朗时，于守志心中一动，这个人与警方正在盯着的日出人有关系吗？

　　姜雁书看到于守志有点走神，她停止了讲述，于守志反应过来："我在听，你继续！"姜雁书又讲到自己发现左英朗半夜出去时，在天台山中找什么东西时，电话铃声打断了正全神贯注倾听的于守志，接通后，一个男人的声音传来，"是刑警队的于队长吗？"电话那头是一个男人的声音，听年纪并不大。

　　"对，我是于守志，你是哪位？"于守志简短地答道。

　　电话那头的男人说道："我叫妘拓，我有一件重要的事要向您汇报，但是我们现在很危险，请求您的保护。"

　　于守志一听到他姓妘，心里马上警觉起来："你们？你跟谁在一起，现在在什么地方？"

　　"我和妘林在一起，我们在港城区海兴路同林街名典咖啡屋的一个包间里，请您快点过来。"

于守志一听到妘林的名字，立时说道："你们待在那别动，我马上过去接你们。"于守志抱歉地看着姜雁书说道："你说的情况很重要，但是，我有点急事必须马上离开，我处理完了再找你，咱们再继续刚才的话题，可以吗？"

"你去忙吧，希望我说的事情你能重视起来，因为我觉得事情并没有看起来那么简单。"姜雁书看出他的事情比较紧急，便说道。

"我一处理完手头这件事，马上找你。你最近注意安全，有事给我打电话。"于守志边说边站起身来往外走，把姜雁书一个人丢在了那里。姜雁书看着于守志那杯还未喝完的咖啡，陷入了沉思当中。

6

于守志在名典咖啡的包间里找到了妘拓和妘林。妘拓是个三十多岁的男人，他还算镇静，而那个妘林则是面色苍白，身上的衣服又脏又皱，浑身打着哆嗦，眼神里充满了恐惧和无助。手腕上有紫色的勒痕，个别地方有皮肤破损，这种痕迹于守志很熟悉，妘林明显是被捆绑过。看到于守志的警官证后，二人这才松了口气。

于守志将二人带回了刑警队，在接待室里，妘拓安慰妘林道："阿林，到了这里就安全了，于队长他们会保护你。"

警员王灵儿给二人倒了热水，然后与于守志一起坐在了二人对面。妘拓端起面前的水杯喝了一口，然后将杯子放回到桌上，而妘林则双手捧着那杯热水，就像冬天里用热水袋暖手一样。

于守志将吹着冷气的空调关了，妘林身体的颤抖才稍稍好些。

于守志这才开口问道:"现在你安全了,有什么想说的就尽管说,在这里没人能伤害到你们。"

妘拓长长地呼出一口气:"于队长,接下来我要说的话,在你听来可能会觉得匪夷所思,但请你一定要相信我。"

于守志看着他说道:"你放心,我有自己的判断。"

妘拓说道:"于队长,有一件非常非常珍贵的文物,现在就流落在莒城,请您一定要想办法找回来,绝不能让它落到心怀叵测的人手里。"

"文物"这两个字让于守志心头一震,便问道:"文物?什么文物?从头详细说说。"

妘拓看了一眼妘林,却突然问道:"于队长,你相信中国的神话是真实存在的吗?"

他这没头没尾的一问,于守志不知道该怎么回答,他斟酌了一下才说道:"我现在相不相信不重要,重要的是你能不能让我相信。"于守志知道,就算自己说不信,他也会想办法让自己相信,因为他正在寻求警方的保护,所以,他就必须要取得警方的信任。

于守志分析得没错,妘拓继续说道:"于队长,接下来我所说的这件事,你可能不信,但是,我发誓,我绝对没有说谎骗你。"在看到于守志点头后,他继续说道,"我要说的这件国宝,与一个上古时期的神话有关,是一件远古时期的神器,就是大羿射九日后仅存的一支神箭,名叫猎日箭。"

他这话一出,于守志简直不敢相信自己的耳朵。坐在旁边记录的王灵儿也停下了手中的笔,吃惊地张大了嘴巴。妘拓看到他的表情,脸上露出失望的神情:"我就知道,你们不会相信。"

"不,你说下去。"于守志对于刚才的失态,心中暗暗自责,在莒城发生了这么多事，连日出国都搅了进来，那么这件东西一定是真实存在着的，而不只是传说这么简单。

妘拓不管他信不信，他开始讲述一个令人听来如天方夜谭的故事。

妘拓所属的妘氏一族，是上古时期大羿的族人，后来不知道什么原因，妘姓族人便从中华大地的东面来到昆仑山中定居，世代以耕种、狩猎和放牧为生，过着世外桃源一般与世隔绝的生活。当年大羿射日后仅余的一支猎日箭被妘氏族人当作部族的圣物，世代守护至今。

新中国成立后，发生了翻天覆地的变化。中国的科技、经济、文化进入了高速发展时期，很多边远地区也得到了很好的发展，人民的受教育程度也得到了显著提高。

大西北地处边塞，地域广袤，人烟稀少，直到20世纪90年代，国家对大西北的基层建设工作开始深入。党员干部下基层，走村串户，这才有外面的人走进妘氏族人聚居的摩崖村和摩顶村，将外面的文明带进部族。部族里的人也开始走出昆仑山，接触外面的世界。

因为妘氏族人所在的地方实在偏远闭塞，交通极为不便。妘氏族人在逐渐地接触到外面的文明之后，族长开始挑选一些聪明的孩子送到外面读书。这些孩子成年后，有的返回了部族，用学到的知识带领族人过上更好的生活；有的孩子则留在了外面，有了自己的家庭和生活。妘拓是现任族长妘戎的次子，他就是留在了外面的孩子之一。而半年前，部族的圣物猎日箭被盗，族人一路追踪而来，最后，他们追到了莒城，妘拓前面所说的国宝就是这支猎日箭了。

听完妘拓的讲述，于守志如听天书。大羿射日的故事，他们在小学的时候就听过，但那也不过是当神话故事来听，怎么也想不到大羿射日的箭还是真实存在的，它不仅出现在莒城，还由此引出了这么多事件。于守志接着问道："你见过猎日箭？"

"当然见过，我们族里每年都会举行祭祀仪式，这都流传了几千年了。"说着他解开上衣的扣子，露出左边胸口的位置，那里有一个文身。文的是一支箭搭在一张拉满了弦的弓上，妘林也解开上衣，左胸上也有一个同样的文身。"我们族里的男孩子，在六岁的时候就会在这个位置刺上同样的图案，这个习俗也不知道是从什么时候开始的。"两人左胸的刺青线条变得有些模糊，不再那么立体清晰，一看便知道这些刺青刺在身上有些年头了，已经被渐渐生长的皮肉撑开。

于守志提出了一个很客观的问题："你们既然见过猎日箭，那么，猎日箭是什么材质的呢？妘拓，你在外面上过学，应该看得出来。"

妘拓似乎从来没有想过这个问题，他侧着头想了半晌，一时间无法回答这个问题。于守志又说道："大羿所处的时代，距今至少也有四千多年了，当时最先进的金属冶炼技术也就是铜了。箭这种武器不可能是石器，如果它是铜器，历经了这么多年，即使有保护措施，猎日箭也应该氧化殆尽了吧。"

妘拓听他这么说，也意识到了这个问题，但他还是摇摇头说道："猎日箭世代由圣物守护者守护，我只是看见过，并没有亲手触摸过，真的不知道是什么材质，但是可以看得出，它身上并没有锈蚀的痕迹。"

于守志对于他的话很是不解，一般用作箭头的都是金属，是金属就会受到氧化作用产生锈蚀，也许妘氏族人自有养护猎日箭不受氧化的特殊方法吧。不管猎日箭是真的还是后人伪造的，找到它才能知道真伪，也才能破解发生在莒城的这一系列的案件。

"既然你们当作圣物守护，那它又是怎么被盗的呢？你必须把你知道的详细告诉我，我才能帮你们。"

妘拓叹了口气说道："阿林，接下来的事，你来说吧，不要有隐瞒，只有于队长他们能找回圣物，你也才有可能保住自己的命。"

妘林看了看妘拓，又怯怯地看了看于守志，最后他像是下了很大的决心，这才开口说道："圣物是我和阿丁偷的。后来又让我俩给弄丢了。这件事有点复杂，我要从头说起。"

"你说的阿丁是不是叫妘丁？"

妘林点点头。于守志说道："不着急，你慢慢从头说来。"

"我和阿丁在外面县城念完高中后，没有找到工作，就一起回了村子，我们想过外面这种生活，可是我们出来又没钱。于是，我和阿丁就偷了圣物，想把它卖掉，没想到这件事很快被发现了，族长很生气，要把我和阿丁抓回去，用我们的命向圣物谢罪，于是就，就——"他说到这里，低下了头，声音越来越小，说不下去了。

他叙述得虽然简单，信息量却是巨大的，于守志问道："既然是你们把猎日箭偷了出来，那么，猎日箭现在在什么地方？"

"不知道，猎日箭被我们弄丢了。"妘林懊悔地说道。

"后来呢？你为什么没跟妘丁在一起？"

"我们俩在颍川被族人找到了，我和阿丁在逃命的时候走散了。我逃到了齐州市，在建筑工地找了个活儿挣口饭吃，有天晚上被人打晕，醒来后发现在医院，还有警察看着我，我害怕就偷跑了出来，没想到又被族长抓到了，族长说要用我们的命向圣物谢罪。"妘林说完，他突然伏在面前的桌上哭起来，哭声里透着恐惧和绝望。

怪不得妘林从医院逃走后，警方就再也没有找到他的踪迹，原来他被追踪而来的妘氏族人抓到,从那时他便失去了自由,被自己的族人看管了起来。看着于守志沉思,妘拓叹了一口气道:"于队长,你一定要救救他,他要是被带回去,必死无疑。"

于守志道:"虽然族有族规,但是,这是在中华人民共和国境内,事件又发生在莒城,我保证没有人能随便执行私刑。不过我还是有几个问题要问你们,妘丁是怎么死的?"

妘拓、妘林二人听到妘丁的死讯,都张大了嘴,妘拓问道:"他死了?怎么死的?"

于守志听他的意思,好像他们并不知道妘丁死去的消息。那么,妘丁的死就与妘氏族人无关了。那么,妘丁是绑架妘林的那些日出国人杀死的吗?杀死妘丁也是为了猎日神箭吗?而日出国人又是怎么知道猎日箭在妘林和妘丁手里的呢?

"他死了,被人杀死的。"于守志说完便看着二人的反应。

"他死了?他被谁杀死的?"妘拓惊讶地问道。而妘林听到这个消息,脸上现出的更多是恐惧。

"你们知不知道谁会杀死妘丁?猎日箭现在在谁手里?"

妘拓和妘林对视了一眼,同时摇了摇头。于守志对妘拓问道:"妘泯也是你们部族里的人吧,他在这整个事件中扮演了什么样的角色?"

二人没想到他会问到妘泯,惊讶地看着他:"于队长,你怎么知道妘泯的?你们找到他了?"

于守志并不回答他,妘拓这才觉察到,面前的于守志掌握着比他能想象到的还要多的信息量。于守志向妘林说道:"就你们两个二十岁小伙子的社会经验,把猎日箭偷出来卖掉的主意一定不是你们想到的。你把偷盗猎日箭的前因后果详细地说一遍,包括妘泯这个人在里面起到了什么样的作用，不能有任何遗漏，也不能有任何隐瞒，这样你才能将功补过，保住自己的命。"

对于于守志如此精准的分析，二人都感到惊讶，妘林看了看妘拓，又把目光投向于守志，眼神里满是敬畏。要是被族长再次抓到，自己必死无疑。虽然这是件不光彩的事，他也必须抓住于守志这棵救命稻草。于是，他开始讲述那段发生在一年前的事。

7

妘林和妘丁年纪相仿，从小在族里一起长大，妘丁是圣物守护者妘蜀的儿子，妘林的父母则是普通的族民。二人与其他几名孩子被族长送到县城读书，二人一直读到高中，最后都没考上大学。

族里出来的孩子中，读过大学的寥寥无几，像他们二人这样读过高中的，在村里也算是极少的。西北这样边远的小县城，经济十分落后，就业岗位并不多，虽然读完高中在他们族里算是高学历了，可在外面却什么都不算。他们找不到十分合适的工作，于是二人又回到了族人世代生活的摩崖村。

渐渐习惯了外面生活的妘林和妘丁，已经不满足于族人以种植、放牧和打猎为主的生活。而对于他们这样没有学历、没有背景、没有技能的年轻人来说，外面的生活成本太高，他们又无力承受。这种矛盾的心理让他们既不能安于村里的生活，又没有信心外出拼搏，二人在村里过着十分消沉的生活。

就在这个时候，在外面生活多年的妘泯回到了村里。他穿着时尚、谈吐不凡，还带着智能手机、笔记本电脑，这些都深深地吸引着村里的年轻人。他还给村里的年轻人讲述外面繁华热闹的都市生活,惹得村里的年轻人一脸艳羡。

不久之后,不知道为什么,族长下令,将妘泯赶出摩崖村,不许他再回来。

妘泯走之前,塞给妘丁一些钱和一张纸条,纸条上面写着一个电话,告诉妘丁,如果想到外面见识一下不同于西北小城的繁华,就打那个电话联系他。他会给他找工作,让他也过上和自己一样富足的生活,钱则是留给他的路费。

妘泯走后不久,妘丁经不住诱惑,就跟妘林商量去外面找妘泯,二人一拍即合。他们怕族长不同意,便说想去外面学些东西,回来帮助族人过上更好的生活。就这样,二人离开了摩崖村,联系上了妘泯,按照妘泯留下的地址,一路来到了东海省颍川市。

妘泯去车站接上了二人,带二人吃了饭,又给他们安排了住处。东海省是中国东部沿海省份,全省十六地市中有七个是沿海开放城市,改革开放较早,经济实力在全国排前几名。林立的高楼大厦、变幻多彩的霓虹灯、便利的交通、丰富的夜生活都让刚从昆仑山腹地出来的妘林和妘丁目不暇接。

这两个刚二十岁的小伙子,虽然在县城读过高中,可那边远的小县城如何能与东部沿海的发达城市相比,二人看什么都新鲜,深感自己这次出来开了眼界。

妘泯给二人安排了工作,跟着他干装修的活。活不累,每个月给两千块的收入,吃住都由妘泯负担。

在颍川这样的城市,就算上了年纪的大妈,做个保洁也不止月收入两千块。但是,这样的薪资对于妘林和妘丁来说,已经远远超出了他们的预期。

妘泯待二人着实不错，下班后经常带他们出去逛街，看看外面的繁华景象，吃吃各种美味的小吃，后来，更是带二人去酒吧、夜总会玩。当然这些都是妘泯买单，二人不知道，这样的生活并不是他们月薪两千能负担得起的。

劲爆的音乐、忽明忽暗的灯光、乱人意志的酒精、加上衣着暴露的年轻女人，都强烈地刺激着这两个血气方刚又涉世未深的小伙子。很快，就有两个性感的女人上来搭讪，妘林、妘丁面红耳赤的窘迫表情引起了周围人的哄笑，二人逃也似的出了夜总会。

妘泯事后并不责备二人，而是笑着安慰他们，说他们是男人，现在都是大人了，该享受属于他们的生活。妘泯再带他们去娱乐场所玩的时候，二人便不再那么拘谨。

后来，他们在夜总会里认识了两个女孩：小美和小丽。这两个女孩不同于夜总会里的其他女人，对二人更多了些善解人意和体贴。小美、小丽本就是欢场老手，要拿下这两个刚刚走出大山的毛头小伙子自是不费吹灰之力。稍加挑逗，妘林、妘丁便成了二女的裙下之臣。再略施手段，这两个初尝情欲滋味的小伙子恨不得早早贴在二女身上。

有了女人，他们初时还觉得不错的薪水就显得捉襟见肘。妘泯也大方地不时接济二人。二女似乎真的对两人动了感情，开始租房与他们同居，不时用自己的钱带他们出去享乐。一时间，两对鸳鸯如胶似漆，恩爱非常。妘林、妘丁二人觉得自己像进了天堂一般幸福。

这种幸福在两个多月后被一群男人打破。那些男人声称是借贷公司的，说小美、小丽二人向他们借了钱，连本带利已有几十万的数目，若不还钱，就要拉她们去卖身还债，再不然就是砍手砍脚。

二女拉着妘林、妘丁苦苦哀求，说这些钱都是用来付房租、带他们出去玩用掉了，并且都声称怀了他们的孩子。

妘林、妘丁从小在部族长大，民风淳朴，他们天真地认为，小美、小丽跟自己同居了就是自己的女人，他们有责任保护自己的女人。这些钱他们也有份消费，更何况二女现在有了自己的孩子，自己更应该担负起保护她们的责任。看着自己的女人被别的男人侮辱，二人头脑一热，与这帮男人发生了武力冲突，结果可想而知，以二人的惨败告终。

还是妘泯站出来，帮他们付了一些钱后，那帮人答应宽限一些日子再来。

几十万对于妘林、妘丁来说完全是天文数字，二人哪有能力帮她们还上这笔钱。就算再过十年，以他二人的收入也不可能还得清，何况以利滚利，这笔钱像滚雪球一样呈几何倍数增长，他们永远不可能有还清的那一天。

最后，妘泯替他们想了个办法，那就是回到村里，把部族的圣物猎日箭偷出来卖掉，不仅能还上这些借贷，还能让二人与自己的女人孩子过上富足的生活。

二人听后，头摇得像拨浪鼓。别说他们不敢做这样的事情，就算他们有这个胆子，想把圣物不知不觉地偷出来又谈何容易。

猎日箭是部族最珍视的圣物，是部族的守护神，已经在部族传承了几千年。族中有四个圣物的守护者，由族里年轻力壮且对部族绝对忠诚的男人担任，四个守护者轮流看护圣物。平时他们不用做打猎、放牧和种植的工作，族里人会集体供养他们，他们非常受族人尊敬，有崇高的荣誉感和使命感。

权力和义务总是相辅相成的，如果，他们看守的圣物出现了问题，那么他们也会受到族人最严厉的惩罚。妘丁的父亲妘蜀正是圣物守护者,他不能连累自己的父亲。

妘泯告诉妘丁,所谓的圣物并没有什么神力,不过是祖先传下来的一件古物,放在族里也就是每年的祭祀大典时取出来供奉而已,并没有实际的作用。但是,拿到外面,它的价值足以让全族人过上这座城市里最好的生活。并且,他已经替二人想到了一个绝妙的好主意,那就是偷天换日。他做好了一支假的猎日箭,只要二人回到族里,找机会把真假猎日箭调换,把真的猎日箭带出来交给他,他会把猎日箭卖掉,帮二人还债,剩余的钱足够他们几辈子吃喝玩乐的。

每年的祭祀大典时,猎日箭都会被请出来供奉,二人也见过真正的圣物。当妘泯拿出他仿造的那支猎日箭时,二人发现确实一模一样,分不出真假,这时二人确实心动了。

外面有人苦苦相逼,面前有心爱的女人牵着衣角、珠泪涟涟地央求,以及他们对未来富足生活的无限向往,在现实的逼迫和欲望的双重驱使下,二人决定听从妘泯的意见,铤而走险。

那伙人扣下了小美和小丽当人质,才放妘林、妘丁二人去想办法弄钱。小美、小丽千叮万嘱,要他们快些回来,要不然他们的孩子怕是保不住。

就这样,二人按照妘泯的计划,携带着那支假猎日箭又回到了村里。摩崖村是一个隐匿在深山当中、几乎与世隔绝的村落,附近的几个村子以妘姓为主,间杂着一些桑姓,他们都是当年有穷国的后人。

村里几乎不会有外人到来,部族里的人过着安静祥和的生活。部族圣物猎日箭就收藏在长老所居住木屋后面的山洞中,平时都由四个守护者轮流看守。几千年以来,圣物并未发生过意外,守护者也就不是十分警觉,他们不过是轮流在山洞中值班,以保证收藏圣物的山洞不会有外人进入罢了。

妘林、妘丁回到了村里,他们穿戴一新,并给族人带来了不少外面的好东西,显然是在外面赚了钱,引来了族人,特别是族里那些年轻人的羡慕的目光。二人争荣夸耀的心理得到了极大的满足,为了维持这种虚荣心,换走猎日箭的心思也愈加坚定。

如果部族就这样平静地生活,他们是很难有机会接触到圣物的。也许是天意,村里有个老人去世了,族中长老去为死者送魂,族里的人也都去帮忙安葬。葬礼还未结束,就有些人开始腹泻,整个村里的人就有点乱了。

长老也是族中的巫医,他只好又忙着给族人医治,几个圣物守护者也纷纷中招,族中的防卫力量呈现出一种非常薄弱的状态。

妘丁的父亲妘蜀是一名圣物守护者,这一天正好轮到他和妘相值守,他拖着有些虚脱的身体起来,妘丁看到这样,便要求替父亲去当班。虽然为了圣物的安全,族里有专门的守护者,但多少年了,圣物从来没有出现过闪失,对圣物的守护也就是个形式,加上这时的村里没有外来者,妘蜀身体实在扛不住了,便相信了自己的儿子。没想到另一个一起当班的守护者妘相也中了招,腹泻得起不了床,在妘丁和妘林拍着胸脯的保证下,就让他们代替当班了。

妘丁和妘林二人便这样正大光明地进了收藏猎日箭的山洞,二人用回来前才学会的开锁手法,打开了装有猎日箭的盒子,用假的猎日箭替换出了真的猎日箭。妘林带着真的猎日箭离开,而妘丁则留下来替父亲值守。妘林刚刚离开,妘蜀便来到了值守的地方,他并非不相信自己的儿子,毕竟守护圣物是他的职责。

妘蜀到的时候,妘丁正坐在洞口的椅子上打盹。他其实是为了掩饰他的兴奋和慌张。妘蜀哪里想到自己的儿子会做这些事,他看到放圣物的盒子锁得好好的,不再有疑,就让儿子离开了。

圣物到手得非常顺利,他们怕节外生枝,便想快点离开。二人便以假期到了,要回去工作为由,离开了摩崖村。

二人顺利地回到了东海省,计划用卖掉猎日箭的钱,让自己的女人孩子过上富足的生活。

妘泯见到了他心心念念的猎日箭,便开始在外面联系买主。妘丁、妘林二人在外面生活未久,他们并没有这样的门路,也只能听由妘泯处置。但二人还是多留了一个心眼,猎日箭一直由他二人保管,并未交给妘泯带走。不久后的一天,妘泯兴奋地告诉二人,他已经找到了买主,买主出的价钱是个天文数字,足够他们一辈子无忧无虑地生活。

有了这笔钱,小美、小丽就能回到自己身边,他们就有钱在这繁华的都市安家,也可以与自己心爱的女人结婚生子,过上幸福快乐的生活。对美好生活的向往使他们暂时忘记了一个问题,如果族人发现他们偷走了部族圣物,会不惜一切代价地把他们抓回去,用最严厉的手段惩罚他们,他们的行为还会牵连到自己的家人。

这一天,妘泯告诉他们,他在街上发现了族里的人,并且他们在到处打听二人的下落。妘丁、妘林这才意识到自己做的这件事情的严重性。他们从小就知道,要是违反了族规,要受到族规的惩罚,这种刑罚会让他们求生不得、求死不能。想到这里,二人的脸都吓得惨白。妘泯却安慰他们说,他会尽快把猎日箭卖掉,拿到钱后送他们离开,让他们带着小美、小丽去一个族人都找不到的地方,平安生活。

除了这样,二人还能有什么别的办法呢?之后,二人一直躲在出租屋内不敢出门,生怕被族人看到。妘泯很快带来了消息,买主要他带猎日箭去交易,妘丁、妘林二人不放心,要与他一起去。妘沠则说，族人并不知道他与二人在一起，他一个人去更安全，让二人好好在家，只要少出去就不会被族人找到。二人想到族规，确实心有余悸，于是，也就不得不听从了妘沠的话。

妘沠带着猎日箭走了，二人则趁着夜色走出出租屋，想去买些吃的东西。当二人回来时看到自己居住的房子火光冲天，意外地在围观的人群中看到了一脸邪恶笑容的妘沠，他们这才意识到自己被妘沠算计了，妘沠想杀他们灭口。只要二人一死，就没有人知道猎日箭在他妘沠的手中，族人就不会找上他。

就在他们惊魂未定的时候，在街上又遇到了来寻他们的族人，在逃避族人追捕的过程中，二人就这样跑散了，手机也在这个过程中跑丢了，二人从此失去了联系。

在颖川，妘林发现不管他藏到哪，似乎总能看到自己的族人，于是，他离开了颖川，去了齐州，在一个建筑工地上找了个活，这个工地远离市区和人群，便于躲藏还能解决吃住，他就这样留了下来。这样提心吊胆地过了一个月，一天晚上，他出去小解的时候被人打晕了，当他醒来时，自己躺在医院里，身边还有警察在。

难道是因为自己偷盗猎日箭，警察要抓自己坐牢？这让他万分惊恐，他趁看守的警察不注意，偷偷从医院逃走了。他以为自己是幸运的，却没想到自己依然是不幸的。

他从医院的西门跑出来，向北二三十米右拐进了一条小街，这条小街人比较少，相对僻静。他正在庆幸自己跑掉的时候，停在路边的一辆面包车车门突然打开，从车上下来两个男人，这二人突然抓住他，想把他塞进面包车。

妘林本来就处在高度紧张的状态下，他拼命反抗，并大声喊叫，两个男人一时也没能控制住他。这时,有两个穿制服的男人经过,看到这一情况后,立即上前制止。

面包车上的男人看一时不能得手,只得丢下他,窜到车上,面包车快速地开走了。那两个男人问妘林发生了什么事,并想报警。妘林刚刚从警察身边逃开,怎么敢报警,他什么也没说,就跌跌撞撞地跑了。

他不认识路,犹如惊弓之鸟,没头没脑地乱跑,只想离这个可怕的地方远点。不幸的是,他逃出来没多久,就被找到莒城的族人抓到了。族长亲自审问了他,他不敢有所隐瞒,把所有的事情向族长和盘托出,族长把他关了起来,说找到圣物后再带他和妘丁、妘泯回摩崖村,要他们接受最严厉的惩罚。

妘拓知道,要是被身为族长的父亲带回去,妘林只有死路一条。在莒城生活多年的他明白,只有警察能保住妘林的命,也只有警察能帮族人找回猎日箭。瞅着一个机会,妘拓支走了看守妘林的人,带着妘林跑了出来,然后给于守志打电话,请求警方的保护。

"你还记得在医院外劫持你的那辆面包车的车牌号吗?"于守志问道。妘林摇了摇头,于守志又接着问道,"那么,你还记得劫持你的那两个男人的样子吗?"妘林依然摇头道:"当时太紧张了,我真的没看清那两个男的长什么样。"人在高度紧张的情况下,确实会忽略这些细节,这也符合正常的情况,于守志也只得作罢。

流放四凶

> 昔帝鸿氏有不才子，掩义隐贼，好行凶慝，天下谓之浑沌。少皞氏有不才子，毁信恶忠，崇饰恶言，天下谓之穷奇。颛顼氏有不才子，不可教训，不知话言，天下谓之梼杌。此三族世忧之。至于尧，尧未能去。缙云氏有不才子，贪于饮食，冒于货贿，天下谓之饕餮。天下恶之，比之三凶。舜宾于四门，及流四凶族，迁于四裔，以御螭魅，于是四门辟，言毋凶人也。
>
> ——《史记·五帝本纪》

1

妘林讲完了。于守志在心里暗暗叹息，妘林、妘丁两个年轻人从一开始就落入了妘泯的圈套之中。小美、小丽不过是钓二人上钩的美人鱼，是妘泯为了使二人甘心为自己盗取猎日箭布下的棋子。

同时，他又想到了一个重要的问题，于是他向妘拓、妘林二人问道："弓和箭是配套使用的，就像是秤与砣，谁离了谁也不行的。猎日箭是神器，那么神弓呢？为什么没听你们提到？"

妘林一脸茫然，妘拓却说道："我小时候听族里的长者讲过大羿射日的故事，也知道您问的神弓，神弓的名字叫穿云弓。据说当年大羿射日后，他的徒弟嫉妒大羿神箭手的名声，更觊觎穿云弓和猎日箭这两件神器，就暗杀了大羿，在他与我们族人的混战中，他抢走了穿云弓。从此，神弓就不知所终。而我的祖先拼死保住了猎日箭，就这样，猎日箭就成了我们妘氏族人的圣物。这只是我小时候听来的故事，具体的情况还得问我的父亲或族里的长老，他们才知道详情。"

这已是几千年前的事情了，当时究竟真相如何，现在谁也说不清，但至少知道了神弓的名字。妘拓又说道："于队长，阿林他们是犯了错，他们不该偷盗族里的圣物，何况还是国宝。他要是落在族人手里，必死无疑。虽然说族有族规，但现在的中国是一个法制社会，我不想让族人犯罪，也不想让阿林受私刑。想来想去，我还是觉得把他交给警察，让他受到法律的惩罚，至少他能保住命。而且，猎日箭必须要找到，这不光是我们部族的圣物，更是中国的国宝，决不能让它流落出去，要守护住这国宝，非得借助警察的力量才行。"

"妘拓，你做出了最好、最正确的选择，我要谢谢你这么信任莒城警察、信任我。我会保证妘林的安全，也会派警力查找猎日箭的下落，决不让它落到外人手里。"于守志不由得对妘拓的理智刮目相看。

同时，他了解了事件的前因后果，死去的妘丁可能就是在这样一种情况下与妘林走散了，两人都离开了颍川，妘林去了齐州，而妘丁则阴差阳错地来了莒城。妘林选择了打工谋生，而妘丁在惊恐逃命时变成了流浪汉。从妘林、妘拓的讲述和他所掌握的情况来看，追踪猎日箭下落的不只妘氏族人，还有那些不明身份的日出国人，杀害妘丁和抓走妘林的应该是同一伙人。

那么，问题又来了，自己这个中国人都只是把大羿射日当作神话故事，并不相信这是真实存在的，那么日出国的人为什么会知道猎日箭，并且还到处追踪这件国宝的下落呢？从日出国人的反应和妘氏族人的行为来看，猎日箭决不是凭空捏造出来的，它一定是真实存在的。既然有猎日箭，那穿云弓又在什么地方呢？上午姜雁书跟自己见过面，她提到了在天台山行踪诡秘的日出国人，这些日出国人是不是跟猎日箭有关呢？抑或是跟穿云弓有关？想到这里，他的脑细胞极其兴奋，思维也更加活跃，大脑像一台高速运转的处理器，对接收到的信息进行着整理重组。

"妘林，你们认识日出国的人吗？"

妘林摇了摇头道："我们从来不认识外国人。"

"那么，关于猎日箭的事，你们跟什么人讲过没有？"于守志进一步问道。

"我们也知道偷族里的东西不是好事，那次我被抓走，醒来时已经在医院了，从来没有对别人说起过。"妘林低着头说道。

如果猎日箭的消息不是从妘林这里走漏的，那么妘泯也有可能在为猎日箭寻找买主的时候把消息泄露出去，甚至泄露给日出国人。于守志心里已有了底，他又向妘拓问道："寻找猎日箭是莒城警方的工作，你马上通知你们的族人，请他们停止在莒城的一切活动，并且所有人到莒城市公安局刑警队备案。同时，你把猎日箭的样子画给我看，尽量详细。"

妘拓明白，想让族人到刑警队备案，这恐怕很难做到。族人都是生活在非常边远的深山中，虽然也让族里的年轻人到外面学习，但其生活和习惯还是处在比较原始的状态，他们没有什么法律的概念，族规和世代流传下来的价值观就是他们判断是非善恶的标准，这与现代社会基本上是脱节的。他的脸上露出了为难的表情。于守志又说道："你是一个分得清是非轻重，懂得以大局为重的人，你们族人这样很难找回猎日箭，并且他们的行为准则与我们的法治社会不一致，这样很容易就会触犯法律，到时候就算是我都帮不了他们。你是族长的儿子，你去劝劝他们，请他们相信我们警察，并且与我们合作，只要找到猎日箭，我们一定会让他们带回去。"

妘拓知道于守志说的是实情，他也正是有这个担心才选择求助于警方的。妘拓苦笑道："不是我不肯去，我放走了妘林，只怕我回去也会被我爹抓起来，就算不把我带回族里执行族规，也不会轻易饶了我，所以最好是你能跟我一起去，这样才能保证我的安全。"

对于荒蛮未化的人群，于守志相信他们什么事情都做得出来，于是他点头同意了。

当他们走出接待室的时候，王灵儿悄悄扯了扯于守志的衣角，低声问道："你相信他们的话吗？"于守志沉默了片刻才说道："你相信吗？"

王灵儿想了想，最后还是说："听他说得有因有果有实物，联系最近莒城发生的事情，不由得人不信。可是，我又从心里不相信神话传说是真的，我也不知道该信还是不信了。"

"不管是不是真的，当务之急就是要找到猎日箭，找到了实物则真假立判，如果是真的，那就决不能让猎日箭落到日出人手里，也决不能让国宝从莒城流失海外。"于守志坚定地说道。

于守志将这些情况向局长作了详细的汇报，局长也是如听天书。妘氏族人不是坏人，但是他们来自边远的深山当中，法制观念淡薄，对圣物的信仰执念甚深，一旦这些人不听劝告，继续在莒城活动，与觊觎猎日箭的日出国人相遇，势必会发生流血事件，一定要阻止这样的事情发生。于守志决定亲自去劝说妘氏族人，局长有点担心，于守志说道："局长，您相信我，我能完成任务。"

局长考虑再三，同意了他的请求，但是，他要求于守志全过程保持通讯状态，让李杨带刑警队的人守在外面以策万全。于守志听他安排，自然没有异议。于是于守志在妘拓的带领下，来到了妘氏族人住的地方。

2

城郊的一个独门小院，周围没有什么人住，非常僻静。三间红砖瓦房，门窗半新，应该是妘拓给他们找的临时落脚点。来之前，妘拓就联系了自己的父亲，妘氏族长妘戎和几个族人正等在屋里。

妘戎身形瘦削，面色黑红，长期的风吹日晒，使他看起来比实际年龄要苍老一些，但身为一族之长，他的身上自然带着一股领袖的风范。他看到跟在妘拓身后进来的于守志时，脸上露出警觉的神情。

于守志来之前特意换了一身警服，这样的他看起来更加威严庄重。

"阿爹，这是莒城公安局刑警队的于队长，他有话要跟您说。"妘拓平时就比较怕自己的父亲，现在他又放走了妘林，他知道父亲很生气，连说话都小心翼翼的。

妘戎上下打量着于守志，于守志掏出自己的证件，非常客气地说道："妘族长，您好！我是莒城公安局刑警队于守志，今天是特地来拜访您的。"

妘戎并不去接他的证件。他们虽然生活在昆仑山腹地，也并非与世隔绝，作为族长的妘戎对外面的世界自然有所了解。他看到于守志身上的警服时，也已经知道了他的身份。于守志以礼相待，他也要有一族之长的风度，于是也自我介绍道："我是妘戎，不知道于队长今天来找我，有什么事？"他站在门口，并没有要请于守志进屋的打算。

"将客人拒之门外，这可不是妘族长的待客之道。"于守志微笑道。

妘戎也不能失了身份，他将身一侧，把于守志让进屋内。屋内的陈设很简单，几块木板铺在地上，木板上铺着席子，上面胡乱地扔着几床被子，这便是他们休息的床铺了。半旧的桌上还有没吃完的面饼和咸菜，看起来非常简陋。

妘拓把屋里仅有的两个凳子拿过来，请妘戎和于守志坐下。于守志开门见山地说道："妘族长，最近发生在您族里的事，以及您来莒城的目的，妘拓都跟我说了，对于你们部族的圣物被盗，我深表遗憾。但是，对于追回被盗的圣物这件事，我想我能帮得上忙。"于守志说到这里，妘戎狠狠地瞪了妘拓一眼，非常干脆地拒绝道："就不用于队长费心了，我们族里的事，我们族人自己能解决。"

"妘族长，这件圣物不只是你们部族的圣物，也是咱们中国的国宝，现在不只是你们在找这件宝物，连一群外国人都盯上了它，所以，找回国宝就不再是你们妘氏一族的责任，更是我们警察的职责。"于守志义正词严地说道，"我知道妘氏族人都很勇敢、很忠诚，但是，世界这么大，你们的人手毕竟有限。我们警方想要找到一个人有更便捷的条件，我希望您能与我们警方合作，找回失踪的国宝。"

"不行，那是我们部族的圣物，我们族人守护了几千年，它是属于我们的，谁都不能将它抢走。"妘戎固执地说道。

于守志听出了他话里潜在的担心，他怕警方介入后，即使找到了猎日箭，也不会将它归还给自己和族人。他向妘戎保证道："族长，这个您放心，猎日箭是妘氏族人的东西，我们不会染指。当务之急是找到猎日箭，结案后，会让您将它带回部族。"

妘戎听他这么说，坚定的表情有所缓和，他脸上露出为难的神情："可是，我们没有钱请你帮忙寻找圣物，我们带来的钱已经花完了。"

"我们是国家公职人员，保护集体财产及公民的人身财产安全是我们的职责，办案经费自由国家负责，不需要你们出钱。"

听到于守志这么说，妘戎似乎无可拒绝，他又说道："既然于队长这么说，我再拒绝就是不通情理了。你们可以跟我们一起寻找圣物，但是，不管是谁找到的，都得让我们带回去。"

于守志却说道："妘族长，寻找猎日箭的事就交给我们警方去做吧，您和您的族人只需要耐心等待便可。"

"那不行！"妘戎马上拒绝道，"圣物是从我们手中丢失的，我们就是倾全族之力也必须找回来。如果队长不愿意，我们也不用你帮忙！"妘戎这么说，显然是怕警方故意将他们排除在行动之外，如果猎日箭被警方找到后隐瞒消息，之后私吞，他们也无力阻止。

"族长，您要找回猎日箭的决心我非常清楚，但是，在这个过程中会发生什么事，谁也无法预料。我们苢城是一个有法度的地方，我们遵守的是中国的法律，而且，任何中国境内的人员都应遵守，

145

法律与您的族规不同。如果您和您的族人在追寻圣物的过程中有触犯法律的地方，我不得不对你们采取强硬措施，但你们并没有违法的主观意识，而是因为不懂法而违反，这是我不愿看到的，我相信这也是你们不愿看到的。"于守志边说边观察着妘戎的反应，他又继续说道，"比如说，妘林私自盗取了属于妘氏族人集体所有的圣物猎日箭，按我们的法律会以盗窃罪将他拘捕，由法院根据他所犯下罪行的危害程度和认罪态度来量刑定罪，但是，他要是落在您和您的族人手中，想必会按族规处置。您所执行的族规与咱们国家现行的法律相违背，这样我就不得不以现行的法律法规对您和您的族人实行强制措施，然后等待检察院和法院的量刑定罪。还有，如果您和您的族人遇到了觊觎猎日箭的人，如果想拿回猎日箭，势必会动用武力，发生流血冲突在所难免，到那时，我就不得不动用警力来平息冲突，真到了那一步，您希望我用什么态度来对您和您的族人呢？"

于守志的话说得有理有据，不卑不亢。妘氏族人虽然居住在深山中，在出来寻找猎日箭的时候，便动用了在外面生活的族人，他们虽不懂法，但这些人大致是懂的。妘拓在这个时候说道："阿爹，我们还是相信于队长吧，他们要想找个人、找件东西，比咱们容易得多。出来这几个月，钱基本上也花完了，没有钱，咱们吃饭都是问题，更别说寻找圣物了，更何况还有一伙更有钱有势的人在打圣物的主意。猎日箭不只是我们妘氏一族的圣物，也是中国的国宝，咱们都是中国人，绝对不能让它落到外国人手里。如果不借助于队长的力量，一旦圣物被偷运出境，我们可就是千古罪人了。"妘拓更是考虑到了己方面临的实际困难，并借此来说服自己的父亲。

妘戎听他这么说，也是无奈，脸上露出缓和的神情。于守志趁热打铁地说道:"族长,您只需告诉我事件的详细经过,剩下的事就交给我。我以一名人民警察的名义保证,一旦找到猎日箭,待到结案后,我会派人给您送回摩崖村。"

"我可以答应由你们来寻找圣物,但是,不找到圣物,我们决不回去。"妘戎退让一步说道。

于守志没有理由强制他们回去,于是也退一步说道:"族长,您要是一定要在这里等,我也不反对,但是他们必须到我那里备案一下。同时请您约束您的族人,他们可以自由活动,但是不可以有违反法律法规的地方,若您有任何发现必须通知我,任何行动也必须征得我的同意。"

妘戎还在犹豫,妘拓说道:"阿爹,您就答应吧!您带来的多是在村里生活的人,他们不懂外面世界的生存法则,一不小心就可能越界,到时候于队长该怎么办呢?是抓还是不抓?"看着妘戎还在思虑,于守志拿出几张照片,抽出其中一张放在妘戎面前,那是妘丁的复原头像,"妘族长,这个人您一定认识吧。"

妘戎瞪大了眼睛,目光中充满了疑惑:"这是阿丁,就是他和阿林把圣物从族里偷出来的,他现在在哪?你们找到他了?"

于守志又将妘丁案发现场的照片放在妘戎面前:"他死了,被人杀死了。"

听到于守志这么说,妘戎脸上的表情由疑惑变成了愤怒:"是谁杀死了他?是妘泯吗?"

"不,不是妘泯,是一伙盯上了猎日箭的人,他们想把猎日箭偷运出中国。为了得到猎日箭,他们杀死了妘丁,之前绑架妘林的也是他们,他们为了得到猎日箭是会对任何人下手的,当然也包括您和您带来的妘氏族人。"

妘拓适时地接过守志的话头说道："盯着圣物的那伙人比我们有钱有势力，我们的族人根本不是他们的对手，只有于队长有能力对付他们。阿爹，我希望您能将带出来的族人都平平安安地带回去，他们家中都上有老下有小。圣物虽然重要，可是，有什么比咱们族人的命更重要的呢？毕竟人活着才有希望。"

　　妘拓说的都是实情，妘戎长叹一声，算是默认了。他带领族人出来的这几个月，见识了外面的世界，知道这里的生存法则与自己那儿截然不同，他的权威在这里什么都不是。外面的世界虽然繁华，但自己和族人就像个傻子一样，什么都不会。要不是找回圣物的决心支撑，他真想回到那个自己熟悉的世界。如果继续留他们在这里，吃饭、住宿都成了问题，他这个族长也无能为力。最后，他点点头道："于队长，我可以答应您的要求，我也可以让他们回去，但我要在这里等，等着带圣物回去。"

　　"可以，你让所有的人到我那里登记一下，回去的车票我来负责。"他们只要答应回去，一切就都好商量。而且族长愿意让妘族人回去，于守志也算是放下了一桩心事。

　　妘戎万般无奈下点头答应了。他召集了带来的所有人，于守志带他们回去登记，并将他们安排在了局里的招待所，给除了妘戎和妘拓以外的人都订了车票，第二天送他们离开。

　　妘拓毕竟年轻，对穿云弓和猎日箭的事所知寥寥，关于妘族更多的信息，则要从族长妘戎口中探听了。

3

"妘族长，请您给我详细讲讲大羿射日的故事，我想知道穿云弓与猎日箭的所有信息。"于守志派人送走了妘氏族人，他来到妘戎所住的房间，去挖掘那个发生在几千年前的故事。

妘戎为了找到猎日箭，自是有问必答，他给于守志讲起了流传在妘氏族人中大羿射日的故事。

上古帝尧时期，东夷族有一个神箭手叫羿，他是有穷氏的首领。这个国家的人体形高大魁梧，个个都是神箭手。

帝尧时期，天上出现了十个太阳，大地一片焦土，植物被旱死了，动物也因为没有食物和水逐渐减少，人类处于灭族的危险之中。大羿用穿云弓、猎日箭射掉了九个太阳，只留下一个给人类照明和取暖。这样人们的生活又回到了正常的轨道上。

羿统一了周围的许多部族，使人们都过上了安居乐业的生活。一时间，到处都在传颂羿的功德。

帝尧感念大羿射日的功绩，赐有穷氏为妘姓。羿的穿云弓和猎日箭都是上古神器，羿射九日后，十支神箭仅余一支。

羿与姮娥是一对恩爱夫妻，两人为了能生生世世在一起，羿就去西王母那里求取长生不老的仙药。当他带着不死仙药回到有穷国时，羿的徒弟逢蒙因为觊觎这两样神器和羿的不死仙药，趁羿不备，杀死了羿，想抢夺羿的不死仙药和神器。姮娥不想仙药落在逢蒙手里，就一个人吞下了所有的不死仙药，由于仙药的作用，姮娥飞上月亮，成了广寒宫中的仙子。

有穷氏还有一个小首领叫奇，他得到这个消息后，就带领自己的族人与逢蒙打了起来，抢回了猎日箭。逢蒙带着穿云弓逃走，之后不知所终。奇因此成了有穷氏的首领。

帝尧年老，他将帝位传给了舜。当时西北的部落作乱，帝舜便将能征善战的有穷氏派到西北，以平叛西北小部落的骚扰。奇带领的有穷国后人很快就与西戎的各个小部族展开了战争，有穷国人毕竟是来自东方的民族，他们的生活环境以及生活习性与西北相差很大，虽然他们体格魁梧，能征善战，但想平定世代生活在西北的土著西戎人，也费了很大力气。

自从奇带领的有穷国人到了西北后，与当地的西戎人相融合，在西北定居下来。秦朝以前，西北建立有许多小国，大部分都带有有穷氏的血缘。

后来，他们的部族移居昆仑山腹地，并把带走的猎日箭当作部族的圣物，世代传承守护。

两年前，在外面工作的妘泯回到族里，他跟族长说起了外面的世界。他说猎日箭放在族里不过是一件物品，如果拿到外面的话，就是一件极珍贵的文物，价值连城；如果把它拿出去卖掉，得到的钱足以让全族人离开这个穷乡僻壤，到外面的繁华世界过上富足安乐的生活。

他这个提议被族长断然拒绝，族长把他赶出了村子，永远也不许他再回来。妘泯走后，族里人一直过着平静的生活。

发现圣物被调包是一个偶然，半年前，村子里发生了许多奇怪的事情，村里鸡飞狗跳，老鼠也纷纷跑出来，接着大地就开始摇晃，村里的房屋开裂倒塌，伤及村民。族里的长老说是族人不肖，惹得天神发怒，需要请出圣物进行祭祀。

这个时候，他们才发现，锁在盒子里的圣物竟然是假的。长老说，妘氏族人失去了猎日箭的守护，以后会多灾多难，生途维艰。

失去了作为圣物的猎日箭，族人就像是失去了信仰一样，人心涣散，族长的权威也大打折扣。族长为之震怒，于是，他决定带着族里的人找回猎日箭。

他们最后一次取出圣物祭祀后，圣物就一直锁在盒子里，由守护者看守，这期间只有在外面的妘丁和妘林回过村子，不久又离开了。并且妘丁曾因身为守护者的父亲生病，而帮他看守过圣物，他是有机会换走圣物的。经过种种分析后，可能盗走圣物的只有妘丁和妘林二人。

可是天下之大，人海茫茫，到什么地方去找猎日箭呢？族中长老向天占卜，说是猎日箭得到了穿云弓的召唤，猎日箭去了穿云弓所在之地，两件神器要聚首了，而这个地方离妘氏族人的出生之地不远。

妘丁和妘林曾告诉过族长，他们在东海省工作，而东海省在几千年前正是东夷人生活的地方，于是族长便带人一路追到了东海省。东海省那么大，常住人口几千万，加之是发达的经济开放省份，到这里工作、生活和旅游的流动人口更多，想找到刻意隐藏身份的两个人，就算是警方也非常困难，更何况是初涉此地的妘氏族人。

妘拓在东海省已经生活了几年，他为了找妘林、妘丁的下落，花钱到处找人买消息。那时，妘丁已死，妘林在逃，他们很快就得到了妘林在齐州的消息，妘戎带人找了过来。

在齐州没有找到妘林，他们又得到消息，说妘丁曾在莒城出现过，于是他们又来到了莒城。在莒城没找到妘丁，却说巧不巧地抓到了从医院逃出来的妘林，从妘林口中得知了猎日箭被妘泯骗走的消息，并且，还有另一些人也在打圣物的主意。族长将妘林关了起来，自己带人在外面寻找妘泯的下落，不想，妘拓却偷偷放走了妘林，还带回了警察。

至此，猎日箭的故事，于守志算是听到了完整版。"族长，那支假的猎日箭您带来了吗？"于守志问道。

"带来了。"妘戎从随身的包裹里取出一个布包，打开后，里面是一个红褐色箭镞。这个箭镞长大概十五厘米，它并不像平常见的箭头那般锋利，反而有一种利刃无锋的钝感。能成功骗了这么长时间，这个假圣物的样子得以乱真才行，那么真正的猎日箭也就是这个样子了。

此时，于守志的心里就产生了一个疑问，几千年前，那个时候应该还没有铁器，大部分器具都是石器、陶器，最先进的也就是青铜器。作为箭镞的材质来说，陶器是不可能的，那么就只有石质和青铜了。如果是青铜打造的箭镞，在经过几千年后，是不是应该氧化得锈迹斑斑了呢？就算是常常有人对箭镞进行保养，也不可能保护得这么好。可这件箭镞的表面却十分光滑，没有一点锈蚀的痕迹，反而更像是石器。

如果是石器，装上箭杆后，根本射不远，又怎么能担负起射掉太阳的重任呢？再说就算是神兵利器，也不可能将太阳射掉。于守志拿着这个假圣物上下左右地仔细看着，他又问道："族长，真的猎日箭是什么材质的？"

妘戎被他问得一愣。"我也说不上来是什么材质的，就是在拿出圣物的时候，仔细看下来，才发现是个假的。"

于守志掂了掂手中的这个假圣物，再敲一敲，分明是金属的，外面包了一层不知道什么的物质。"族长，把这个借给我用用，以便于我们按照这个样子去寻找猎日箭。"

"你们需要就拿走吧，反正也是假的。"妘戎说道。

于守志把箭带回所里，局长立即召开专案组会议。把猎日箭的形貌特征分发到每个参战队员的移动数据终端上,他要求公安边防支队、公安边防检查站、海警加强检查力度,决不能再有人偷渡入境或出境,以免猎日箭从莒城流失海外。同时,在进出莒城的各机场、码头、火车站、汽车站、出城路口、高速收费站进行盘查,切断一切猎日箭离开莒城的通道。

而于守志也要求刑警队员们,调动所有的关系网和线人,全城查找妘泯的下落,找到了他,就不愁找不到猎日箭。一旦有人打听猎日箭,或是想要买、卖猎日箭,第一时间盯住了,并将情报回报给自己。

布置好了这一切,于守志稍稍松了口气。那天没有跟姜雁书谈完的事情又涌上心头。姜雁书精通日出语,左英朗的日出语明显带着日出国流川县的地方口音,从这一点说明,这个左英朗应该是日出国流川县人,而不是会日出语的中国人。他为什么要装成中国人住进天台山财神庙呢?他是否与最近出现在莒城的那些日出国人是一伙的?天台山到底隐藏着什么秘密呢?这个秘密是否与出现在莒城的猎日箭有关?而姜雁书还没有讲完,自己就因为求救电话而离开了。回想起当时姜雁书的神情,于守志立即又拨通了姜雁书的电话。

二人依然约在上次的咖啡屋见面。"抱歉,上次有要紧的事,没听你说完就离开了,现在请你把那件事讲完吧。"

姜雁书看他风风火火的样子,微笑道:"谢谢你还没忘记这件事,那我继续说吧。"于是,姜雁书便把自己如何发现左英朗夜探女巫墓,如何给自己和庙里的道士们下药,住持如何试探左英朗,左英朗中计之后始终不肯吐露自己的目的,结果被住持赶下了山……发生的一系列故事统统告诉了于守志。

于守志听完，心头暗喜，他念头一转，饶有兴味地看着姜雁书问道："那你为什么住进财神庙呢？不要告诉我是凑巧哦！"

姜雁书知道自己如果说谎很容易被他识破，更何况自己正有求于他，也不能说谎，于是就据实以告。

姜星翰已经年过七十，退休前是东海省考古研究所研究古文字符号的专家，退休后住在颍川市。他虽然已经退休，可对古文字的热爱却一丝不减，平时，研究所里遇到什么难题，他带出来的学生还会求助于他，而他也像是老饕闻到了美味一样，是丝毫不肯放过的。而他也有一个怪癖，那就是搞起研究来废寝忘食，谁打乱他的计划他就跟谁翻脸。姜雁书也完美地继承了他的这个性格特点，比如要是她在睡觉，把她叫醒了，谁叫她她跟谁急。所以，平时姜星翰做研究时是不允许别人到他家去的。就算姜雁书想去看他，也得提前打个电话看他忙不忙。要是忙着他连电话都不接，要是闲着，才会让姜雁书过去。

一个半月前，姜雁书打电话问候他，他告诉姜雁书自己在做一个研究，让姜雁书没事不要打扰他，说罢就匆匆地挂断了电话。姜雁书习惯了他这样，也不以为异。

姜雁书与朋友办了一个网站，专门探秘一些神秘事件，然后用科学的手段一层一层地还原事件本来的面目。好奇的人多，他们这个网站一度成为了热门网站。

姜雁书接到了一个外地的求助电话，说自己家里经常发生一些不可思议的事情，请他们去看看是怎么回事。于是，姜雁书跟她的伙伴去了外地，等将那个事件弄清楚，已是十几天后了。

姜雁书将那个事件写成稿子，更新到网站后，这才记起已经有半个月没给祖父打电话了。也不知道他的研究做得怎么样了，于是她拨打了祖父家里的电话。电话没有人接，姜雁书以为祖父还在忙，不希望有人打扰，也就没有理会。四天后是祖父生日，姜雁书买好了礼物，订好了蛋糕，再打电话，还是没人接。姜雁书以为祖父出门了，就又打他的手机，结果手机关机了。可祖父的生日不能错过，姜雁书就直接开车过去了。

祖父家大门紧锁，姜雁书开了门，家里很整洁，像是祖父有事出门了一样。但是家具上有一层薄薄的灰尘，垃圾桶里的水果核已变质腐烂，可见姜星翰离家时很匆忙，且有些天了。

姜雁书问过周围的邻居，邻居说他家大门锁了有十几天了，姜雁书觉得不对劲就报了警。刑警队的田青杨是姜雁书的朋友，他查到姜星翰身份证的最后使用记录是买了一张去莒城的汽车票。

涉及外市，田青杨便联系了他的朋友、莒城刑警队的队长于守志。经过于守志的帮忙，在莒城汽车站发现了姜星翰出站的身影。影像资料里只有他一个人，并没有与他人同行，姜星翰出站后，也没见有人来接他的迹象。姜星翰的身影从车站监控录像中消失后，就没了踪影。

于守志怀疑姜星翰是乘坐出租车或私家车离开了。询问了附近的出租车司机，并没有人记得载过他，那么，很有可能有人来接他，他乘坐接他的人的私家车离开了。可是通过查询姜星翰的通话记录，并没有发现可疑的人，而他的手机信号在莒城南郊消失了。也许是他关掉了手机，也或许是手机没电自动关机。从那个时候起，姜星翰的手机就再也没有开过机。

而十几天前，那里并没有刑事案件发生。于守志还帮忙查了南郊的酒店、宾馆和出租房，并没有姜星翰的入住记录。至此，姜星翰的所有线索都断了。

线索到这里断了，于守志分析有三种可能：一、因为某些原因，姜星翰想把自己藏起来，他关掉了手机，找个地方住下，这个地方可能是接应他的人为他准备的，他这么做是为了躲避什么人；二、他被在莒城接他的人绑架了，这些人把他藏了起来；三、他已经遇害了，只是还没有被人发现。

不管是哪种情况，姜雁书都是非常难以接受的。而作为一个成年人，没有确凿的证据证明发生了刑事案件，警察是不可能抽调大量警力排查的，于守志能帮他们查到这些，已是非常尽力了。在这种情况下，只能以失踪入案。

姜雁书的父母已经去世，姜星翰是她唯一的亲人，姜雁书绝不能让祖父就这样以失踪的形式离开自己，她决意自己找到祖父。她虽然没有警察的权限，但对于调查事件，她自信并不比警察差，于是她回到了祖父家，想在祖父家里找到他离家的原因和去向。

姜星翰在失踪之前曾告诉姜雁书他正在做一项研究，不让人打扰他，之后他便失踪了。难道他的失踪与他最后在研究的东西有关？姜星翰是研究中国古文字符号的，他对别的东西都不太感兴趣，能让他闭门研究的，一定与这些东西有关。那么，他在研究什么呢？

可是她并不与祖父同住，对他在研究什么并不清楚，只发现祖父的一本笔记不见了，可能这上面记录着他最近在研究的东西，或者是他在研究中发现了与莒城有关的东西，要去莒城求证，这才匆匆离家。他已经退休了，遇到的研究一般也是研究所里遇到了解决不了的难题而向他求助的。可是，之前报警的时候，警察就按她提供的线索问过研究所，并没有研究项目找到他。且姜星翰也并没有与研究所有关的通话记录，这也从侧面说明了他研究的东西与研究所无关。

她仔细地在祖父家里搜寻了一遍，姜星翰书桌上有一本打开的

《山海经》，在书桌上的一摞空白稿纸上还发现了一些写过字的痕迹。其中只有"穿云""圆峤"几个字的印迹能分辨字形，其他的一些字印迹很浅，根本不能分辨出是什么字。她分析了这几个字，"穿云"二字实在不知何意，而"圆峤"二字与一个故事有关。

　　盘古之时，海上五座仙山，分别是蓬莱、瀛洲、方壶、圆峤和岱舆。这些仙山都是在一只神鳌的背上。仙山上面有许多仙人和仙药，因为神鳌经常在海中嬉戏，并不固定在一个地方，所以寻找仙人的人是很难找到这些仙山的。女娲补天的时候，砍下神鳌的四条腿作为撑天的柱子，因为神鳌没有了腿，女娲就移圆峤于琅琊，沉岱舆于海底，而其他三座仙山也因为失去了神鳌的背负，而被女娲娘娘固定在了离圆峤不远的海上。

　　临沂的古称便是琅琊。琅琊王氏是隋唐以前被列入五姓七家的大氏族门阀，琅琊王氏也是人才辈出，王羲之便出身于琅琊王氏。那么，被女娲移到琅琊的仙山圆峤，一定就在离琅琊不远的海边。这时，莒城便进入了姜雁书的视线，而天台山位于黄海之滨，山上有被斩掉四足的神鳌石，离天台山不远的海上有平山岛、达山岛和车牛山岛三座小岛，与传说惊人的一致。姜雁书确定天台山便是姜星翰稿纸上留下的圆峤，这也正与姜星翰最后出现的地方相吻合。

　　姜雁书把这个线索告诉了田青杨，可是田青杨如听天书，根本不相信她这个推断与姜星翰的失踪有关，且颍川正有大案，抽不出警力去调查这个可能发生的失踪案。

　　姜雁书得不到警方的帮助，但她希望通过自己的判断能找到祖父，所以她来到了天台山。而第一次见面时王嗣舟对山路的反应让她更加确信这天台山或者说这财神庙藏着秘密，于是她通过莒城文旅局的孙局长，成功住到了财神庙。

姜雁书在天台山没有发现祖父的踪迹，反而发现了那迷宫一样的山路，行踪诡秘的日出国人左英朗，似乎对一切洞若观火却引而不发的王嗣舟，还有最后王嗣舟如临大敌般的布置。这大大出乎了姜雁书的意料，她相信，祖父的失踪与天台山和那些日出国人有脱不开的关系，所以她不得不求助于于守志。

于守志越听越兴奋，他有点坐不住了："你这信息来得太及时了，让我有拨云见日之感。"

姜雁书苦笑道："对于我来说，没有比找到我祖父更重要的事了。"

于守志说道："最近莒城发生了一些事件，天台山可能就是这一切的源头，而姜老先生在这一连串的事件中起到了一个引导和催化作用。弄清楚了这一切，也许就能知道令祖父的下落。我要去天台山一趟，见一见住持道长，需要你跟我一起去，不知道你愿不愿意？"

"我能说不吗？"姜雁书反问道。

于守志笑着摇摇头说道："不能，因为我也知道很多你想了解的事情，可能跟找到令祖父有关。"

"好吧。"姜雁书笑道，"这件事宜早不宜迟，如果你现在方便，我们就马上出发。"

4

二人驱车直奔天台山而来，下了204国道，再过三公里，穿过上元村，来到天台山下。于守志的眼神敏锐，发现这三公里安装了好几个隐蔽的摄像头，他们还没到山脚下，上元村里的人已经在山脚下等他们了。

上元村的村支书王宗礼是王嗣舟的侄子,他在财神庙见过姜雁书,当车在他面前停下时,他向姜雁书说道:"姜女士,你怎么又回来了?"

姜雁书笑道:"王书记,我今天带个朋友来见王道长。"

王宗礼将于守志上下打量了一番,见是姜雁书带来的朋友,也就放他们上山了。

于守志虽然从小在莒城长大,却也没有来过天台山,他跟在姜雁书后面进了财神庙。姜雁书在财神庙住了这么久,庙里的道士都认识她,见是她来找住持,便也顺利放行了。

他们穿过前面的两进院落,直奔住持的居所而来。后院里那棵银杏树下,王嗣舟坐在石桌边。见他正聚精会神地盯着石桌,二人遂放轻了脚步走到石桌前,只见石桌上摆着许多豆子,分别是黄豆和黑豆,王嗣舟正在凝神思索,对二人的到来视而不见。姜雁书向于守志作了个噤声的手势,把目光移向石桌上的豆子,很快姜雁书脸上的表情变得凝重起来,似乎也被桌上的棋局吸引,正在极力思索破解之法一样。

石桌上画着许多线条,在线条的相交处有三五成群的黄豆,周围有许多黑豆,黄豆被黑豆围在中央。于守志见王、姜二人都忘我一般,自己却什么都看不懂,脸上不由得露出汗颜的神色。许久,桌上的豆子还是原样,王嗣舟并未挪动一颗。

于守志无聊,便也看看棋局再看看姜雁书,这时姜雁书的脸上不再是凝重的表情,眼神明亮而有神,似乎是想透了其中的关键。姜雁书站在一旁忍不住出声道:"蛇蟠变虎翼,兑位改艮位,阖生门、开惊门。"

王嗣舟眼神一亮,马上按姜雁书的方法,改动了棋盘上一些黑

159

豆的位置，棋盘上的局势立时就不一样了，黑豆牢牢地将黄豆困在了里面。王嗣舟哈哈一笑，转头向姜雁书道："你怎么回来了？不是让你不要再回来的吗？"

姜雁书委屈地说道："道长，您这是第三次向我下逐客令了，我从小到大还没被人这么嫌弃过。"

"你这孩子，我真是拿你没办法，来了就来了吧，坐下喝杯茶。"王嗣舟无奈地叹了口气，他转眼看到于守志还无声地站在那里，忙向姜雁书问道："这位是？"

姜雁书这才想起于守志被二人晾在一边很长时间了，她指着于守志向王嗣舟介绍道："这位是莒城市刑警队的于守志队长。"

听到他的身份，王嗣舟似乎并不意外，他指了指面前的凳子道："于队长，坐！"于守志坐下来说道："王道长，今天冒昧来访，实在是有事请教！"王嗣舟倒了茶放到二人面前的桌上。王嗣舟看了看姜雁书，又看了看于守志，他知道姜雁书带于守志来绝不是游山玩水这么简单，只静听他们的来意。

姜雁书跟于守志对望了一眼，于守志开门见山地说道："王道长，雁书把前段时间发生在财神庙的事都告诉我了，我想王道长应该知道很多我们不知道的事，今天过来就是向您求教的。"

王嗣舟看了一眼姜雁书，眼神里并无责备。姜雁书诚恳地说道："道长，您也许认为我是在多管闲事，不该不听您的告诫，将这些事告诉了于队长，可是，日出国的人能以这种方式出现在财神庙，他们必定有所图谋。这次他们的目的没有达到，以日出国人的行事风格，他们决不会就这样善罢甘休，一定会卷土重来，手段更加狠辣、用心更加恶毒，不仅是他们要找的东西有可能得手，咱们财神庙里的众位道长也有可能身处险境。加上最近莒城市也发生了一些事情，可能与您所守护的秘密有关，我希望您能说出这个秘密，协助警方把这些人一网打尽，这样，财神庙和您一直守护的秘密才能真正地安全。何况，这也与我祖父的失踪有关，请您理解我想要找到亲人的心情。"

听她这么说完，王嗣舟也还是不说话。于守志接口道："是的，最近莒城市连续发生了几起案件，牵扯到一些日出国人和一些来自西北昆仑山的妦姓族人。"于守志边说边仔细观察着王嗣舟脸上的表情，"这些人的出现，似乎都与一个神话传说和一件上古神器有关。"

王嗣舟听到这里，惊讶地张大了嘴巴。于守志继续说道："据我得到的消息，上古神器猎日箭出现在莒城，日出国人和妦姓族人都是追踪这件神器而来的。"

"你竟然知道猎日箭？"当王嗣舟听到"猎日箭"三个字时，这句话便脱口而出。

姜雁书虽然把自己知道的都告诉了于守志，但是于守志听完后立即就跟她来了天台山，对于于守志掌握多少信息，姜雁书并不知晓。听他说到来自西北昆仑山的妦姓族人和猎日箭的名字，姜雁书也很惊讶，她不知道于守志还掌握多少她不知道的内情。

姜雁书接着说道："我在日出国游历过，左英朗讲的日出语中带着流川县口音，他是日出国人无疑。他来财神庙后鬼鬼祟祟，在夜里偷偷勘测过女巫墓，还用迷药使我梦游，后来被您设计抓到。虽然您没让我参与，但从您主动带我和左英朗去大羿陵和嫦娥墓，还有流落莒城的猎日箭可以推测出，左英朗来天台山的目的与神话大羿射日有关。"

于守志说道："结合发生在莒城市和天台山的这些事，左英朗来天台山，不是为了猎日箭，就是为了穿云弓！"

王嗣舟和姜雁书二人听到这里，同时出声，不过，王嗣舟问的是："你怎么知道穿云弓？"姜雁书说的是："原来'穿云'是指穿云弓，难道我祖父就是为这穿云弓来的？你怎么会知道穿云弓？"二人同时说完，用疑惑的眼神相互看了对方一眼，同时又用这种目光看着于守志。即刻王嗣舟就明白了，他肯定是从那些昆仑山妘姓族人那里知道穿云弓的存在的。

"那天跟你聊到一半就被警情叫走，其实是一个妘姓族人向我求救的电话，我从他那里知道了猎日箭和穿云弓，今天，还没来得及告诉你穿云弓的事，就一起来了天台山。"于守志解释道，"姜老先生留下的'穿云'二字最有可能的解释便是穿云弓。"

王嗣舟的惊讶并不比姜雁书少，他站了起来，盯着姜雁书问道："姜老先生是怎么知道穿云弓的？他来天台山难道也是为了穿云弓？他都跟你说了些什么？"

姜雁书就将自己如何追踪线索到天台山的事，详细地向王嗣舟讲述了一遍。原来如此！王嗣舟听完，表情异常凝重起来。"姜居士，你知道姜老先生最后在研究什么吗？他在为什么人工作？"

姜雁书摇摇头道："不知道，不是研究所要他帮忙的，很有可能是有人拿着东西找他研究，但是这些人我不知道是什么人，祖父也没留下线索。"

"那张纸上除了'圆峤''穿云'这几个字外，还有什么字？"王嗣舟似乎对这个很感兴趣。

姜雁书失望地说道："辨认不清，毕竟只是在稿纸上书写时留在下一层的印子，加上时间也长了，要不是这几个字反复地写了好几遍，估计我也没法看清是什么字。"

王嗣舟听她这么说，一时间沉默了，脸上阴晴不定。片刻后，他才注意到姜、于二人都看着他。最后，他像下了很大的决心似的，对于守志说道："于队长，你相信穿云弓和猎日箭这两件上古神器的存在吗？"

"猎日箭已经出现在莒城，即使是有人伪造的赝品，那么，也必须有实物为原型。不管我信不信，这件事确实发生了。"他从上衣口袋里拿出手机，从相册里调出一张猎日箭的照片递给王嗣舟。王嗣舟用颤抖的双手接过来，当他看到照片的时候，手抖得更加厉害了，他久久地看着那张照片，嘴里喃喃自语道："真的，这是真的，几千年了，猎日箭听到了穿云弓的召唤，它回来了。"他的这句话竟然与妘族长老说的惊人地相似。

姜雁书将一杯茶递到王嗣舟手中，恳切地说道："道长，以前中国贫穷落后，多少中华的国宝被侵略者掠夺到海外，给咱们的文化传承造成了不可估量的损失。现在咱们中国富强了，有能力守护老祖宗留下的瑰宝，这样的事情再也不能发生了。您知道什么就都说出来吧，我们需要借助警方的力量来保护国宝。"

王嗣舟哆嗦着将茶杯送到唇边，喝下一口茶水，稍稍平静了一下，这才说道："于队长，姜居士，若放在以前，我说的故事你们可能不信。现在，既然你们都知道了这么多的信息，那么老道士只能以实相告了。我们王氏是姮娥一族娵訾氏的后人，姮娥也就是后人所说的嫦娥，是当年射日英雄大羿的妻子。我们王氏子孙守护穿云弓已经几千年了，没想到还有将这个故事公之于众的一天。"在二人期待的目光中，王嗣舟开始讲述与妘戎所述不一的大羿射日的故事。

5

传说盘古开天地，女娲搓土造人之后，天地间便有了人类这一种智慧型的高等生物。远古时期的人类要与严苛的自然条件和生存环境作斗争，在斗争和生存的过程中，人类通过不断的摸索和学习，学会了使用工具来解决生存中遇到的难题。学会种植谷物以填饱肚子；使用火照明、取暖、烧熟食物以及驱赶野兽，并且保存火种；建造房屋躲避野兽的偷袭和对抗恶劣天气；采集草药以治疗各种简单的疾病；用打绳结的方式记录大事件，并逐步发明了符号乃至仓颉造字以记事，中华民族从蒙昧向文明逐步发展。

人类是一种群居动物，有了族群就必定有族群中的首领，这是在所有群居动物中普遍存在的现象。由于不断繁衍壮大，适宜人类居住和生存的领地有限，于是，人类的族群之间就为了争夺食物、水源和栖息地而不断地发生流血冲突，比如炎帝与黄帝之间的战争，以居于姬水之畔的黄帝轩辕氏获胜，黄帝族群入主中原，而居住在姜水之滨的炎帝神农氏则是退居东南；后来又有九黎族的蚩尤不甘心受黄帝集团的统治而奋起反抗，于是黄帝集团与以蚩尤集团为首的东夷族会战于涿鹿，最后又以黄帝集团获胜而告终，蚩尤族人战败后被放逐到西南的烟瘴之地。

天下族群形成了以黄帝集团为主、其他部落为辅的结盟制。经玄嚣、颛顼、帝喾、挚以后，各部族共推尧为天下部落的大首领，于是，中华大地的各部族由混战进入了一个相对稳定的状态。

在尧帝为大首领时期，天上出现了十个太阳，大地炎热无比，江河里的水日渐稀少，草木因为得不到水的灌溉而枯萎，食草动物因为没有水源和草木为食而相继死亡。食草动物死去，以食草动物为食的食肉动物自然也因为食物和水源的相对匮乏而开始攻击人类，人类种植的谷物因干旱而颗粒无收，可以猎取的动物也越来越少，同时还要防备猛兽的袭击，人们的生活变得异常艰难。

尧，帝喾之子，名放勋，陶唐氏。是一位节俭、朴素、贤名布于四海的仁德帝君，看到人民生活如此困苦，他也心急如焚，便依照以前遭遇大旱时的方法来祈雨。

在当地，有个叫女丑的女巫，她的本领很大，可以与天神对话，祈求天神赐风调雨顺于人间。

她经常骑一只独角龙鱼巡游各地，帝尧派人找来女丑商量祈雨之事，女丑满口答应。依照以前的祈雨方法，人们将给女丑穿上青色的衣服，扮作黄帝女儿旱魃的模样，坐在一乘用树枝和藤萝编成的彩轿上，由一群山民擎着旗幡、敲着钟磬，在烈日下抬到王城附近的一座山顶平台上。

那座山的山顶上是一块硕大的岩石，周围寸草不生，人们在石台上用木头搭起祭台，女丑便端坐在祭台上面，山民们便围着木台擂鼓敲磬，边喊边舞。之后，人们停止了歌舞，纷纷散开，这时女丑仰面向天，伸开双臂，掌心向上，口中喃喃自语祈求雨神降临。

但是这种祈雨的方式在当时并没有起到作用，天上有十个火热的太阳，云朵根本不敢靠近，只能躲得远远的。

女丑坐在祭台上，高举双臂、喃喃祈祷了很久，天空也没看到一片云彩的影子，她心下有点慌了，口中不断念咒语。躲在周围的山民也开始慌了，若是以前，经女丑如此郑重的祈祷，大雨早就倾盆而至了，而今天，女丑都在祭台上祈祷了两个时辰了，还没有一点要下雨的征兆。

女丑经过三个时辰的暴晒，而天上没有半点要下雨的样子，她实在受不了了，只觉得口干舌燥，头晕眼花。她举起衣袖挡住面孔，为自己遮挡一下强烈的太阳，祭台下的山民都感到奇怪，他们从没有见过女丑在祈祷时做出这个模样。正当他们诧异万分的时候，祭台上的女丑再也忍受不了这样的暴晒，身子一软，倒了下去。

当山民们察觉情况不对，抢上祭台的时候，女丑已经被烈日晒死了。

女丑的死亡让人们更加绝望，他们悲泣，不知如何生存下去。比山民更加忧心的是身为首领的帝尧。在祈雨无果的情况下，帝尧燃起了雄心。既然不能和解，那为了人民的生存，与太阳的斗争在所难免。

话虽如此说，太阳并非食人的猛兽，可以靠武力征服。太阳高高地挂在天上，性热如火，人类如何能靠近并打败它们呢？帝尧想了一个办法，那就是用弓箭把太阳射下来。

尧的部落虽有些善射的勇士，却也无法将太阳射落。这时，尧想到了生活在东方的东夷族。当年勇猛善战的蚩尤就出自东夷族。东夷族有个有穷部落，部落的首领是一个叫羿的人，羿勇敢正直，力大无穷，箭法出众，一箭能贯穿九只鸟的眼睛，并且有穷部落的人身高体壮，个个都是神箭手。

天上的十个太阳不光影响到了尧的部落，它影响的是整个大地上的生灵，有穷部落也正遭受着炎热和干旱的困扰。

这时尧亲自找到了羿，与他商量共同对付十个太阳的事情。

尧中等身材，黑红清瘦的面庞，因连日来天下大旱，民不聊生，尧忧心不已，人也苍老了许多。而与尧不同的是，羿身材高大，孔武有力，双目炯炯有神。

天下皆知尧是一个仁德的首领，四海八荒都在传颂着尧的贤名。羿与妻子姮娥，还有族中的一些小首领一起热情地接待了尧。

羿令人奉上了丰盛的食物。"大首领这么远到我这里来，不知道有什么事情？"

尧长叹一声说道："天上十日齐出，江河的水都干涸了，播下的种子不能发芽，树上的果子还没有成熟就落了，因为没有水，人们可以猎取的野兽纷纷躲进了深山，你这里还能享用到肉食，有很多地方的人们连草都吃不上了。"尧用手捏起黑陶碗中的肉，想到了自己的子民因饥饿而瘦弱的身形，眼睛里不禁泛起了泪花。

羿和姮娥看到尧这副神情，心下有所感触。羿说道："人都说你是一个贤德的首领，今天一见，果然是这样。"

尧说道："子民受苦，我这个做首领的却毫无办法，真是惭愧啊。"于是他就把女丑为祈雨而死的事讲了。众人都唏嘘不已。

一直没有说话的姮娥突然开口说道："大首领，您不远千里来到我们部落，应该不只是感叹民生多艰吧，如果您想到了解决困境的办法需要我们出力，我们一定不会推辞。"

尧讶异地看着面前这个美丽聪慧的女子，羿这才说道："这是我的妻子姮娥，是嫩訾氏的女儿。你有什么话直说就是。"

尧这才说道："十日齐出，天下大旱，人们没有了食物和水源，再这样下去，我们的子民无法繁衍生存，所以必须除掉这些为祸人间的太阳，人类才有生机。"羿和在座的几个部落小首领也点头称是。

尧又说道："可是太阳高高挂在天上，我们的勇士就是再勇猛也无法靠近，我一直听说有穷氏的勇士本领高强，力大无穷，个个都是神箭手。首领羿的箭法更是了得，我想替大地上所有的子民请首领动用神力，将天上作恶的十个太阳射下来，这样，人类的灾难就结束了。"

羿听了尧的话，他沉默了。尧看着他，以为他不愿去做这件事。

坐在羿旁边的一个小头领娄说道："首领，咱们部落的水源也逐渐涸竭，食物不断减少，如果十日不除，咱们有穷氏与大首领的家园一样，最终会生活不下去。您就答应大首领吧！"

羿侧首看了看坐在身旁的姮娥，姮娥向帝尧说道："大首领，拯救人类于水火，使人类能生生不息地繁衍下去是好事。羿不是不愿意尽力，而是，之前他也曾试着用箭射向这些可恶的太阳，可是距离太远，他的弓没有这么大的力，箭还没有接近太阳便落下来了，只怕他也是无能为力。"

尧说道："首领可以向天祈祷，求天神赐下神兵利器。"

于是羿设祭坛向天祝祷，得天神赐下穿云弓、猎日箭两件神器。使他能够射掉为祸人间的太阳，拯救万民于水火，让人类得以繁衍生息。

6

羿得此神器如虎添翼。他站在最高的山头，微屈右膝，左手稳稳托住神弓，右手运劲，将神弓拉满，微闭左目，将箭头对准天上的一个太阳，五指一松，神箭如流星一般，嗖的一声不见了踪迹。羿又对准其他的八个太阳连发八箭，八支箭也如第一支箭一样，没有了踪迹。

看到这个情况，羿大失所望，最后一支箭也从已拉满的弓上取了下来，怅然若失。

不想奇事出现了，原来火辣辣、明晃晃的天空逐渐暗了下来，天空的九个太阳逐渐不见了，只剩下一个太阳孤零零地挂在天空。羿大喜，当他将最后一支神箭瞄准天上最后一个太阳时，他突然想到，如果没有了太阳，大地将陷入一片黑暗和冰冷中，谷物将无法生长，人类也会陷入无边的灾难，于是他收起了手中的弓箭，只留最后一个太阳在天上。

据说被羿射掉的九个太阳，八个落在了海里，有一个落在了天台山上，就是现在石盆山的那个太阳神石。天上只剩下了一个太阳，一切又恢复了正常，人们载歌载舞欢庆一切恢复正常。尧代表众部族向羿表示了感谢，并极力夸赞羿的神力和箭法。羿眼中看到的是崇拜的目光，耳中听到的是夸赞的溢美之词，羿不由得沾沾自喜，越发觉得自己是天下最英武不凡的男人。尧又请他带能征善战的族人去消灭几个比较凶悍的部落。

与他成婚已久的妻子姮娥终于喜结珠胎。因姮娥有孕，羿便将部落的事务交由娄来打理，好让姮娥安心养胎生产。

姮娥深觉不妥，便劝羿道："你的神勇大家有目共睹，你去平叛这些部落我也不反对，可是你不能把部落的事务再交给娄来打理，他有自己的私心，绝不是一个可以托付大事的好人选。"

这时的羿哪里听得进去，加上娄的奉承也实在让人舒坦，羿不顾姮娥的劝阻，带上自己族人踏上了征程。羿带领他能征善战的族人去平定猰貐、凿齿、九婴、大风、巴蛇、封豨几个不安定的部落。

经过几年的征战，羿平定了许多部落。各个部落到处都在传颂羿的神勇，而姮娥也生下了一个女儿，取名女萝。以前，附近的几个部落之间经常为了食物和生存空间发生争斗，每次都死伤无数，而有穷部落的人个个身强力壮，箭法出众，那些小部落都慑于羿的神勇和有穷部落的强壮彪悍，主动请求归附羿，请他佑护族群以求得生存之地。

于此，有穷氏的势力更加强大了，由于归顺有穷氏的多为崇拜太阳的部落,后来有穷氏在羿的带领下建立了十日国。而羿的神弓神箭俨然成了他权力与威望的象征。

帝尧为了表彰羿对人们做出的贡献,赐十日国的有穷氏为妘姓。

羿有了这些功勋,不再带着部落的族人开荒种粟、进林狩猎。部落里的事务都交由娄打理,自己开始纵情游乐,终日游荡在外,行踪无定。

娄刚开始接手部落事务的时候还算勤恳,但有了权力便有了不该有的贪欲,这就是人的劣根性,在社会发展初期亦是如此。娄看到羿不以部落事务为重,便开始分化原来支持羿的人们,对于部落里各小首领他都极尽拉拢,对于那些反对他的人,便开始打压。天长日久,加上羿长时间不在部落,回来后不再像以前一样与众同苦同乐,这些人由对羿的失望而逐渐向娄靠拢。渐渐地,部落里大部分人以娄马首是瞻,虽然碍于羿的神勇不敢公然冒犯,却也不再像之前那样拥戴羿了。而娄在羿的面前极尽奉承之能事,拍马屁把羿拍得十分舒坦,羿便更加倚重娄。

这些事姮娥都看在眼里,她几次向羿提及,羿都不以为然,还怪姮娥小人之心。姮娥见羿不当回事,反而怀疑自己,更兼羿不再是以前那个勇敢正直的样子,姮娥伤心之下便病倒了。而一直站在姮娥这边的小首领也不过是一个逢蒙、一个奇,还有一小部分没有被娄蒙骗住的人。

逢蒙是陪姮娥从娵訾氏来到有穷氏的,得羿传授箭法,对羿与姮娥十分忠心。奇是有穷部落的人,但后来对羿十分崇拜,便也成了为数不多没有被娄拉拢过去的人之一。

羿在外游荡日久,对那样的生活也觉厌倦,这一天他终于想起了妻子姮娥、女儿以及自己的部族子民。他急切地想见到自己的亲人，而当他看到面容憔悴、卧病在床的妻子时，不禁幡然悔悟。悔不该不听妻子的谏言，决定好好治理自己的国家。姮娥的病是心情抑郁所致，见羿肯听纳自己的谏言，病已好了一半。

羿自觉对不住聪慧美丽的姮娥，为了姮娥能尽快好起来，便决定去寻求灵药给姮娥。虽然姮娥一再劝阻，奈何羿听不进去，只得由他去了。

娄看到羿态度的转变，他心里明白，如果这样下去，自己好不容易掌握在手中的权力又会重新回到羿的手中，但是他也知道自己不是羿的对手，何况羿手中有神弓神箭，还有那么一帮忠心于羿的人，于是便暗中策划想要除掉羿。

对于部落中的变化，姮娥早有察觉，她也暗中安排人手以抗衡娄的势力。姮娥想，以自己现在身边的追随者，不足以与娄抗衡，只有拖住他，等到羿归来，一切便可无虞了。为了稳住娄，姮娥故意放出风声，说羿去昆仑山西王母处求取长生不老的仙药，这仙药可使人长生不老，飞升成仙。等羿拿着仙药回来，自己就可以与羿做一对长生不老的神仙眷侣了。

娄本想在羿归来前动手，但羿神勇无匹，且有神器在手，一旦他有所察觉，自己必败无疑，若等羿取回仙药后，自己可以趁其不备时动手，这样不仅可以得到象征神弓神箭的权力，更能无病无痛，长生不老了。果然，娄在听到羿去求取长生不老药后，让一切维持常态，静待羿的归来。

羿终于求药回来，姮娥的病也好得差不多了。姮娥又向羿提起了娄的种种作为，但是刚愎自用的羿并不相信娄敢背叛自己，他一边安慰姮娥说自己知道了，一边又放任娄的行为。

而娄却坐不住了，他知道谎言重复一千遍也会变成真理的道理，何况姮娥并未说谎。他怕羿一旦相信了姮娥的话,自己就会死无葬身之地,于是决定先下手为强,杀了羿,拿到他的神弓神箭,别人就都不足为虑了。

这一天,娄约羿出外狩猎,趁羿全神贯注地瞄准猎物时,在背后用桃木大棒杀死了羿。

姮娥见羿对她的话不以为然深感忧虑,听娄约羿出外狩猎,便派了一个心腹手下暗中跟踪羿与娄。娄暗杀羿都被这个心腹看在眼里,于是马上回去告诉了姮娥。

姮娥在这种情况下顾不得伤心,迅速找来了逢蒙和奇,分别将神弓与神箭交由二人分别保管,以免同时落到娄手里,并让二人组织起反抗的力量,保护神器向外突围,以便日后积蓄力量再为羿报仇。

可让姮娥万万没有想到的是,奇一直就跟娄有勾结,只是为了防备姮娥,奇才假意帮助姮娥以取得她的信任。

当奇拿到神箭后,就想趁逢蒙不备杀了他以得到神弓,可这时的逢蒙异常警觉,奇一击未中反而露出了他的真实面目。奇的反戈一击让姮娥猝不及防,也给了她致命一击,她不得不在逢蒙和部下的护卫下且战且退。

幸而逢蒙英勇善战,且箭法得自羿的真传,又有神弓在手,虽然是用的普通的羽箭,可有神弓相助,战力大增。他率一队人拼死护卫着姮娥杀出重围,向东方撤退而去,而羿与姮娥唯一的女儿女萝却在这次突变中下落不明。

而当初慑于羿之神威归附而来的那些小部落,见羿已死,又受够了娄的压榨,趁此时机一起反叛,娄与奇一时忙于应付这些力量,便无暇分身再去追杀姮娥与逢蒙等人。

为了让自己继承羿的位置显得名正言顺,娄便对外宣布,逢蒙是娥訾氏人，早怀异心，他嫉妒羿的神器与箭法，害死了羿并抢走穿云弓。而姮娥为了保护羿求回的长生药不被逢蒙抢走，一口吞下了所有的长生药之后，飞到月亮上成仙了。

盛极一时的十日国就在很短的时间内分崩离析。而娄也没有逃脱被算计的命运，在奇的势力逐渐强大起来后，奇便以娄不贤，不能很好地领导有穷国为名杀了娄，自己做了有穷氏的首领。

奇当了有穷氏的首领后，不再掩饰自己恶劣的品行，他颠倒善恶，常常维护作恶之人而惩罚行善之人。久而久之，有穷部落的子民怨声载道。他的名声也传到了刚继帝位的舜的耳朵里，加上当年尧帝能继位也得力于有穷氏的大力支持，为了削弱帝尧的原有势力，帝舜利用这个借口，把奇及他的族人流放到西北，让他们去对付不安分的西北各部族了。

这便有了《史记·五帝本纪》中关于"昔帝鸿氏有不才子，掩义隐贼，好行凶慝，天下谓之浑沌。少暤氏有不才子，毁信恶忠，崇饰恶言，天下谓之穷奇。颛顼氏有不才子，不可教训，不知话言，天下谓之梼杌。此三族世忧之。至于尧，尧未能去。缙云氏有不才子，贪于饮食，冒于货贿，天下谓之饕餮。天下恶之，比之三凶。舜宾于四门，及流四凶族，迁于四裔，以御螭魅，于是四门辟，言毋凶人也"的记载。

有穷氏虽已被帝尧赐姓妘，可是奇的名声实在太坏，人们并不以他为妘姓，而是称他为穷奇，流放到西北的穷奇及其后人，仍以妘姓自居。

话说逢蒙护卫着姮娥及残余部众一路往东，来到了东海的琅琊之滨，为了躲避娄与奇的追杀，躲到了一座海边的山上，这座山便是女娲炼石补天后移来琅琊之滨的天台山。

姮娥与逢蒙带领的人就在天台山住了下来。姮娥本是娵訾氏的巫师，于是向天祝祷，作法召魂，在天台山为大羿修建了一座积石冢，将神弓代羿身下葬，使大羿的魂魄有归。

姮娥与大羿恩爱情深，大羿死去，女儿女萝在战乱中走失，姮娥郁郁成疾，不久后便在天台山去世。姮娥与羿素来恩爱，逢蒙便将姮娥葬在了大羿陵之侧，以全二人在天愿作比翼鸟、在地愿为连理枝的心愿。

逢蒙及追随他的族人在这天台山繁衍生息下来，他们的后人在积石冢之前立了两块石碑，因大羿曾建立了庞大的十日国，大羿陵前的碑上便刻"十南皇"三字，姮娥墓前碑上刻"十南后"三字为记。

一直到新中国成立后，才有人跑到山上，将石碑上的字迹凿掉了。

姮娥与逢蒙属娵訾氏。娵訾氏本是黄帝后人，黄帝二十五子，其得姓者十四人，娵訾氏为姞姓。娵訾氏中有女常仪为上古五帝帝喾之妃，生子挚。帝喾崩后，挚立为帝，后因挚去世，异母弟放勋继承了帝位，放勋乃是帝喾幼妃陈锋氏女庆都之子，便是后来的帝尧。

在历史的进化中，姓与氏逐渐合二为一，而姞姓又衍生出了吉、田、王、周、郑、兹（訾）等姓。明朝洪武年间修建财神庙的"埋羹太守"王琎、现在的财神庙住持王嗣舟都是娵訾氏中一直守护穿云弓的那一支后人。他们在天台山下繁衍生息，世代守护大羿陵与姮娥墓，守护着穿云弓与猎日箭的秘密。

九星连珠

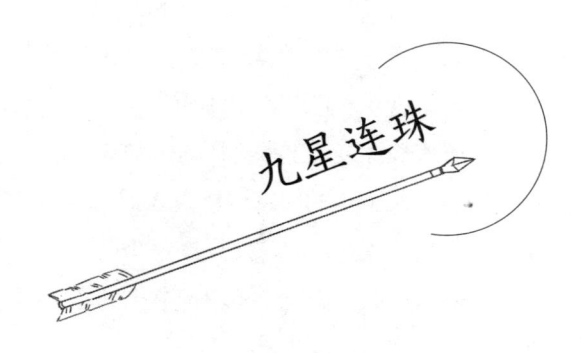

在帝位七十年,景星出翼,凤凰在庭,朱草生,嘉禾秀,甘露润,醴泉出,日月如合璧,五星如连珠。

——《宋书·符瑞志》

1

神话故事大家都听过,可神话人物的后人出现在了现实当中,这就有点让人分不清到底有没有神仙的存在了。

王嗣舟的故事与妘戎讲的故事大致相同,但却在最重要的部分有了分歧,那就是大羿之死。王嗣舟讲述的这个故事更加详细生动,他交代了穿云弓和猎日箭的来历,而大羿之死就有了另外的版本。

时间过去了几千年,事情的真相已淹没在时间的长河中,无法判断谁说了谎，但可以肯定的是，大羿射日或许是一个历史事件，而非只是来源于人们想象中的神话。

"王道长，关于上面您所讲的故事和穿云弓的下落，这应该是一个流传了几千年的秘密，作为守护者，除了您还有谁知道这个秘密？"于守志问道。

王嗣舟沉默了半晌，似乎是在心里斟酌再三，这才说道："既然是秘密，知道的人自然不多。"于是，他又给二人讲起了王姓家族与财神庙的关系。

很久以前，在天台山上有王氏宗祠，后来在明初洪武年间，王氏族人中出了一个叫王琎的人，官至宁波太守，为官多年后，他告老还乡回到了老家涛雒，出资在天台山修建财神庙。最初财神庙还未建成便毁于山火，后来他又与王氏族人一起捐资修建了财神庙，便是现在财神庙的前身。自此，财神庙便是一直守护这个秘密的所在。

王氏每代都会出一个族长，在这个族长继任的时候，由老族长将这个秘密传给他，然后他就会到财神庙出家或长住。族里长者会共同选定一个品行端正、值得托付的族人作为下一任族长的候选人，这样一代一代传下去。族长在族里的地位很高，但却不会随意干涉族里的事务，所以很受族人尊敬，只有遇到大事件时，他才可以行使族长的权力。

经过了几千年，族里虽然还延续着这个祖祖辈辈传下来的规矩，但族长却也从来没有因为穿云弓而行使过他的权力。

沧海桑田，岁月变幻，在漫长的历史长河中，这个代代相传的故事，已经成为了一个神话般的存在。即使是后来的族长，也很难再相信传说中的穿云弓是真实存在着的，直到王嗣舟接任族长。

王嗣舟从小就对历史特别感兴趣，之后还当了大学教授。上一任族长是王嗣舟的父亲,王嗣舟四十多岁的时候,被族里的长辈推选为下一任族长,这是他的荣誉,也是他的责任,他不能推辞。

当父亲卸任,将家族的这个秘密传给他的时候,他才知道族长的意义所在。于是,他也就接过了这个担子。

"这中间有没有发生过什么意外?比如,有没有除了王氏族人以外的什么人知道穿云弓就在天台山?"于守志问道。

"王氏族人里面也就只有族长才知道,别的也没有什么人知道了。"王嗣舟讲到这里,他想了想,又犹豫了片刻,这才又讲起了两件事。

当年姮娥带人在天台山定居后,嫦訾氏后人一直口口相传自己族人的故事,后来有族人写下了一本《嫦訾宗册》来记录自己族人的出身及背负的责任。毕竟以前的防腐技术不够先进,记录旧事的《嫦訾宗册》会因为岁月的侵蚀而腐坏,后来的族长便担负起了誊写传抄宗册的工作。

清朝嘉庆年间,财神庙曾失过一回盗,被盗的是庙里的一套张君房手抄《云笈七签》和《嫦訾宗册》。王氏家族也曾派出人手查找失盗的记载,可惜,当时时局动荡不安。虽然找到了当时盗宝的人,但他已将宝物卖给了一个不知名的古董商人,当王氏族人按他说的找去时,商人已不知去向。

自此之后,王氏最重要的宗册丢失,留传下来的也只是历代族长口口相传的故事,直到后来王嗣舟继任族长。

于守志看着姜雁书说道:"日出国人之所以知道穿云弓在天台山,很可能与姜老先生失踪前所研究的东西有关。如果除了王道长之外没有人知道穿云弓的秘密,那么,姜老先生是不是得到《嫦訾宗册》了呢?"

"不对啊，如果是我爷爷得到了《娵訾宗册》才找到天台山的，那他怎么会不知道穿云是什么意思呢？他可是在穿云两个字后面打了好几个问号的。如果他没有得到《娵訾宗册》，那他又是如何知道圆峤和穿云的呢？这还牵扯上了日出国人，事情没有那么简单。"姜雁书万分不解，边说边看着王嗣舟的反应。

王嗣舟垂了眼帘，一言不发。姜雁书觉得王嗣舟可能有所隐藏，但又没有证据，也不能对他过于无礼。看到王嗣舟不语，姜雁书又问道："王道长，左英朗是怎么住进财神庙的？"

"因为那次失盗，除了接待一些修行的同道中人，财神庙很少再接待外人留宿，可也总有例外。如旅游局介绍来的你，还有被道士救助回财神庙的左英朗。

"左英朗是一个多月前来天台山游玩的，当时他在山路上扭伤了脚，无法行走，正巧有庙里的道士从那里路过，便将他暂时带回了庙里养伤。本想他伤好后就会离开，没想到，他以麻烦庙里道士照顾的名义，在功德箱里投下了很多钱，以至于在他伤好后，我们也不好意思提让他离开的话。

"出家人救治他，纯粹是出于善心，谁承想，从他的脚伤开始就是个阴谋，是他想名正言顺留在天台山财神庙的诡计。"

"既然都知道他图谋不轨，您真不应该就那样放走了左英朗。"显然她不相信王嗣舟不追查下去。

王嗣舟叹道："我让人跟踪了他们，可惜跟丢了。"

姜雁书扭头看向于守志，"于队长，追踪应该是你们的强项，现在要看你的了。"看于守志不答，姜雁书又说道，"天台山的案子与你们接下的命案脉脉相通，你不会又说与你的案子没关系吧。"

"哦，当然不会。"于守志像是才缓过神来，他一脸疑惑地说道,"穿云弓、猎日箭,这些存在于神话中的东西出现在了现实世界中,这到底是怎么回事?总得有个合理的解释吧。"

姜雁书与他不同,她继续了自己之前与王嗣舟那种探讨方式。"道长,我在财神庙住了这么久,您也给我讲了许多天台山的神话故事,每个故事后面,我们都用科学的视角来解读神话。您之前给我和左英朗讲大羿射日,说是大羿统一了许多太阳崇拜的部落,后来建立了十日国。这个解释在当时我是相信的,可现在出现了穿云弓和猎日箭,那么,大羿射日的故事就应该确有其事。作为一个生活在现代文明下,多年接受唯物主义教育、有一定天文知识的我们来说,太阳从始至终都只有一个,天上怎么会同时出现十个太阳呢?这个条件不成立,那么射日神话的基础就不存在了,穿云弓、猎日箭的出现势必与当时的一些真实的历史背景有关。我相信,您对这个一定有合理的解释。"

王嗣舟这时候脸上才有了些许笑意,他说道:"你说得不错,当时天上确实出现过十个'太阳',大羿射日的故事也是真实发生过的,不然怎么会有穿云弓与猎日箭的存在呢!"王嗣舟的话中,对"太阳"两个字加重了语调,显然是别有用意。

作为嫄訾氏的后人,作为穿云弓的守护者,作为一个历史学的教授,姜雁书期待他对十日当空、羿射九日的故事有一个可以令她信服的科学解释。

王嗣舟是一个学者,是一个受到过新式教育的教授,他并不相信有超自然力量的存在。鉴于他的历史知识储备和辨析力,他相信每个神话故事背后都有它的历史原型。于是,他开始对大羿射日以及嫦娥奔月的神话进行解析。他查阅了许多历史典籍,游历了许多与上古神话有关的古迹,走访了多名天文学家,结合自己家族掌握的秘密，他将发生在帝尧时代的一个特殊的天文现象与大羿射日神话联系起来，给了这个神话一个现代化的科学解释。

"当时天上同时出现十个太阳，其实是一种特殊的天象，那就是天文学中所说的九星连珠。"王嗣舟捋着胡须，面容上没有一丝说笑的样子。姜雁书听过这种天文现象，也在文学作品中看到过，所以她对这几个字并不陌生。而于守志作为一个警察，天天脑子里想的就是怎样破案，对这些东西他并没有过多地关注过，听王嗣舟这么说，又看到姜雁书的眼神一亮，他也好奇地竖起了耳朵。

姜雁书看到于守志疑惑的眼神，便简单地向他解释道："我们所说的九星连珠，就是从地球上看太阳系的金、木、水、火、土这五大行星，加上天王星、海王星、冥王星和月球，这九大行星在各自的轨道上不停地围绕着太阳运转。它们的轨道大小不同，运行的速度和周期也不一样，通常它们散布在太阳系的不同区域中。但经过一定的时期，九颗行星会同时运行到太阳的一侧，汇聚在一个角度不大的扇形区域中，人们把这一现象称为'九星连珠'。"她这样说，于守志有点听明白了。

王嗣舟接着说道："古人用神话的手法记录事件，源于他们知识的匮乏和对自然的了解有限，人们对宇宙中特殊的天文现象充满恐惧。当特殊的天文现象出现时，人们会以当时的某种方式记录下来，用以提醒后世子孙，遇到此种情况要注意，比如石刻、口口相传的故事等。人类的古文明就是这样一步一步积累下来的。《宋书·符瑞志》中有这样的记载，'在帝位七十年，景星出翼，凤凰在庭，朱草生，嘉禾秀，甘露润，醴泉出，日月如合璧，五星如连珠。'这便是记载了尧在位时的一次五星连珠现象。"

于守志问道："等等，我有点糊涂了，刚才说天上的十个太阳是九星连珠的天象,可刚才道长您又说历史文献中,在帝尧时期有五星连珠的记载,那么,到底是五星连珠还是九星连珠?"

"究竟是五星连珠还是九星连珠,这要看我们采用多大的视角范围来观测。比如在天空划出五度的视角范围,那么五星连珠现象大概每一千年可以出现二十六次;如果把视角范围扩大到十度,那每六千年会出现三次八星连珠;而如果要看九星连珠的话,那得把视角扩大到十五度,每六千年就会出现一次。经过现代天文推算,公元前二八二七年的四月就曾经有过一次五星连珠的现象,而且那次五星连珠相当精彩,九大行星聚在一起长达一个月的时间,这便是天上十日并存的天文学根据。根据这样的天文学规律推算,下次九星连珠将会出在二一四九年的十二月。"王嗣舟这么说也算是够明确的了,可于守志还是紧锁着眉头,似乎仍有疑问不好问出口。

王嗣舟看于守志还是皱着眉头,接着又说道:"江苏省连云港市近郊有个叫将军崖的地方,那里是一个小山包,在山包的大岩石上有几组岩画,刻画的就是几组太阳的图案,这些图案中就是几个太阳同时出现的情况。而在湖南省岳阳市的君山岛也有同一类型的岩画,并且两者的形成时间非常相近。经过专家对这两处刻画线条的研究,这些岩画的年代距今有五千多年。

"专家也对这两组岩画内容作了研究,当时生活在连云港这一片的是少昊氏的后人,属东夷部落。而生活在岳阳君山岛的古人类有很多,有三苗人、有瑶族先人,还有北方中原部落的一些人,唯独没有东夷人。连云港与岳阳君山岛的直线距离大约在七百公里,以当时的交通条件,东夷人不可能去到君山岛。而连云港的将军崖岩画与岳阳君山岛的石刻岩画却在同一时期,被不同部落的人记录了相同的事件。那么,这个事件很可能记录的是同一次天文现象,只不过两地所处的位置不同,看到的人视角也不一样,在将军崖的少昊人看到的是九星连珠,而君山岛的人看到的就是五星连珠。天呈异象,那些祭司和巫师们便带着族人一边跳舞一边祈祷,以示对上天的尊敬,同时让人把这个奇特的天象摩刻到岩石上。这些岩画与历史文献的记载相互印证,加上利用现代的天文学知识对天体运动的推算,说明了在五千年前,确实出现了九星连珠的天象,这也就是大羿射日这个故事出现的基础。"

对于王嗣舟这样的解释,姜雁书和于守志相信了。"每当有奇异的天象出现时,会影响到地球上的正常气候,随之而来的可能是频繁的地震、火山喷发、严寒、酷暑、干旱及洪涝灾害等。这种异常天象如果发生在夏天,那么发生高温干旱的概率就相当大,如果发生在冬天,那么出现严寒暴雪的概率就会很大。那次的九星连珠发生在农历的四月,也就引发了相当严重的高温和干旱,这才有了大羿射日的故事。当然,箭是不可能射到天上的,更射不到太阳,不过,事有凑巧,当大羿将神箭射向天空中的太阳之后不久,那些行星陆续地就在天上消失了。但那时的人们不懂啊,还真认为那些小太阳是被羿给射掉了。于是口口相传,大羿射日的故事就成了神话,被代代相传了下来。"

原来是这样!姜雁书与于守志终于弄清了大羿射日的真实背景。王嗣舟又说道:"神话不过是在科技不发达的古代,人们对重大事件的记录方式。其实想想,神话并不是完全不存在的,比如顺风耳、千里眼,在古代就是神话,在科技高度发达的今天,电话就是顺风耳,视频也可以看作是千里眼了。嫦娥奔月也可以利用现代的太空飞船达到,一日千里的动车,如土行孙一样挖掘隧道的现代技术,以古人的眼光来看,就是不折不扣的神话了。"

这个解释一成立，他的心中释然了，即使家族世代守护的穿云弓真的存在过，那也不过是当时的人们处于远古蒙昧时代，对一件普通物品赋予的神化属性。就算穿云弓是用当时最先进的青铜工艺制成，它真的埋在大羿陵这座积石冢下，经过几千年的风雨侵蚀和地质演变，它也会被氧化锈蚀殆尽。由此，家族传承的秘密就被他当作一个真实的家族演变史传承下来。

王嗣舟自此便在天台山的财神庙品茶修道，过着神仙一般的日子。

2

经过这样的解释，穿云弓和猎日箭存在的真实性就可以确定了。即便只是普通的弓箭，能保存到现代，也具有不可估量的研究价值。说是国宝一点也不为过，况且还没有见到过穿云弓和猎日箭的实物，也许在实物上还能发现更大的研究价值。

王嗣舟用科学揭开了穿云弓的神秘面纱，他对这个使命的隐秘也就释然了，更何况几千年来，没有人知道穿云弓的存在，更没有人觊觎过穿云弓。

一开始，左英朗每天背着画夹在天台山转悠，虽然画不怎么样，大家也以为他只是一个痴迷于画画的人。可就在前几天，庙里的道士集体睡过了头，这件事让王嗣舟起了疑心。他怀疑是有人在饮食中做了手脚，他不知道是谁做的，也不知道这个人这么做的目的何在，但他并没有宣之于口，而是暗地里请来了在羲元宫修行的袁嗣明。袁嗣明在出家前是个中医，王嗣舟拜托他查明原因。

至于为什么要对庙里的众人动手脚，王嗣舟一时也想不透。而住在财神庙里的外人也只有姜雁书和左英朗,还有一个来了不久的厨工。下药这件事厨工更为方便,可他这样做也最容易暴露。

他最先怀疑的是姜雁书,这个姜雁书虽说是市旅游局介绍过来的,但她竟然一到天台山就提起了天台山迷宫一样的山路。同时,若她真的别有所图,又怎么会主动提起那个地方。王嗣舟无法确定到底是谁做的,便开始暗中观察起三人来。

这个时候,姜雁书来找他,让他带她去看女巫墓。从姜雁书到女巫墓后的表现,她好像是知道什么,而左英朗的表现也很奇怪,他一直盯着姜雁书,这种盯着并非是因为喜欢而产生的注意力被吸引,而是一种警觉。这两个人都不正常的表现,让他越加困惑。于是,在那天下午,王嗣舟让法丛在女巫墓仔细进行了一番巡查。终于,法丛在女巫墓旁边的树丛中发现一个洞,洞口被一块大石头堵住了,这个洞很深,法丛用绳索探过,这个洞斜斜地直通女巫墓的底下。洞口的泥土很新很湿,显然是刚打通不久,并且挖出来的土都运走了,现场做得很干净,可能是用小型掘土机完成的,有经验的人一看就知道这是一个盗洞。

从女巫墓的盗洞,王嗣舟马上就联想到了藏在大羿陵的穿云弓。他当时万分震惊,几乎不敢相信。假设这个盗洞是姜雁书勾结人挖的,她应该尽量避免盗洞被发现才对,那么,她第二天就拉王嗣舟来女巫墓,还四处寻找的行为就不合常理。

而左英朗呢?他时不时地用眼角的余光看向那片树丛,树丛里便有那个盗洞。左英朗这个下意识的行为,让王嗣舟对他更加起疑。

袁嗣明这边查出了令大家昏睡的药物是一种叫"昏睡散"的药粉,应该是混在饮水中令众人毫无察觉地服下的。当然,袁嗣明的到来和检查都是悄悄进行的,除了王嗣舟和法丛,其他人并不知道。

　　之后的饮食、饮水都被袁嗣明试过后，大家方才入口。却不想当天晚上就发生了姜雁书梦游的事。当袁嗣明给姜雁书把脉的时候，便知道她中毒了，这种毒并不会危及人的性命，不过是让人产生幻觉和类似于梦游一样的症状。袁嗣明以姜雁书有梦游症搪塞过去，回到财神庙后给姜雁书煎了一服药，解了她身上的余毒，姜雁书才能这么快醒过来。

　　众人到外面寻找姜雁书时，姜雁书屋里那下过药的枕巾被人换走了，袁嗣明没查出姜雁书是通过什么途径中的毒。姜雁书的中毒，是真被人算计还是为了洗脱自己嫌疑而上演的苦肉计？王嗣舟拿不准。

　　于是，王嗣舟为了引蛇出洞，第二天他主动带左英朗和姜雁书去了他为两人准备好的大羿陵和嫦娥墓。他就是想看看谁是那个有所图谋的人，他（她）来天台山的目的是否真与穿云弓有关？

　　那天下午，王嗣舟假意送走了姜雁书和袁嗣明，同时派人暗暗盯住了厨工刘占奎。这样，他就给左英朗或姜雁书制造了可以行动的机会。

　　姜雁书下山后，她并没有离开，思量再三后，她把自己发现的左英朗的疑点，通过电话原原本本地告诉了王嗣舟。在王嗣舟的安排下，姜、袁二人又悄悄地回到了财神庙。

　　王嗣舟调动了王氏族人，在大羿陵设下陷阱，等得有心之人上钩。果不其然，左英朗又故技重施，在众人的晚餐中下了大剂量的昏睡散。

　　对此，袁嗣明早有准备，大家当着左英朗的面吃下饭菜，转过头便喝了袁嗣明准备好的汤药，之后，庙里的道士便给他演了一出集体昏睡的戏。左英朗自以为得手，召来同伙，一同掉进了王嗣舟早就设好的陷阱，让他们来了个瓮中捉鳖。

直到这个事件后,王嗣舟对穿云弓才又重新重视起来。如果,真如自己家族的传承一样,穿云弓就埋在大羿陵里,它虽不是圣物,也是中华文物,绝不能让它落到外国人手里。他开始行使族长的权力,调动族里的人,组织起人手对穿云弓进行保护。

他不是没有想过借助警方的力量,且不论警察相不相信他的话,这件事一旦传开,就会引来专家对大羿陵进行发掘,也会引来垂涎神器的各路人等,这是他不想看到的。

王嗣舟问道:"于队长,你前面说猎日箭出现在莒城是怎么回事?"

这涉及自己正在侦办的案件,本不应随便告诉外人。但王嗣舟身为穿云弓的守护者,同时他也将自己族里最大的秘密向自己和盘托出,于守志也就省去了案件的细节,只把猎日箭被盗后在莒城失去踪迹,妘氏族人一路追踪来到莒城,以及日出国人也介入夺宝大战当中的事,大体向王嗣舟说了一遍。

"看来莒城风云将起,难得太平了。"王嗣舟的话里自有一股悲天悯人的气度。

于守志又向王嗣舟说道:"王道长,守护中国的文物不再只是王氏一族的责任,而是所有中华儿女的责任。为了更好地保护文物,我提议向有关文物部门申报,挖掘大羿陵,将国宝交由国家相关部门妥善保管。"

"不行!这绝对不行!"王嗣舟断然拒绝了于守志的提议,"你见过真正的猎日箭吗?你知道它是什么材质的吗?你知道如何妥善保存这样的文物吗?如果这一切都没有妥善的方案,决不能贸然对大羿陵进行挖掘,更不能将这个消息公之于众。这是对大羿陵的尊重,也是对我们王氏族人历经几千年守护的尊重。"

于守志想想他说得也有道理,便也不坚持:"我这只是一个建议,如何处置这是后话。眼前要做的就是如何找到猎日箭,以及保证穿云弓的安全。我已经让人封锁了进出莒城的各条通道,严查进出人员,以保证猎日箭不会流出莒城,更不能流至境外。我还有一个提议,想请您考虑,我想派几名警员住到这财神庙来,以防日出国的人再对穿云弓和财神庙里的道长下手。"

王嗣舟还是摇摇头道:"于队长,守护穿云弓的不只是财神庙里的这几个人,还有我们整个家族的力量,几千年都过来了,我们有能力担负起这个使命。"

对于王嗣舟,于守志万分敬重,既然他这样坚持,自己也不好再说什么,转念之间,他的心中已有了想法。王嗣舟说道:"于队长,我们这个家族的秘密传承了几千年,放在现代,其实也算不上什么了不起的秘密。猎日箭出现在莒城,为了保护它,你们会有很多人参与其中,那么,穿云弓的秘密也将不会再是秘密。今天我把这个秘密告诉了你,也没有回避姜雁书,是因为我想让穿云弓和猎日箭得到最好的保护。中华的文物已经大量流失海外,今天,这样的事件绝对不能重演,不然,咱们就都是罪人。"

一直若有所思的姜雁书突然说道:"道长,既然今天您这样坦诚,那么,我有句话就当着于队长问了。您那天带我和左英朗去的地方并不是真正的大羿陵和嫦娥墓吧,真正的大羿陵和嫦娥墓应该在我上次提到的迷宫一样的山路那里,对吧?"

王嗣舟微笑地看着她说道:"我知道这件事瞒不住你,你猜的没错,我怎么会把真正的地点贸然告诉他呢?真正的大羿陵、嫦娥墓就在你说的那里。"

姜雁书看着石桌上的阵法说道:"我觉得您刚才摆的阵就不错,

用作困敌很是相宜，我保证日出国的人只要进了那个阵，一定困死在里面。道长，那里的八卦阵是什么时候布下的？"

"在清乾隆年间，我王氏祖上出了一位精研奇门术数的高人，他在那里依山势布下了这个八卦阵。只是时间过去了两百年，其间又多次经历战乱，周围的山石绿植损毁殆尽。后来，我在原来的基础上复原了一部分，但我学艺不精，阵法也没有以前的玄妙了。"

姜雁书笑道："若不是大部分阵图毁于战火，就凭我这一知半解，还真不一定能走得进去，就算误打误撞进去了，只怕也被困死在里面出不来。"

王嗣舟呵呵一笑道："小姜居士，既然你是懂行人，能否留下来帮忙，帮我将那一片山路改建一下，不管他日出国的人来多少，我们都能瓮中捉鳖一样，让他们有来无回。"

"乐意之至，尽我所能！"姜雁书爽快地答应了。

王嗣舟是一个值得敬重的人，他做出的决定同样值得人尊重。于守志说道："王道长，您放心，我是一名警察，决不会让中华的国宝流落海外，我也期待穿云弓与猎日箭相会的那一天。"

王嗣舟突然问道："刚才你说猎日箭出现在了莒城，一直守护猎日箭的妘姓族人也来到了莒城，我能见见他们吗？"

是啊，放在几千年前，这两族人应该是世仇。几千年间，这两姓族人却都在肩负着同样的使命，一为守护穿云弓，一为守护猎日箭。他们一定有许多共同的话题，真该见面好好叙叙。于守志说道："妘姓族人的族长就在莒城，他要是知道了您是守护穿云弓的王姓族长，他也一定想见见您。不过，我得先征求他的意见，如果他也想见您，我就带他来，你们两姓族人的恩怨都过了几千年，是握手言和的时候了。"

王嗣舟哈哈笑道："于队长放心，我们两个老家伙不会为了几千年前的事打起来的。"于守志也为自己的多虑笑了。于守志看事情也说清楚了，便站起身来告辞，"道长，你们万事小心，有什么事及时联系我。"

姜雁书要留下来帮忙，于守志叮嘱她一定注意自己的安全后，才一个人下山。

于守志回去的第一件事，便是把整个事件的始末缘由汇报给了局长，又把自己的侦破思路也说了一遍。局长让于守志放手去安排，他自己则协调一切可用的力量来协助于守志。

于守志把王灵儿叫到了自己的办公室。"灵儿，我记得你曾说过，你的老家在南城区的涛雒镇，你们王家在本地是一个大家族，你认不认识一个叫王嗣舟的老爷子？他现在在天台山当道士。"刑警队的每个警员进入警队的时候，于守志都对他们的身份背景有过了解。王灵儿的父亲虽然是东海省知名企业家，但他的老家就在天台山下的涛雒镇，那么王灵儿应该也是王氏族人，她与财神庙的王嗣舟是同宗同族的一家人。

王灵儿笑道："我是他唯一嫡亲的孙女，你说我认不认识他？你怎么会问起他来？"

"那正好，我有些事要你去做。"于守志便把自己探访王嗣舟的事说了一遍。王灵儿的表情要比她刚听到猎日箭的故事时还要惊讶，于守志便将一个特殊的任务交给了她。

3

"老神仙,我看您来了!"一进财神庙的庙门,王灵儿便大声叫道。跟在她身后的还有两个身着便装的男人,看那健硕的身形和利落的动作,举手投足之间带着迫人的气势。

二人身后都背着包,而王灵儿手里提着大大小小的礼物。王嗣舟对她的到来并不意外,他笑道:"是于队长派你来的?"

王灵儿笑道:"您老真是修成神仙了,现在是能掐会算,就差呼风唤雨了。我也是很长时间没看到老神仙了,想来陪您住一段,顺道沾沾老神仙的仙气。"

王嗣舟在王灵儿头上轻拍了一下说道:"小丫头就是嘴乖,这两个是你的同事吧。"

王灵儿点头道:"是啊,他们也听说天台山风景很好,就想跟我来看看,正好他们休假,可以在这住上一段时间,好好休息休息。"于守志派人来财神庙的提议被王嗣舟否决后,他就想到了利用王灵儿与住持的特殊关系开展工作。王嗣舟能拒绝自己,他却拒绝不了自己的宝贝孙女,这两个男人是于守志从刑警队挑来协助王灵儿的。

王嗣舟自然明白于守志的用意,他也不说破,只是王灵儿见到了爷爷,不再是那个精干的女警,霎时变成了个磨人的小女生。两个刑警队员见到这个跟平时风格大相迥异的小警花,真是开了眼界。

小道士带两名刑警队员去住下,王灵儿这才上来扯着王嗣舟的胡子,翻着白眼、撇着嘴说道:"老神仙,我从来都不知道,咱们王氏家族还有这样的使命在身上。咱们自己家的事连我都瞒着,还得于队长这个外人告诉我,我很生气,您说怎么办吧?是拔掉您的胡子还是眉毛？自己选吧！"

王灵儿的父亲是王嗣舟的独子，王灵儿又是独生女，王嗣舟就王灵儿这么一个宝贝孙女，对她自小便疼爱有加。王嗣舟拨开她的手，整理着自己的胡须，"小丫头，你都多大了，还跟爷爷这么没大没小，得让你爸好好管教管教你。"

王灵儿嘿嘿笑道："我爸可没空管我，他正忙着赚钱呢。"

王嗣舟笑道："赚钱好，你跟他说，老神仙要修天台山的山路，要他出点血，赞助一下。"

"那能花多少钱，只要是您说的，一准没问题。"王灵儿收起脸上调皮的笑容，突然变得一本正经起来，"爷爷，于队长跟我说了发生在这山上的事，您为什么不告诉我？我可是个警察，我可以保护您，保护咱们家族世代相传的使命。您是不是因为我是个女孩，就不相信我的能力？"说到后面，王灵儿噘着嘴看向王嗣舟。

"丫头，爷爷从来就没有怀疑过你的能力。要不是最近发生的事，我都当这只是个传说了。"王嗣舟叹道，"我知道于队长派你们来是为什么，既然是任务，你们就在这好好住上几天，就当给自己休个假。"

"休假？老神仙，您真当我们是来玩的。"王灵儿说道，"我听于队长说，有个女孩子被您留下来帮忙了，她能帮什么忙？"临走时，于守志特别嘱咐她，要好好保护姜雁书，如果山上的事做完了，就让她尽快下山，离开这个旋涡的中心。王灵儿便对这个还未谋面的女子多了一份好奇。

"她能帮的忙可大了，你可别因为她是个女孩子就小看她。"

"我怎么会小看她呢，小看她不就等于小看我自己嘛！"王灵儿说起话来像绕口令，"她在干什么？"

191

王嗣舟说道："我要改建山上的山路，上午一起看过地形后，她在屋里画图纸。"

王嗣舟便带王灵儿到了姜雁书的居所，王灵儿看姜雁书在纸上画了许多自己看不懂的线条，她便好奇地向她打听。知道王灵儿是王嗣舟的孙女，还是一名刑警队员，姜雁书便照着图给她一一解释，王灵儿听得一头雾水，而王嗣舟在一边却不住点头。

姜雁书把图纸画好了，与王嗣舟又商议后修改了几处地方。直到二人都满意了为止。

王灵儿跟姜雁书年纪差不多，又都是开朗的性格，很快就熟识起来。

王灵儿一个电话，她的父亲便将款打了过来，王嗣舟就开始购置改建山路所用的材料，按图纸的设计开始改建山路，栽种绿植。

姜雁书又来到了那片山谷，上次她在此处突然晕倒，之后又莫名其妙地出现在远处的山路，难道是因为那里是八卦阵的阵眼所在，才发生了那么不可思议的事情？这一直是她心头的一个结。

再次来到这里，她十分小心，结果却什么事也没有发生。那天自己手指莫名其妙地被石碑划破出血，接着晴空现雷，难道是因为自己的血染在了石碑上？不会，她不相信超自然的力量存在，可这又是怎么回事呢？

天台山现在就是一个是非的旋涡，对一切的异常都十分敏感，她不愿在这个时候告诉王嗣舟发生在自己身上的事情，不愿自己成为一个事件的焦点。但这个事情在她心中始终是一个未解开的结，令她百思不得其解，却又无从查起。她有一种感觉，终有一日她会解开这个谜团。

在征得了妘戎的同意之后，于守志带着妘戎和妘拓去天台山财神庙见王嗣舟。

"一个是慈眉善目、仙风道骨的老道士,一个是神态庄重、不怒自威的妘姓族长,这两个人见面时,不知会是怎样的一种情景。"于守志在心里暗暗想道。

对于此次会面,妘戎心中的好奇大于忐忑,同为神器的守护者,一族旅居深山,过着与世隔绝的、近乎原始的生活;一族生活在繁华富庶的现代文明下,却依然将守护神器当作己任,可以说两族人在使命感上是殊途同归的。但是,毕竟两个家族的渊源已经几千年了,不知道对方会以什么样的态度来面对自己,这又让他心中既期待又忐忑。

当三人走近财神庙的时候,王嗣舟已带人在山门外迎接他们了。没想到,在山门前的一众人中,还有一个他认识的面孔,那就是,之前在刑警队见过的女警王灵儿。

王嗣舟看到他们便远远地迎了过来。他身后的人除了王灵儿、姜雁书以外,还有王宗礼和另外一个男人,于守志认识,他是王灵儿的父亲王宗晏。

王嗣舟与妘戎四目相对,一时之间不知道说什么好。还是王嗣舟先开了口,他迎上前来,向妘戎热情地说道:"欢迎你,远方的兄弟!"他并不是以一个出家人的身份,而是以穿云弓的守护者、王氏族长的身份来接待猎日箭的守护者、妘氏的族长。

在来之前,于守志并未向妘戎透露王氏族人的情况,王嗣舟的样子完全在妘戎的意料之外,他没想到穿云弓的守护者是这么一个年近古稀的老人,他不知道该说什么好,出于礼节,他向王嗣舟抱拳道:"我是妘戎,妘姓族人的现任族长。"

毕竟已经过去了几千年,什么样的恩怨也应该时过境迁了。王嗣舟,亦拱手道:"我是王嗣舟,是王氏族人的现任族长。"之后他又向妘戎介绍道,"这是我的侄子宗礼,也是族人推举出来的下一任的继任族长,这是我的儿子宗晏和我的孙女灵儿,她是于队长的下属,也是一名警察。还有,这位是姜雁书,我的学生。"

四人都向妘戎微微弯了下腰,算是行了个躬身礼。妘戎没想到自己受到这么隆重的礼遇,他亦如此回礼,算是打过招呼了。之前,王灵儿便以警察的身份见过妘戎,若不是王嗣舟如此介绍,他还以为王灵儿是于守志安排的警察,现在她却以王氏族长孙女的身份再次接待了妘戎,妘戎更是诧异。

王灵儿看出了他的吃惊,便笑着说道:"妘族长,今天我不是以警察的身份出现在这里,我是以一个王氏晚辈的身份在这恭候您的。"

妘戎这才介绍自己的儿子妘拓,之前他与王灵儿也见过,他也在诧异中,以子侄礼见过了王氏家人。于守志和姜雁书算是外人,二人只站在一旁笑眯眯地看着众人认亲,王灵儿笑道:"里面备好了茶果,大家都里面请吧。"

王嗣舟把众人引进会客室,小道士奉茶毕,王嗣舟又说道:"当年,妘氏与王氏本是一家人,却因为一些原因分隔两地。后来,妘氏远赴西北,而王氏定居东海。不管当时的情境如何,都已过去了几千年,同为中华儿女,同为神器的守护者,我们当以兄弟相待,相互扶持、共同发展。"

事情已经过去了几千年,妘氏族人虽远居深山,却也不是与世隔绝的化外之族。妘戎自从来到了东海这个中国东部发达省份,来到了莒城这个沿海开放城市,这里的繁华富庶与他在西北看到的城市完全不一样。加上他到莒城后,于守志以及警方对他的尊重和照顾，都让他对这里的人产生了好感。这个年纪比他大许多的王氏族长，见到他却没有一点倨傲之色，也没有刻意的生分和客气，更像是分别已久的兄弟重逢一般，与自己年纪相仿的王宗礼、王宗晏却执子侄之礼，给足了他这个族长尊重。王灵儿在旁笑语殷殷，添茶倒水，更让他想到了自己的孙女，他那颗朴实的心感到融融暖意。他说道："王大哥说得是，不管以前发生过什么事情，也都过去这么多年了，既然两族人都是兄弟，相互扶持是应该的。"

于守志看到这里，也算是舒了口气，他与姜雁书相视一笑。王嗣舟说道："我还是听于队长说起，才知道兄弟来了莒城，您和贵公子定要在这里住上些日子，让我尽一尽地主之谊。"猎日箭是被妘戎族里的人所盗，算起来也不是一件光彩的事，王嗣舟不提此事，怕身为族长的妘戎尴尬。

"都是我这个族长管教无方，族里才出了不肖子孙，将妘氏世代守护的圣物猎日箭偷走，我和族人一路追到了莒城。可是，到现在也没有找到猎日箭的下落。"妘戎是一个直肠汉子，他既然认了王嗣舟这个兄弟，也就不再避讳族里发生的丑事，当然，他说出这件事也有自己的想法，"王大哥在这里人头熟，孙女又是警察，还得请您多费心，帮忙寻找猎日箭，不能让它落到外人的手中。"

王嗣舟说道："我们王氏族人是土生土长的本地人，在本地也人脉极广，对于这件事咱们两族人责无旁贷，必会尽心尽力打听猎日箭的消息。于队长在这里，灵儿也在，他们也一定会追查到底，将猎日箭追回来，妘兄弟放心就是。"

于守志也适时地说道："阻止文物流失是我们的职责，我们一定会尽全力，二位放心就是。"于守志见妘戎在王氏人面前并不忌讳猎日箭被盗的事，可见他也并没有当王氏是外人。

听他这么说，妘戎忽地站了起来，向王嗣舟和于守志深深一躬，"王大哥、于队长都是有身份的人，说出来的话像大山一样，妘族的圣物就拜托两位了。"

王嗣舟与于守志赶忙还礼。两位族长一见如故，谈起自己族人这些年的经历，相谈甚欢。于守志私下里问姜雁书山路改建的进度，姜雁书告诉他，山路尚在改建中，自己还要在山上住一段时间。于守志叮嘱她快点下山，离开这个是非之地。

王嗣舟留妘戎父子在财神庙小住，于守志看两族人相处融洽，暗暗叮嘱王灵儿照料妘氏父子和姜雁书，之后就告辞下山了。

4

前段时间通过妘林的供述，妘泯一直是在颍川工作和生活的，那里肯定会有他遗留下的蛛丝马迹，要想找到他的踪迹，得先了解他这个人的行为模式。于是，于守志请求颍川警方协助调查这个妘泯的情况，同时也派了李杨去颍川调查妘泯。

刑警队员也各自利用自己的人脉关系以及线人，在莒城境内查找妘泯及猎日箭的下落。通过颍川警方的配合，以及李杨在颍川的关系网，大体打听到了妘泯失踪之前的一些情况。

妘泯大概是在七年以前来到的颍川市，因为没有学历和专业技能，他干过一些临时工，后来在一名工头手下做起了装修的工作。他在颍川期间与一个本地的女人同居。后来，他找了几个人，做到了工头，开始与装修公司合作，接一些铺地板、刷墙、吊顶的活。

按说到了这一步，他的经济条件变得好起来，一般人的做法该是在本地安家落户、娶妻生子,可不幸的是,他喜欢上了赌博。

赚来的钱很快就被他输在了赌桌上,他的生活又是"一朝回到解放前"。他只能继续做他的装修工作,以此谋生,连赌桌都没再去过。

这样的平静维持了几个月的时间,突然有一伙人在找他,细打听之下,这伙人好像是贩卖文物的,说是妘泯卖了赝品给他们,他们要找到妘泯,剥了他的皮。

如果这些情况属实,那么,妘泯是不是已经拿着卖赝品得来的钱和真猎日箭,改换身份离开东海省或是出境了呢?如果是这样,自己这段时间撒下的大网岂不是白费了?这可是最坏的情况了。

一个情况又否定了于守志的这个猜想,虽然从莒城出境比颖川更加方便,但是,如果他得到了大笔的金钱,还会再冒着风险去取那微不足道的四百块钱吗?也许他还在莒城,只是为了躲避追踪而藏了起来,这张大网既然铺开了,在没有确定之前就还不能撤。

李杨刚向于守志汇报完,就听到岳华秀利落的声音了:"于队,你看看咱们的公众号,里面有新内容。"岳华秀站在于守志办公室的门口说道。

于守志打开手机,在莒城刑警的公众号里,多了一些文章:

"莒城刑警提醒您,发现这些线索,请及时与公安部门取得联系。"

"莒城刑警赋"

"姑娘,请记住下面这几条,关键时候能保命。"

"中老年人如何预防电信诈骗。"

……

"于队,这是咱们队应宣传部门的要求做的,您看看怎么样。"

"好！"于守志打开文章，简单地浏览了一遍。"公众号做得不错，继续努力。"

岳华秀高兴地走了。于守志顺手点开了名为"姑娘，请记住下面这几条，关键时候能保命"这篇文章，这里面总结了几条简洁的要点，当女性在遇到危险时，如何自保。于守志随手把链接转发给了姜雁书。姜雁书的好奇心太强，有时候会顾及不到自身的安全，他有些担心。

姜雁书很快给他回了一个笑脸和一句"谢谢！"他撂下手机，继续跟李杨探讨下一步的工作方案。几分钟后，他的手机微信提示音响了，是姜雁书发给他的一个链接，他打开，那是一篇莒城刑警向民众征集嫌疑人妘泯线索的公告，就发布在莒城刑警公众号里。

正在他疑惑间，他接到了姜雁书打来的电话，他还没有开口，姜雁书便开门见山地说道："于队长，链接里的这个人是通缉犯吗？"

"他是我们一个案件中的重大嫌疑人，你见过这个人？"他知道姜雁书不会无缘无故地跟他瞎聊，猜想她是不是有线索要提供。

姜雁书却没有直接回答他，而是又问道："这个人是不是腿脚有点跛？"

于守志否定了，姜雁书有点犹豫了，她说道："我见过一个人，与照片上这个人相貌极为相似，虽然他留了胡子，但是却掩不住他左耳到腮的那道伤疤，几乎与照片里的一模一样。可他不姓妘，姓刘，腿脚还有点跛。"

名字可以作假，腿脚也可以伪装，天下相貌五官相似的人可能有不少，但是有些特殊的特征却不一定相似，比如说脸上疤痕的位置与形状。于守志马上问道："你在哪见过这个人？"

"前段时间，我在天台山财神庙见过照片上这个人，当时他在财神庙做厨工。"

"你刚才说当时，那他现在已经不在财神庙了吗？"于守志敏锐地捕抓到她话语中的用词，急忙问道。

"他现在不在财神庙了，上次住持让我下山的时候，因为他没地方可去，我把他送去了望仙涧羲元宫，他在那里暂住。"

"羲元宫在什么地方？"于守志急忙问道。

"那个地方不太好找，我带你过去吧。"姜雁书说道。

"你还在天台山吗？"

"没有，我就在你们刑警队旁边的酒店。"

"你出门吧，我过去接你。"于守志并不跟她客气，简短地说道。原来姜雁书看了于守志发给她的文章链接，她觉得不错，便关注了莒城刑警的公众号。她把里面文章的标题扫了一遍，就发现了莒城刑警征集嫌疑人线索的通告，巧的是，这个人与她在财神庙见到的厨工刘占奎面貌极为相似，她这才给于守志打电话提供线索。

妘族、日出国的人和道上的人都在找妘泯，他要想完全把自己隐藏起来，财神庙是个不错的选择，怪不得这么多路人都在找他，却始终没有找到妘泯的行踪。姜雁书看到的那个姓刘的厨工，很有可能便是妘泯。

"于队，有妘泯的消息？"李杨问道。于守志点了点头，"你叫两个人带上装备，跟我一起去。"

于守志要王灵儿向住持了解财神庙之前那个刘姓厨工的情况。李杨则叫了两名刑警队员，领了装备，与于守志一起开车去接姜雁书。

两辆车在姜雁书的指引下，向着望仙涧羲元宫的方向急驶而去。

5

在路上，于守志接到了王灵儿的汇报，协查通报上的妘泯就是前段时间在财神庙做厨工的刘占奎。

据王嗣舟说，刘占奎是一个半月前来到天台山的，当时他在天台山路边上吊寻死，被路过的道士救下。他当时没地方可去，又寻死觅活的，道士只能把他带回财神庙。

刘占奎跟王嗣舟说，他的老家在中国西南的边远省份，一年前，他的儿子得病死了，他带着老婆离开了家乡这个伤心地，来莒城的工地上打工。半年前，他在路上出了交通意外，腿被撞断了，肇事司机也没抓到，因为没钱医治，腿就落下了残疾。他干不了活儿就赚不了钱，衣食住行都得靠老婆一个人供给，一段时间后，老婆不堪重负，丢下他一个人走了。

因为没法生活，他就想找个偏僻的地方死掉算了，却又碰巧被庙里的道士救了。他没了家，也没有亲人，如果庙里不收留他，他还要去寻死。在这种情况下，身为出家人的王嗣舟也只得收留他，让他在庙里做些杂事，等他想离开了再说。

就这样，刘占奎凭着不错的厨艺，当上了庙里的厨工。王灵儿把妘泯的照片给住持看，住持确认，刘占奎就是妘泯。

得到了这个消息，于守志加快了车速。

望仙涧是莒城西南方的一座小山，山下是龙口水库，这里峡谷滴翠、重岩叠嶂。传说中王母娘娘带着七个仙女出行，在云头看到这里幽深清雅，景色优美，于是停下脚步，任凭七个仙女在这里嬉戏玩耍，她自己也在这山间漫步，亲身赏玩一下这人间的胜景。谁知这美景加仙女的画面正好被附近的村民看到，于是望仙涧由此而得名。

羲元宫便建在这望仙涧的半山腰上，山上有大片的板栗树和槐树，还有大片茶园，临近羲元宫，则种着薰衣草、迷迭香、鼠尾草、薄荷、丹参等香草。

羲元宫背依望仙涧，面朝龙口水库，风景优美，平和宁静，正是：累累白果盛，淡淡草花香。春将槐蜜品，秋把板栗尝。与道家修身养性的天然要旨不谋而合。

羲元宫是一座小小的道家宫观，供奉的是斗姆元君，虽然地处偏远，并不妨碍它成为人们寻仙访道、观光赏景的好去处。原来的羲元宫只有袁嗣明和一名小道士，现在多了一个暂住的刘占奎。

羲元宫远离周围的村庄，如果住在这里，确实能很好地隐藏自己的行踪。羲元宫建在山半腰，一条仅容一辆小车通行的混凝土道路，一直修到了羲元宫门前的台阶下面。

姜雁书送袁嗣明和刘占奎回羲元宫的时候，参观过羲元宫。羲元宫只有一进院落，正殿是供奉神明的处所，也是观里道士上早晚课的地方，正门两侧一边是道士的居所，一边是观里接待外客的地方。除了正门以外，羲元宫尚有两个侧门通往山上。于守志一挥手，两名刑警分别朝着两个侧门而去，于守志、李杨跟姜雁书从正门上了台阶。

羲元宫的大门敞开着，而道士居住的寮房门也大开着，里面的柜子、抽屉都打开了，东西胡乱地丢在地上，连床上的被褥都被翻开了，显然是有人在这里翻找过东西。于守志暗叫不好，看来有人先自己一步找到了这里。

于守志由半开着的右侧门跑了出去。那条路是通往山上的，小路两侧的薰衣草和迷迭香有被暴力踩踏过的痕迹,看断口处还很新鲜,显然是刚刚折断不久。于守志向其他人做了个追的手势,带头沿着山路向山上追去。

四人在树林里穿行,最后追到了一处断崖边上。这处断崖出现得相当突兀,幸好跑在前面的小赵及时收住了脚,要是再快一点点,他就从这个断崖上俯冲下去了。

断崖边上长满了杂草和灌木,高度大约得有二十多米,坡度接近八十度,到处都是突出的石头,要是从这里掉下去,非死即残。

于守志站在崖边往下看,有一溜杂草被碾过,顺着压痕找下去,一个灰色的人影半掩在杂草间。而不远处正有两个穿黑色衣服的男人向那里靠近。

如果从于守志所在的位置下到谷底,坡太陡,直接下去是不可能的,从一边绕下去,最快也得十几分钟,而那两个男人离草丛中的人已经很近了。

于守志一挥手,李杨带着两名刑警队员快速从一边向崖下绕去,而于守志则大声喊道:"站住!警察!再往前走我就开枪了。"还好他出来时携带了武器,而这个距离亦在他的射程之内。

那两个男人听到于守志的喊声,脚步一滞,顺着声音找去,在崖上看到了于守志的身影。两个人稍稍停顿,依然向着草丛中的人靠过去。于守志迫于无奈,瞄准了一个男人身前的地面,射出了一发警告的子弹。那颗子弹擦着男人的脚侧而过,射中了地面。于守志大声道:"再不停住,下一颗子弹就不是警告了。"

而这时,李杨三人听到于守志开了枪,更加迅速地向断崖下冲去。那两名男子也发现了迅速向这边靠拢过来的刑警队员,他们不知道来了多少警察,但他们知道,惹上警察是件麻烦事。于是,二人虽心有不甘，也只得丢下草丛中的人，朝反方向跑去，三拐两拐失去了踪影。

救人要紧，于守志顾不上追击那两个人，他也朝山下绕去。等他绕到断崖下面的时候，那两名刑警队员已经看过了那个人，这人还有呼吸，但是受伤很重，身上多处骨折出血。脸上到处是血，已看不出他的本来面貌。于守志马上拨打了急救电话，之后给那个躺在地上的男人进行了简单的止血。

医护人员很快到来，两名刑警帮着医护人员将断崖下的伤者抬了上去，这也费了很大力气，上来时，人都快累瘫了。

伤者被紧急送医救治，而于守志带来的两辆车则紧随其后，一路到了医院。男人的伤势不容乐观，被送进了手术室进行急救。

从现场的情况来看，黑衣人到的时候，妧泯可能不在羲元宫，黑衣人把观里翻了个遍，没有发现猎日箭的下落。这时妧泯回来了，他见事不妙，便向山上跑去，可能是因为他刚到羲元宫不久，对周围的地形不熟，所以才在逃跑的时候摔下了陡坡。要不是自己带人及时赶到，妧泯可能会被他们带走，之后生死难料。

姜雁书在于守志的授意下联系上了袁嗣明。原来，他今天带着小徒弟下山会道友去了，观里只留下刘占奎一人看家。

于守志有点疑惑，他接过姜雁书的电话，向袁嗣明问道："袁道长，刘占奎到羲元宫后，有没有外人见过他？"

袁嗣明不明白他这样问的用意，但是还是说道："没有，我们羲元宫地处偏僻，虽然也不时有人来游玩或上香，不过，他才来了几天，正好这几天清静，也没有人来过观里。"

得到这个情况，于守志沉思起来。自己刚从姜雁书处得知妧泯的下落，立即便带人过来了，妧泯躲在这偏僻少人的道观内，那些人是怎么先自己一步找到妘泯的呢？

那些人一定还没有找到猎日箭，否则他们也不会到崖底去寻找妘泯。那么，猎日箭究竟在什么地方呢？这个问题只有等妘泯醒过来后才能知道了。

手术在紧张地进行着，经过十几个小时的抢救，医生告诉他，病人在摔下山崖的时候撞到了头，身上也多处骨折，生命虽然暂时保住了，却还没有脱离危险期，要观察48小时后才能确定是不是救活了。但是，就算度过了危险期，以他的大脑损伤程度，能不能醒过来，也得看他的求生意志。

躺在床上的妘泯，全身被医用纱布裹了起来，活像一个大粽子。于守志盯着妘泯的脸沉思了许久，他找到了医院相关的领导，要求他们对伤者的情况严格保密，同时加派人手对妘泯进行严密保护。

6

于守志知道，守住了妘泯，也就等于守住了猎日箭的下落，日出国的那些人一定不会就这样放弃。

这天，医院守护妘泯的警员打来电话，说妘泯醒了。这可是一个好消息，于守志让其他人在家待命，自己带着李杨去医院见妘泯。

妘泯躺在病床上，整个身体都裹满医用纱布，若不是鼻孔处插着的氧气管，他整个人跟一具木乃伊差不多。于守志进来后，医生向他道："他刚醒来不久，需要多休息，问话时间不能超过十分钟。"于守志点了点头，医生调节了一下输液管的流速，然后走出门去。

屋里只剩下了于守志和李杨。妘泯的眼珠稍稍转动，显示着他还是个醒着的人。于守志靠近他的身前，轻声说道："妘泯，你别害怕，我是警察，你已在我们的保护之中，你很安全。"说完这些，于守志稍稍停顿，他看了看妘泯的反应，接着又问道，"你身体感觉怎么样？"

妘泯眨了两下眼睛，他用这个动作来代替点头，嘴里轻轻吐出一个听不清的字。

于守志又说道："妘泯，你应该知道匹夫无罪，怀璧其罪的道理，那些觊觎猎日箭的人一天得不到它，就会一直阴魂不散地缠着你，只要还有一口气，你就别想安宁。要想摆脱这些人只有一个方法，那就是，你把猎日箭的下落告诉我，那些人知道猎日箭已经在警方的手中，他们再找你也就没有任何意义了，那样你才是真正安全了。"

妘泯没有说话，像是在思考于守志的话，李杨也凑上前来说道："你要相信我们，只有我们找到了猎日箭，你才能保命，你懂吗？告诉我，猎日箭在什么地方？"

在这种情况下，任谁都会选择保命。妘泯似乎是积攒了全身的力气，他缓缓张开嘴，于守志跟李杨都把耳朵凑了过来。妘泯用微弱的声音断断续续吐出几个字："羲元宫，山顶，大石头——"这几个字用尽了妘泯的所有精神和力气，话未说完，他又闭上了眼睛，陷入了昏迷中。

于守志忙按铃叫来了医生，医生检查过后，说是他身体太虚弱，昏睡过去了，让他们不用担心。

妘泯在几路人的追踪之下逃到了天台山，后来从天台山财神庙又到了羲元宫。为了安全起见，他一定不会把猎日箭随身携带，也不会把猎日箭藏得离自己太远,那么,他说藏在羲元宫后面的山上就符合一般人的思维逻辑。一来,望仙涧这么大,藏这么件小东西,想要找到十分困难;二来,他本人跟猎日箭分开,这样比较安全,就算他被人抓到,只要对方没有找到猎日箭,他就能保命;反之,一旦他跟猎日箭被一起找到,那么,他必死无疑。

于守志吩咐人好好保护妘泯,自己便跟李杨出发,按妘泯说的,去羲元宫的后山上寻找猎日箭的下落。有具体的位置,也不需要太多人手,怕夜长梦多,他跟李杨从医院直接出发去了望仙涧。

鉴于上次发生的事,如果自己真的找到了猎日箭,他们半路硬抢,己方只有他跟李杨两个人也很不安全,为了万全无虞,于守志又叫了几个警员作为支援,随后跟了上来。

不想他们还是去晚了一步。

望仙涧的山顶果然有几块大石,地面上有被踩踏倒折的草木痕迹,土地上还有些新鲜的足迹,那几块大石都被翻开了,大石下面的土质还是湿的,以现在的天气和温度,这些大石被翻开不超过半个小时。

难道,有人抢在他们前面把东西拿走了?于守志变了脸色,他们将山顶的几块大石又翻了个遍,并没有发现要找的东西。

"妈的——"两次被人截了和,于守志有点忍不住了,眼神阴冷得像要杀人一样。李杨没有出声,只是小心翼翼地看着于守志,听他下一步的指示。

从时间上来推算,如果他们与于守志走的是同一条路,这一边就一条山路,那么两伙人一定会相遇。于守志的车停在羲元宫下面,他们也是从那条路上来的,沿途并没有遇到车和人,那这些人一定是从另一边上来的。

于守志想到这里,他快步往山顶的另一边跑去。果然,有两个人影已经到了山脚下,远远看去,一个人手里拿着一个物件,因为隔得太远,看不清是什么东西。就这一晃的工夫,那两个人已跳进一辆黑色越野车里,发动车子快速地驶向公路。

"混蛋——"于守志气得跳脚。现在追击已经来不及了。他看了看手表,马上拨通了宋语的电话:"给我查省道306这个时间段,通过望仙涧路段的一辆黑色越野车……对,不知道车牌,所有的黑色越野车都要查……对,一定要给我找到,它从哪来,到哪去,开车的是什么人,我都要知道,我不管你用什么方法。"于守志粗暴地挂断了电话,抬脚将一块石头踢得滚下山去,自己也踢伤了脚趾,痛得他双手抱脚,一屁股坐到了地上。这样暴怒的于守志,李杨从来没见过,可见这次他是真的被惹火了。

一路上,李杨都不敢讲话,直到回到刑警队。于守志马上去查问宋语的调查进度,宋语却不在,小赵正在按于守志的要求,筛查那辆黑色越野车。问起宋语时,小赵说是网监大队的徐队长把他叫走了。

"都这么闲?有正事不干,净整个没用的。赶紧查,查不到不许下班!"

内勤送来报销的单据请他签字,他瞟了几眼,直接扔了回去:"都干了什么?花这么多钱,重新核对!如果让我发现有人浑水摸鱼,都给我小心着!"

整个办公室的气氛压抑到了极点。岳华秀悄悄地问李杨:"于队这是怎么了?发这么大火。"

李杨向她摆摆手,示意她不要多问,免得触了于守志的霉头。

宋语刚回到办公室,小赵悄悄地向他说道:"你快点去于队办

207

公室一趟吧，于队发火了。"

宋语诧异地问道："发火？为什么？不会就因为我出去了一趟吧？"

小赵也不了解内情，只得说道："有这方面的原因，可能还不止这些，被他看到的人几乎都被训了个遍，看来这次火大了，你快去瞅瞅吧！"

宋语耸耸肩，去了于守志办公室。于守志办公室的门开着，他正低着头看文件，宋语直接走了进去："于队，你找我？"

"进别人办公室，没学会敲门吗？是我这样教你们的吗？"于守志头也不抬地反问道。

这也确实是宋语疏忽了，他退了几步，然后在门上重重地敲了几下，喊了声："报告！"

"进来！"于守志这才抬起头来不愠不火地问道："怎么这么快就回来了？没请徐队吃晚饭？"

宋语听他这么说，脸上十分尴尬。于守志没等他回答又问道："交待你的事办得怎么样了？找到我要的信息了吗？"

宋语站在那里，垂着头小声说道："还没有。"

"还没有？交代你的事还没做好，你就有闲情逸致去干别的。是不是徐队要提拔你啊？"于守志的声音突然提高了几个分贝，连外面大办公室都能听到。

"于队，我不就是出去一小会吗，您至于这样夹枪带棒的吗？"宋语听他这么说，忍不住回了他一句。

于守志立时将手中的文件摔在了桌上："怎么着，兴你做还不兴我说了？"

"我都做什么了？这样骂我？徐队找我也是公事，您至于这么不依不饶的吗？"于守志的态度让宋语也有点忍不住了，不由得声音也提高了。

"公事？"于守志不屑地说道，"刑警队有什么公事需要你直接跟网监大队对接了？我怎么不记得安排过你？"宋语听他这么冷嘲热讽地反问，脸上有些挂不住了，还没等他说话，于守志继续说道，"是不是我刑警队庙小，养不了你这尊大菩萨？可你别忘了，你现在还是我刑警队的人，就算网监大队要你去当队长，我不点头，你也别想顺利地从这走出去！"

"我知道您最近诸事不顺，眼睁睁地看着东西被人抢走，连谁抢的都不知道，心里肯定有火，但这也不是我的错，你不能逮不住兔子就杀狗吃，把这笔账都算到我头上。"宋语忍不住反唇相讥。

这句话戳到了于守志的痛处，他勃然大怒，一拍桌子站了起来，指着宋语厉声说道："你就这样跟你的上司说话？真是反了天了，你信不信我停你的职？"

宋语从来没被人这样骂过，他也不甘示弱，从口袋里掏出自己的警官证拍在于守志的桌子上："停我的职，好啊！停吧！这没白没黑的加班，我也受够了，我就当是你给我放假了。"说罢转身，大摇大摆地走出于守志的办公室，还回身将门重重地带上。

外面办公室里的人大气都不敢出，他们哪见过这样的情景，紧接着于守志办公室里传来瓷器与地板清脆的撞击声，显然是于守志把水杯摔了。

李杨看看宋语的背影，再回头看看于守志办公室的门。他也不想这个时候给自己找事，就转身去了信息组。小赵还在那里查视频，依旧一无所获。

7

"没错！这就是猎日箭。"卢屋同目不转睛地盯着包在棉布里面的猎日箭。猎日箭他曾经见过，虽然只是远远的一眼，也足以让他终生铭记。

第一次见到猎日箭，他并没有机会这样近距离与猎日箭对视，这次，是他第二次看到猎日箭，而这一次，猎日箭就真真切切地拿在他的手上。

他戴上了白线手套，将猎日箭拿在手中，沉甸甸的。他又拿过一枚放大镜，仔仔细细地将猎日箭看了一遍，像是不能相信这件神器竟然真的落到自己手中一样。

之后，他受了刺激一般仰天大笑起来，狂热的目光中夹杂着贪婪。他近乎癫狂似的持续大笑了好几分钟。之后，他突然收住了笑声，一下子跪倒在地上，仰面向天，双手将猎日箭高举过头，口中喃喃道："我终于得到了，我终于得到了，它能拯救我们日出国的子民，它能拯救扶桑岛的全部生灵。天源女神保佑——"

他的几个手下也随他跪在地上，学着他的样子跪拜。这样的情景持续了好一阵子，卢屋同才恢复镇定。"你们干得很好，等回到日出国，一定请父亲给你们奖励。"

几个手下听他这么说，脸上露出欣喜的表情。左英朗说道："得天源女神庇佑，得少主精密安排，咱们这一次中华之行才能不辱使命。"

什么人都喜欢听奉承的话，卢屋同当然也不例外。他笑嘻嘻地嗯了一声，稍稍将这种亢奋的情绪冷静了一下，然后说道："不要高兴得太早，咱们此次中华之行，只成功了一半，现在猎日箭虽然到手了，可你的愚蠢使那些道士有了警觉，对穿云弓想要再动手只怕不容易了，还得想一个万全之计。"说到这里，他看着左英朗说道："这件事是你弄砸的，你要想想怎么弥补你所犯下的错误。"

左英朗不敢说话了。稍停，卢屋同说道："猎日箭虽然最终落到了我们手中，可是，怎样把它安全地送回日出国，这是一个很棘手的问题。我们要好好筹划一下。"

"对，现在的莒城，真是三步一岗、五步一哨，别说是猎日箭，就算是一个螺丝钉，想带出莒城都非常难。"左英朗附和道。

"风暴越大，越不可能持久，我不相信莒城的警方会把所有的警力都投入到这一件事上。"卢屋同稍顿，自言自语地说道："就算是一块铁板，也总有漏风的地方。我们很难做到的事，总有人能做到，只要肯出钱，一切皆有可能。"

卢屋同找了专门负责偷渡人和货物的田哥，许下重金，只要能把自己和一件东西安全送出境，日出国在莒城的一家外资企业10%的股份就将转到田哥名下。

这样的条件是相当诱人的，开始田哥却将头摇得像拨浪鼓，这件事不是不能办，却不能在近期办，他可不想顶风作案，为了赚钱，把自己搭进去。最后，在利益面前，田哥承诺，若是海警稍有松懈，一定帮他出境。

迫于形势，卢屋同想把猎日箭偷运出境的计划不得不暂时搁置，以等时机的到来。

莒城警方的行动并没有像卢屋同估计的那样很快收场，这场暴风雨仍在持续着。卢屋同为了了解外面警方的动向，派了一个精明的手下出去探听消息，当那人回来时，脸上挂着犹疑的表情，他说，他总感觉有人在盯着他，验过几次梢，又没有发现跟踪他的人，可回过头，依然有被人跟踪的感觉。

人类的恐惧总是源于未知。你不知道什么人在盯着你，你也不知道他什么时候会突然出现，这种煎熬让卢屋同如坐针毡。

暴风雨到来之前，天气总是格外平静。虽然，他所居住的别墅周围风平浪静，可越是平静，他的心里就越是惴惴不安。

他觉得有无数双眼睛躲在黑暗之中窥视着自己，只等一个合适的时机，便会突然出击，将自己撕得粉碎。他不敢走出别墅，他怕被埋伏在周围的人算计。他拉上了别墅里所有的窗帘，时不时地挑起一条缝，向外面窥视着，以缓解他那种源于未知的恐惧。

这样被动地等莒城警方放松警戒是下下之策。为了避免夜长梦多，他不能再这样拖下去，他必须变被动为主动，尽快带猎日箭回日出国。他得好好想想如何做到这一点。

最后，他匍匐在天源女神像前默默祝祷，请天源女神保佑自己，携猎日神箭顺利返回日出国。祝祷完毕，他站起身来，脸上焦虑的神情有所缓解。他坐在宽大的沙发上沉思良久，招手叫来一个手下，对他耳语了几句。

手下的脸上露出不安的神情，卢屋同又在他的耳边低语了几句，那男人的脸上露出决绝的神情，向卢屋同深深一躬，然后离开了。

安期仙人

安期生者，琅琊人也，受学河上丈人，卖药海边，老而不仕，时人谓之千岁公。秦始皇东游，请与语三日三夜，赐金璧直数千万。留书与始皇曰："后数十年，求我于蓬莱山下。"及秦败，安朗生与蒯通交往，项羽欲封之，卒不肯受。

——晋皇甫谧《高士传》

1

这些天，猎日箭的事一点头绪也无，于守志整天一腔无名火，看什么都不顺眼。没有目标，警员们只得以最原始的方法排查，这样的方法既耗时间又费警力，除了必要的内勤人员，其余的人手都在外面调查、走访、盘查。

整个莒城风声鹤唳，草木皆兵，所有的人也疲惫不堪。在这种情况下，与这个案件无关的其他案件，各分局都自己消化，不再上报到市局。这样，刑警队就可以腾出手来专心应对当前的案子。

真是怕什么来什么。这天下午，于守志正在外面监督盘查时，他的手机接到一个信息，那是莒城公安系统发布的二级警报。

一旦发布了二级警报，每个部门正、副职负责人都会收到信息提示。收到警报的人必须停止正在进行的休假、学习等任务，立即返岗，等待上级的行动指令。

于守志心中一惊，难道是像上一次那样有致命病菌的袭击？不对，如果真是这样，发布警报的部门应该是CDC，而不应该是公安局。自己收到二级警报，难道是恐怖袭击？如果是这样，局长应该在指挥中心，他立即跳上车，准备去指挥中心。

他刚上车就接到了局长许万均打来的电话，"你在哪里？"许万均语气中带着急促，简短地问道。

"我在外面，正准备——"他还没说完，许万均打断了他下面的话，"立刻、马上到指挥中心。"不等他回答便挂断了电话。

于守志不敢耽搁，急急火火地来到了指挥中心时，特警队长、武警队长也已就位。各分局负责人正相继会聚到指挥中心。局长正盯着一墙的大屏幕，表情凝重。

许万均看人差不多到了，便向他们说了一件发生在半个小时前的事。在十分钟前，许万均正在办公室里处理公务，他收到一个匿名电话，一个男人说，他在这个城市的很多个角落安放了炸弹。许万均问他是谁，想干什么。他只笑了笑没有回答。那个男人接着说，为了让许万均相信这不是恶作剧，他说其中一个炸弹安装在45路市内公交车上,炸弹已经启动,他们只有二十分钟的时间拆除,说完就把电话给挂了。

为了验证这个电话的真实性,许万均立即联系公交公司,将正在运行的45路公交车全部截停,紧急疏散车上的所有乘客和周围的群众,并派专业的排爆警察和搜爆犬对所有的45路公交车进行搜查。果然,在其中一辆已运行到区政府旁边的45路公交车底盘上,发现了已经启动的定时炸弹,离爆炸还有四分二十三秒。

嫌疑人以这么大一个炸弹来证明自己所言不虚,那么他必定会有下一步的行动,且这个行动的图谋必定不小,于是许万均得到这个汇报,立即发布了警报。

指挥中心大屏幕上,有一个屏幕的画面是特警在小心翼翼地拆除炸弹。经过排爆人员的努力,在时间还剩三十七秒的时候切断了炸弹的引线,炸弹成功地被从汽车底盘上拆除下来。

排爆警员摘下套在头上的面罩,满头大汗地喘着粗气,他一手托着炸弹,对着屏幕回报道:"报告,炸弹已成功拆除,危险解除。"

许万均说道:"将炸弹带回技术中心分析,我要知道这个炸弹能提供的所有信息。"许万均说完,转头向于守志问道,"王灵儿到位没有?"

"她已经在回来的路上了,马上就位。"于守志刚说完,许万均的电话接了进来,一个男声响起:"许局长,这么快就拆除了炸弹,速度还可以,你应该相信这不是恶作剧了吧?"电话里那个男声不紧不慢地说道。

从电话接通的那一刻,技术部门已经开始录音和追踪。许万均问道:"我相信你不是跟我开玩笑,你费这么大劲来证实你所言非虚,你一定还有别的图谋。说吧,你到底想干什么?你还在什么地

215

方安装了炸弹？"

"不愧是公安局长，看问题总是能抓到重点，好，我先说我的第一个要求，准备三百万现金。不是人民币，更不是韩元，是美金，然后等我电话。记住，你只有三个小时的时间。"不等许万均说话，电话就挂掉了。

负责追踪的警员失望地说道："局长，时间太短，追踪不到。"于守志知道，这个匪徒有很强的反侦察经验，时间掐得很好。通话完毕，他会立即将电话卡从手机里取出来，保证警方不能通过手机号码的信号定位追踪到他的位置。

许万均恨恨地将电话听筒扣在电话上，他抬起手腕看了看表，下午三点四十一分。匪徒说他有三个小时的时间，也就是说，匪徒下次打电话过来的时间会在六点四十一分。许万均自言自语地说道："三百万美金，真把我当财神爷了！第一个要求，也就是说还有第二个、第三个要求——"许万均在想匪徒接下来会有什么要求，而一个念头却急速闪过于守志的大脑，他眼神一亮，抓过桌上的通话器，对着排爆现场的特警说道："匪徒就在你们周围，他在人群中，刚才还在通话，快点找到他。"

屏幕中的特警一愣，许万均首先反应过来，他马上对着通话器喊道："按他说的去做，快！"是啊，警方刚刚拆除炸弹，匪徒的电话马上就打过来了，还对他们的行动力给予了肯定，说明他就在警方拆除炸弹的现场，警方的行动进度也在他的掌握之中。

于守志又向着通话器中说道："还有，对于周围的建筑物窗口，能看到现场的也要重点排查。我马上让刑警队的人过去。"他立即把电话打给了孙少成，相比特警，刑警队的人更擅长排查工作。他让孙少成以最快的速度，带刑警队的人与特警一起排查。

许万均转头看向于守志道："马上把宋语给我调过来。"于守志当然知道事件的严重性，他马上给宋语打了电话，宋语很快也就到位了。

三百万美金不是一个小数目，这只是匪徒的第一个要求，这样的话，这个要求也是一个很简单的要求，他接下来的要求难度会增加。为了以防万一，许万均向市领导作了汇报，在征得相关领导同意后，以公安局的名义紧急向银行贷款三百万美金，而这笔不小数目的现金，银行也需要紧急调动来配合公安局的行动。同时，调集特警、刑警、武警、交警、治安民警随时待命，协同作战。

警察调取了停车场的监控视频。装有炸弹的那辆45路车停在靠近停车场边缘的位置，靠近铁栅栏的边缘。监控探头的视角正好被车身挡住，录像没有拍到什么人接近过这辆车，但是，要翻过铁栅栏靠近这辆车，也是不会被摄像头拍到的，无法通过这个方向锁定匪徒的身份。

匪徒用来联系公安局的电话是一个用假身份证开户的号码，无法锁定身份和位置。这个匪徒很老练，并且经过周密的筹划，很难通过常规的刑侦手段锁定匪徒的身份和位置。

王灵儿很快就回到了刑侦技术组，开始对特警带回的炸弹进行分析，期望从上面找到匪徒留下的蛛丝马迹。

炸弹所用的炸药是铵锑，制作炸弹的技术非常专业，可以通过定时器引爆，也可以遥控引爆，比如遥控器、手机等。这是一种定时与遥控双控炸弹，炸弹遥控的距离最远可达200米，可定时长30分钟，爆炸产生的威力，足以将一辆公交车炸得粉碎。

炸药在中国是受到严格管制的危险品，一般用于工业开矿、建筑爆破等，普通人是很难拿到的。就算是匪徒有制作炸弹的技能，制造炸弹的化学原料也在警方的严格管控中，想买到也不容易。但是，要是想拿到，也不是没有途径，比如从监管不严的矿区、黑市买卖，又或者通过走私入境。

这么专业的手法，这么大胆地敲诈公安局，可不是一个普通人可以办到的，这应该是一个团伙或惯犯所为。这个"开端"都有那么大的威力，那么，接下来的战斗会更加危险，许万均立即命令全体警员在莒城全市范围内布控，严密封锁进出莒城的各大路口，以策万全。

匪徒第一次打电话来是下午三点一十七分，这时，这辆公交车已经运行了八个多小时，炸弹不可能是这个时候装进车底的。最有可能的就是在昨天夜里，车辆停靠在停车场时装上的，而在他打电话威胁公安局的前后，利用遥控启动了炸弹。这种炸弹遥控的距离最远可达200米，可定时30分钟。也就是说，他有可能一直在跟踪这辆装有炸弹的公交车，在他认为合适的时间点启动了炸弹，然后打电话给许万均，公然勒索公安部门。

指挥中心又调取了公交车内的监控和这辆装有炸弹的公交车沿途的路面监控画面，查出在公安局接到威胁电话前，一直出现在这辆公交车周转的车辆，包括私家车和出租车。并且，这辆车或车上的人还出现在拆弹现场周边围观的人群或周围的车辆中。

2

这三个小时，既转瞬即逝又度日如年。

匪徒也很守时，刚到三个小时，匪徒的电话准时打来，是另外一个号码："许局长，我要的现金准备好了吗？"

"准备好了,我的诚意表达了,该是你表达诚意的时候了,告诉我还有几个炸弹?分别安放在什么位置?"

匪徒慢条斯理地说道:"许局长,你好像很着急。"

"我不着急。"许万均呵呵一笑道,"三百万美金可不少啊,拿在手里也很重,我们怎么交易呢?"许万均也慢条斯理地说,他想尽量拖延时间,以便网络追踪人员可以定位到匪徒的位置。

匪徒也学着他呵呵一笑,似乎识破了许万均的用意,他非常简短地说道:"我要你们准备一辆加满油的越野车,将现金装到车上。三个小时后,让刑警队长于守志开车,将一个半月前被你们抓到的海百川送到日东高速莒城北入口处,等待我的指令。既然于守志抓了我大哥,那么,他就得亲自把我大哥送回来。别跟我耍花样,不然,会有好几个炸弹在人口密集区同时引爆,你要相信我的话。好了,不说了,再说就被你们的人追到了。"说到这里,通话被挂断了。宋语气得一拍桌子,爆了句粗口:"真他妈的狡猾,再给我几秒钟就追到了。"

特警队扣留了一些在排爆现场那个时间段通过话的人,正在盘查,从匪徒的电话正常打进来看,他并不在那些被扣留的人当中。要知道当时的情景,真的不一定要近距离接触,站在周围楼上的任何一个窗口,手拿望远镜,就能清楚地看到现场的情景。警方时间有限,不可能挨家挨户去排查。

许万均怒火中烧,这是明显的挑衅警方的行为。那三百万美金并不是他的最终目的,营救被警方在前段时间抓获的海龙会头目——海百川,才是他们的终极目的。匪徒应该是海龙会没有落网的残余势力,或是与海百川有近亲属关系的人。

可是,匪徒刚才说了,他还在好几个人口密度大的地方都安放了炸弹，警方并没有关于这几个地点的线索，想要在短时间内找到或是疏散人群都无法做到。如果不答应他的要求，莒城市民会面临重大危险，这个责任谁都承担不起。

他当然不会真的让匪徒带着钱和人远走高飞，他一定会想办法在找到炸弹的同时，再次将海百川抓捕归案。对于匪徒来说，警方就是一张网，海百川就是网中那条鱼，而炸弹就是一把刀，他想利用这把刀撕开警方这张网，让海百川这条大鱼游归大海。而对于警方来说，海百川就是一个鱼饵，而匪徒跟炸弹就是鱼，在钓到鱼之前，饵是一定要下的，但是，他也不会允许鱼吞了饵再游归大海的。

"敢公然挑战警方，如果不能灭了匪徒的嚣张气焰，莒城市民的安危如何能放心交给我们守护？我们莒城公安的警威何存？于守志，你马上给我查海龙会的残余势力以及他的近亲属中有能力策划此事的人，我决不允许鱼吞饵后还能溜走。"许万均掷地有声地说道。

于守志似乎有些心不在焉，他并没有接许万均的话。许万均对于他在这个时候走神显得有点恼怒，他提高了声音说道："于守志，没听到我在布置任务吗？"

于守志这才醒过神来，他马上答道："许局，我马上派人去查，但是，我觉得有些不对劲。"

"什么不对劲？"对于于守志嗅觉的敏锐，整个警队是有目共睹的，听他这么说，许万均问道。

于守志没有立即回答他，而是将刚才许万均布置的任务布置下去后才说道："许局，各位领导，你们有没有觉得奇怪，咱们处理过许多大的案件，绑架人质勒索案、放置炸弹勒索案也处理过，可是这个匪徒的行为却不符合正常的逻辑。"

看到所有的目光都看向他，于守志继续说道："他第一次联系您，告诉了您公交车下面放置了炸弹，是为了让您相信这不是一个恶作剧的话，这可以解释得通。可第二次他联系您，给了您三个小时，让您准备三百万美金，三个小时后再打电话过来。三个小时后，他第三次联系您，告诉您他要您放了海百川，还要我亲自开车，把车开进日东高速莒城北入口，等待他的消息。"

于守志说到这里，稍稍停顿了一下接着说道："疑点一，筹钱和释放海百川都不是您能决定的，也都需要时间走程序，可这两点并不矛盾，可以同时进行的，他为什么要分两次说，这样就给了警方六个小时的时间来锁定他的身份和位置，增加了他暴露和失败的风险。第二，他要我开车，带着海百川和钱，将车开进日东高速莒城北入口等他消息。把车开进高速路，只要我们把路一堵，他怎么都跑不掉，他为什么不让车走国道或省道，国道或省道边上有许多分支路，这样跑掉的概率会比较大。第三，就算是像他说的，是我抓了海百川，所以就让我把他送回去。难道赌一口气比安全更重要？就算是他有炸弹这张王牌，以现在的警方行动能力，他根本跑不掉，他为什么要这么做？我甚至怀疑他的目的是不是真的要劫走海百川，抑或是还有别的目的？"

指挥大厅里的人有一部分干过刑侦，大家现在绞尽脑汁想的是炸弹安放在什么地方，匪徒是谁，他现在在什么地方，怎样才能抓到他，却没人将匪徒的行为连贯起来想，更没有人去怀疑匪徒的目的。

许万均听了他的话，心中一动："按你的思路，说说你的看法。"

于守志犹豫了，他说道："我暂时也只是觉得这些地方不太对劲，我也怕自己的思路跑偏了，影响整个案件。"

通过对监控视频的对比排查，锁定了一辆具有重大嫌疑的出租车，这辆出租车从装有炸弹的那辆公交车被截停前的半个小时就一直不紧不慢地跟在公交车后面，当公交车被截停后，它就驶离了现场。

根据出租车和登记牌号，很快就联系上了司机，据司机说，有一个背双肩背包、戴墨镜和棒球帽的男人从路边上了他的车，让他跟着那辆公交车。因为公交车在市区的行进速度很慢，出租车也只能像蜗牛一样，亦步亦趋地跟在后面。司机当时觉得这个男人很奇怪，但因为有钱赚，所以也就没有多问。当车行驶到距北城区政府不远的地方停下后，司机把车停在了马路边，车上的人都下了车，连司机也下了车。看到这个情景，他还以为是公交车坏了，便也没多想。

这时那个男人也下了车。司机师傅并不是一个爱看热闹的人，他见男人走了便马上开车离开，去寻找下一个客户了。

根据出租车司机的描述，宋语在那个男人上车和下车周边的监控录像里查找相同体貌特征、穿着打扮的人。果然，不久之后，在视频画面中发现了那个可疑男人的踪迹。

在司机确认了那个男人就是当时的乘客后，宋语利用这个人的体貌特征，在监控视频里搜索他的身份以及所有相关的信息。只要抓到这个人，就能从他的嘴里撬出炸弹的线索。

从这件事，大家对于守志做出的判断更有信心。这个时候，为了市民的生命安全，在许万均保证将海百川安全带回来后，上级批准了他拿海百川钓匪徒的计划。

整条高速已被警方监控，许万均正在安排沿途的排兵布阵。宋语则负责庞大的影像数据分析，孙少成带领的刑警队和特警队的排爆人员作为机动组，按宋语给出的信息追踪匪徒的下落，随时做出抓捕匪徒和确定炸弹安放地后的排爆工作。

于守志被匪徒点名,要他开车送海百川到高速入口,去看守所提人的工作自然也落到他头上。

在看守所,于守志见到了两个月前被自己抓捕的海百川,从前那个举手投足间都带着一股霸气的男人已憔悴了许多,脸上再也看不到那种飞扬跋扈的神情,反而多了些沉静和淡漠。他看到于守志时,甚至还调侃道:"于队长,今天咋这么有空,来看你的手下败将?"

于守志嘿嘿一笑道:"海百川,没想到老话说得真好,百足之虫,死而不僵。你虽然进来了,你往日的兄弟们可没闲着呀,整出这么大事。"

海百川自己也呵呵一笑道:"怎么,我的兄弟找你麻烦了?谁这么大胆子,敢找你于队长的麻烦?"

"他们倒没有找我麻烦,他们在把你往死路上送。"于守志冷笑道。

听他这么说,海百川不解,但也不愿在于守志面前落了下风:"我在里面,对他们已经失去了控制,他们再做什么都与我无关了。我做了什么我心里有数,他们控制不了我的生死,于队长,不要在这里危言耸听了。"

"你的兄弟妄图从警方手中把你救走,你说这不是把你往死路上送?你自己掂量掂量,你能从警方的手中飞走吗?"

听到这些话,海百川眼中一亮,对自由的向往、对往昔风光的贪恋,让他的心中又燃起了希望之光。于守志跟罪犯打交道这么多年,对他这种心理自然是了如指掌,他必须灭了他心中这个幻想,才好控制以后的局面。于是,他冷冷地笑道:"海百川,你在莒城经营多年，被我盯上的人，你听说过有谁从我手下逃脱过吗？你想试着做第一个吗？我劝你别自寻死路。"于守志警告道。

海百川听了他的话若有所思，他在两名警员的押送下，跟在于守志身后上了车。

3

指挥中心这边，宋语正带领着信息分析人员忙碌着。他用上了自己刚设计开发完成的一款图像处理软件，将他从天网视频中捕捉到的那个男人的图像进行数据分析，从身高、步态、相貌、骨骼都数据化。将这些数据输入软件中的搜索引擎，在庞大的图像资料里面搜索相同特征的身影，一旦出现与输入数据相似度超过百分之九十的影像，系统就会自动锁定并发出警报。这样就省去了查看监控视频耗费的大量时间成本和人力成本，能在很短的时间内锁定目标。

这是宋语刚设计完成的一款应用软件，尚在模拟试验当中，这次实战正好可以验证软件的实用性和可靠性。

很快，软件就发出警报，一个与输入数据相似度百分之九十的身影出现在监控屏幕中，显示这个男人的位置正在长青路西口一百米处，由东向西步行。

孙少成带领的机动组，迅速出击，将这个男人控制住。经过盘查，这个男人是一个公司员工，案发时间段他在公司上班，办公室里的同事都可以证明。

这次虽然没有成功，但也验证了这款软件的可操作性。如果锁定的这个人驾车或乘车，天网监控就不容易锁定目标了。许万均拍拍宋语的肩膀道："小宋，别气馁，匪徒不可能只在车里，他只要被监控拍到，就逃不出你的追踪，你这款软件节省了大量的警力及时间成本，它的实用性是毋庸置疑的。"

得到了局长的肯定，宋语的信心更足，他擦擦眼镜，继续忙碌起来。很快，软件又在视频中锁定了一个身影，不过，这个不是实时画面，而是昨天的监控，这个男人的身影从一辆出租车上下来，出现在新世界电影院的门口，他背着一个同样的双肩背包，戴着墨镜和棒球帽，与那天的装束一般无二。

电影院是一个人口密集的地方，特别是新片上映，场场爆满，且这里人流量大，买票不用实名制，出现在这里不会引起别人的注意。况且，将炸弹安放在这里不容易被发现，还能达到极佳的杀伤力和恐慌。

指挥中心立即联系了电影院，电影院以放映故障为由，疏散了所有进场的观众以及工作人员。排爆组带着搜爆犬立即对电影院展开了搜爆工作。

经过细致的搜爆作业，警犬在 C4 号放映厅中第七排中间的连排座椅扶手下端，找到了一个小型的定时、遥控双控炸弹。幸好这个炸弹并未启动。排爆人员很快便将这个炸弹拆除。别看这个炸弹体积小，威力却也不小，对于爆炸半径七米的范围内的目标能造成生命威胁。电影院是个人员密集的地方，如果场内坐满了人，这样的杀伤半径也足以致多人伤亡，以及引起足够的恐慌。

这枚炸弹的发现，证明了匪徒并非空言恫吓，他确实在人员稠密的地方安装了炸弹，用作他与警方谈判的筹码；同时，也证明了宋语锁定的那个人就是匪徒，新软件的可靠性和工作效率毋庸置疑。

于守志到了指挥中心，眼看与匪徒约定的时间就要到了，许万均将制定的两套行动方案及种种布置都告诉了于守志，然后说道："一定要注意安全，我们等你平安归来。"

于守志说道："局长放心，我一定会把人犯和那三百万美金全部带回来。"许万均把手按在他的肩膀上，"去吧，我相信你能出色地完成任务且平安归来。"

于守志向他敬了个礼，然后出了指挥中心。他穿上了防弹背心，带上了自己的配枪。两名警员将海百川铐在了车的后排座椅上，将装有三百万赎金的箱子放到了副驾驶的位置。

于守志按照约定，将车开进了日东高速莒城北入口后，打起双闪，将车停在了应急车道。在高速公路上这样停车是非常危险的，幸好交警部门已对该路段的车流进行了管制，以免影响他的行动。

于守志并不回头，他看着后视镜里的海百川说道："现在你有两条路可以走，协助我将幕后搞事的人抓捕归案，这样你可以将功折罪，事后我会向法官陈明情况，在量刑上考虑从轻发落；第二条路，你烧坏了脑子，妄图从我手下逃脱，那么，我会在第一时间将你击毙，然后再揪出你的同伙，让他以一种惨烈的方式陪你上路。"他脸上虽然带着笑容，目光中却杀机毕现，他脸上笑得越是灿烂，眼中的杀机越浓，"我会用我自己的方式捍卫我作为一名刑警的尊严，请你记住，这就是我于守志的信条。"一股浓浓的寒意从海百川的心底升腾而起，他不由得打了个寒战。

海百川眼神里的光慢慢暗淡下来，显然是于守志这番威慑的话起到了作用。他看了看周围，长叹一声道："这是哪个混蛋想出来的，这么没脑子，亏他想得出来，还想从高速上跑掉？这不是救我，这是他妈要把我往死路上带。"

于守志道:"还算你明白,所以,别把自己往死路上送。"于守志又在心里暗想,"从匪徒安放炸药以及联系警方的方式来看,他有很强的反侦察能力,警方想得到,海百川想得到,为什么匪徒会选择这样一种逃离方式呢?"海百川却不知他的心里在想什么,还在感叹:"真是不怕神一样的对手,就怕猪一样的队友,我手下有这样的蠢货,败在你手中也是迟早的事。"他这颇为诙谐的话让一脸杀机的于守志也有所缓和。

时间已经过了九点,外面的天已完全黑下来了。于守志不时地抬手看表,等待着指挥中心的指令。在指挥中心的许万均接到了匪徒再次打来的电话:"许局长,我的要求你准备得怎么样了?"

"于守志的车已经载着海百川和你要的钱,停在了指定的位置。我表达了我的诚意,你也必须证明你的诚意,告诉我其余炸弹的位置。"

"我会表达我的诚意,现在我告诉你其中一个炸弹的位置。在新世界电影院C4放映厅7排19座扶手底下,你可以派人去验证。好了,你让于守志开着车,以每小时八十公里的速度,向颍川方向开,到了颍川东出口,我再告诉你怎么走。"那个男人说道。

"我要的是所有炸弹的位置,你不告诉我就停止交易。"许万均说道。

"在我确定海哥安全后再告诉你其余炸弹位置。"匪徒坚持道。

"我要验证你说的炸弹位置,然后——"许万均还未将话说完,对方就挂断了电话,显然是怕警方追踪到他的位置。许万均愤怒地将电话扣下。这个炸弹的位置警方已经知道,并成功拆除了炸弹,可以说,匪徒这次给的交换信息毫无用处。

当然,警方也不会单靠匪徒给的信息来行动,许万均也是在争取时间，以期宋语能在短时间内锁定匪徒的位置，这样就为解决炸弹危机撕开了口子。

许万均让于守志原地待命，警方不能一直被匪徒牵着鼻子走。于守志坐在车里，他的大脑却也在急速地运转着，这个匪徒异于常人的行事方式让于守志心生疑惑，那些不合逻辑的线索也在他的大脑中一遍遍回放，以期从中找出匪徒的行为模式，便于更好地应对。

宋语的搜索系统又一次报警，天网监控系统拍摄到匪徒的影像，在十几分钟前，这个人出现在东海大酒店门外路边，他从出租车上下来后，直奔大堂，之后并未出来。

孙少成带领刑警队机动组在东海大酒店的1216号房间成功将嫌犯制伏，从他的包里搜出望远镜一台，盗拷电话卡数张，地图一张，以及军刀一把。

从这个男人身上搜出了他的护照，护照上的名字叫原田雄二，日出国人，五个月前通过劳务输入入境，根本与海百川没有任何交集。他跟海百川没有任何关系，却在电话中一口一个海哥，不由得让许万均也开始怀疑他策划这起炸弹案的真实目的了。

从他身上搜到的地图被送到刑侦技术组进行分析，从留在地图上的指纹密度情况和笔压痕迹，锁定了四个地点。其中一个是45路公交车的停车场、一处是找到炸弹的新世界电影院；还有两处，一处是明珠居民区，一处是在银都商厦。其中两个是已被成功排除炸弹的地方，那么，另外两个位置就很可能是剩余两枚炸弹的位置。

排爆组根据孙少成提供的线索，立即疏散人群，展开排爆工作。

于守志刚得到这个消息，岳华秀就打来了电话，这个电话让于守志马上意识到：坏了，中计了！

4

一辆黑色越野车在北海路边停下,车还未停稳,卢屋同就从车上跳了下来,他拎着一个手提包,猫着腰,迅速穿过树丛,来到一处岸边。这周围没有人家,也没有渔船停靠。海面波光粼粼,映着天上的明月,别有一番意趣。

卢屋同站在海边,向周围看了一圈,没有看到人和船。他拿起电话,拨了一个号码,电话没通就挂掉了。

不一会,有条快艇快速驶过来,开快艇的男人向卢屋同问道:"是卢先生吗?"

卢屋同答道:"是,是田哥介绍我过来的。"快艇这才靠过来,男人把手伸向卢屋同,想接他手中的手提包。卢屋同却将包换到了另一只手中,男人看他这样,便说道:"上船吧,田哥让我送你出去。"卢屋同扶着男人的手上了快艇,男人发动快艇快速地向海中驶去。

那个男人并不说话,只专心地将快艇驶向大海深处。看到快艇逐渐远离海岸线,直到这个时候,卢屋同的心才稍稍放下,他长长地出了一口气,抬头看着那一轮满月,想到很快就能回到属于自己的、安全的地方,他心里开始亢奋,握着手提包的手抓得更紧了。

就在他刚松一口气的时候,有一闪一闪的灯光在快艇前面晃动。他急忙回头来看,身后有两艘大船正从两侧快速向他的快艇驶来,发动机的轰鸣声和海水拍打硬物的声音渐行渐近。

卢屋同闭了眼睛,心中凉了半截,紧紧抓着手提包的手在颤抖。那两艘大船很快包抄上来,同时船上传出喊话声:"前面的船马上停下接受海警检查!前面的船马上停下接受海警检查!"

船的速度很快，海水剧烈地起浮着。快艇由于本身质量很轻，受到海水的影响更大。眼看逃不掉，开快艇的男人看了看他，无奈地放慢了速度。卢屋同之牙一咬，心一狠，将手中的手提包扔进了大海里。两艘海警船将快艇围在了中间，几只强光灯将人的眼睛照得睁不开。噗通噗通几声，海警船靠近快艇后，船上的几个人同时跳进了海水中，向下潜去。这下卢屋同之有点傻眼了。

在海警的要求下，两个人走上了海警船，他在海警船里看到了最不想看到的人——于守志。

于守志让警员将开快艇的男人带到了另一个舱室。于守志看着他调侃地问道："卢屋同之先生，这么晚了，乘快艇去哪啊？"

卢屋同之故作镇定地说道："今晚的月色很美，想到海上赏月而已，你们是什么人？为什么要截停我的船？"

"我是莒城市刑警队于守志，一个你最不想看见的人、一个你千方百计都要调开的人。这么兴师动众地来赏月，卢屋同之先生好兴致。"带走开快艇男人的警察走过来说道："于队，交代了，他是奉田哥的命令，将这位卢先生送出境。"

于守志说道："卢屋同之，很显然，你们之前没有串过供，说得并不一致。"卢屋同之闭了嘴，不再抬头看于守志。

这时，岳华秀从快艇跳到海警船上，"于队，快艇上什么都没有。"

"嗯。"这在于守志的意料之中，他点点头，眼睛看着海面，不再搭理卢屋同之。半个小时后，一名潜水员露出水面，在强光的照射下，他手里举着一个手提包，船上的海警将手提包和潜水员一起拉了上来。随后，几个潜水员陆续浮出水面。

卢屋同之看到这一切，十指插进头发里，大脑急速地运转，想着如何解释这一切。

有一个穿防护服的警员将手提包打开，里面有一个盒子，还有一个手包。将盒子打开，盒子密封得很好，盒子里并未进水，盒子里面有一个密封袋，袋子里是一个用布包裹着的小包，最里是一个赫色的箭镞。这个箭镞与妘戎提供的猎日箭的样子一般无二，莒城参战的民警都非常熟悉。

　　于守志看到这件东西非常满意，防护服警员将手包打开，里面有一些证件和现金。他将东西拿到卢屋同之面前，"卢屋同之，你能告诉我，这是什么吗？"

　　"我不知道。"卢屋同之打定了主意，一问三不知。

　　"那为什么在你包里呢？"于守志问道。

　　"谁说这是我的包？"卢屋同之反问道。

　　于守志将那一堆证件拿到他面前，其中有他的护照，银行卡等东西。"不是你的包，里面怎么会有你的护照？你别告诉我是被人偷了扔到这里的，我不会相信。"于守志把他可能要说的话也堵死了。

　　看着无可抵赖，卢屋同之解释道："这个东西不是我的，是朋友让我带回去的。我不知道里面装的是什么，我只是帮个忙而已。"

　　"你刚才不是还说是出来赏月的吗？还说包不是你的吗？现在又说帮朋友捎带，哪个朋友？让你带到什么地方？"

　　卢屋同之意识到自己急于撇清，却说出了与之前矛盾的话。他忙闭上了嘴。

　　于守志让警员把那个开快艇的男人带来，他向那个男人问道："他上船时还有没有带别的东西？"

　　那个男人忙摇了摇头，于守志直直地盯着他，那男子急忙说道："就这一个包，没有别的东西，我保证！"

5

卢屋同之自从被捕后，拒绝交代任何问题，他还想借助自己是日出国公民这个身份妄图脱罪，也寄希望于日出国驻中国东海领事馆向东海省政府施压，从而将他遣返回国以逃避中国法律的制裁。日出国驻中国东海领事馆也一直在向东海省政府施压，如果不能尽快落实卢屋同之等人的罪行，不光公安局要放人，还有可能引起外交上的争端。

于守志并没有急着审讯卢屋同之，他需要时间搜集卢屋同之的犯罪证据。在四十五个小时之后，熬红了眼睛的于守志、宋语走进了审讯室："卢屋同之，我希望你能主动交待自己的罪行，争取宽大处理。"

到了这个时候，卢屋同之依然不为所动。"我不知道你在说什么，我是日出国公民。你们无权扣押和审判一个日出国公民。"

于守志对他这个说辞嗤之以鼻，同时义正词严地纠正了他的错误："根据《中华人民共和国刑法》第六条规定，凡在中华人民共和国领域内犯罪的，除法律有特别规定的以外，都适用于本法。也就是说，除享有外交特权和豁免权的人员之外，外国人在中国境内犯罪的，与本国公民享有同等的权利和义务，都应受到中国法律的制裁。你并不具有上述特权，所以，你必须如实交待你的罪行。"于守志打开桌上纸箱的盖子，从里面将猎日箭取了出来，"在你随身携带的包里发现的中国文物，说说吧，这是怎么回事？"

"我已经说过了，这个东西不是我的。"卢屋同之依旧用这套说辞为自己辩解。

"你是说过，这件东西是你的朋友让你捎回日出国的。"于守志话锋一转,"是你哪个朋友让你带回日出国的?带回去以后交给谁?为什么你不走正当途径回国,而是要带着这件东西偷渡出境?我要提醒你,不要随便编个名字糊弄我,你说的谎越多,你的罪越重。"

卢屋同之刚要随口说个名字来应对于守志的追问,却被于守志的后半句话堵了回去。为了避免自己说错话,卢屋同之又闭口不言了。

一个手持小型电动切割机的警员走进审讯室中,他将切割机的电源插到了墙上的插座里,然后,把切割机交给了于守志。于守志按下切割机上的开关,切割机的刀片立时急速地旋转,并发出嗡嗡的声响。

于守志拿着切割机靠近卢屋同之,卢屋同之以为于守志要用切割机对付他,脸上立时变了颜色,连声音都颤抖了:"你要干什么?你要刑讯逼供吗?"

于守志呵呵一笑:"我以为你多彪悍,原来也不过如此。放心,我们中国警察是有原则的,不会伤害犯罪嫌疑人。"说完便关了切割机的电源,拉着电线回到了桌边坐下。

听他这么说,卢屋同之的脸色稍有缓和。"卢屋同之,你知道我们是怎样将目光快速锁定在你身上的吗?"于守志突然问道。卢屋同之没有回答,但是却竖起了耳朵。

于守志将猎日箭上下左右反反复复地看了几遍,然后,把它放在了地上的一块木头上。然后又打开了切割机的电源,在猎日箭上比画着,似是在找下刀的位置。

他的这个举动让卢屋同之情绪有些激动,他大声叫道:"你要干什么?这可是当年大羿射日的猎日箭,是神器!你不能动,不能破坏它,你会受到惩罚的!"他的情绪有点激动,身体不由自主地想要站起来。卢屋同之情急之下,顾不得刚才他不知道猎日箭是什

233

么东西的说辞,希望于守志知道猎日箭的珍贵,不要破坏猎日箭。他身后的警员将他牢牢地按在了审讯椅上。

于守志嘲讽地一笑:"你不是不知道猎日箭吗?你不是不知道它是干什么的吗?怎么对它的身份来历知道得这么清楚?"卢屋同之知道自己又犯了一个致命的错误,为了避免自己多说多错,他忙闭上了嘴巴。

于守志冲他嘿嘿一笑后,在猎日箭上找好了位置,开始在它的尾部切割。审讯室里发出刺耳的金属切割声,不过一分钟,猎日箭的尾部被切割下一块。于守志关了切割机,拾起地上那一小块猎日箭尾,用一根不锈钢细签捅了几下,从猎日箭尾部掉出一个圆形的、计算器电池一样的东西。

卢屋同之这下看傻眼了。于守志拿着那个东西走到卢屋同之面前,"这是一个高频定位跟踪器,我们就是靠这个东西追踪到你的。当然,这个猎日箭也是假的,是为了抓到你而量身定做的。"卢屋同之惊讶地张大嘴巴,一脸疑惑地看着于守志。

原来,那天,姜雁书一个电话打给于守志,指出从财神庙转去羲元宫暂住的刘占奎就是警方一直在找的妘泯。当时,在场的只有李杨一人,而去羲元宫抓妘泯的只有于守志、李杨、小赵和小佟四人。在去羲元宫的路上,他让王灵儿通过王嗣舟核实刘占奎的身份,所以知道刘占奎就是妘泯,藏在羲元宫的人,加上于守志自己不过七人而已。是谁将妘泯在羲元宫的消息泄露给日出国人的呢?

姜雁书是提供线索的人,若她有问题,便不会将这个线索告知自己,所以,于守志首先排除了姜雁书的嫌疑。王灵儿是他信得过的人,何况当时她身在天台山,知道这个消息的时候,于守志等人已在去羲元宫的路上了。若是她将消息外泄,日出国人不可能赶在他前面找到羲元宫，时间上来不及。更何况她与王嗣舟是穿云弓的守护者，断断不会做出与日出国人合谋谋夺猎日箭的事情。所以，王灵儿与王嗣舟的嫌疑也排除了。小赵、小佟两人一开始并不知道这次出任务的目标是妘泯。听到自己与姜雁书通话的只有李杨，只有他有时间和机会将消息泄露给日出国人。

李杨在刑警队的时间不短了，跟在自己身边也一直行事妥当，可他为什么将这个消息泄露出去呢？于守志想到了一件事，那就是，李杨的儿子现在在日出国读中学，而李杨的妻子在日出国陪读。会不会问题出在这里呢？

于守志让宋语暗地里调查了李杨最近的通话记录，发现他的手机曾有陌生的电话打进，还有图片传来，虽然被李杨删除了，于守志大体也明白了是怎么一回事。

为了试探李杨，于守志想出了一个一箭双雕的计划。他赌日出国人没有长时间接触过猎日箭，只要做得好，一定能骗得过日出国人。

他拿着从妘戎那里得到的假猎日箭，找到了修复文物的专家，说了自己的想法，在得到文物专家肯定的答复之后，于守志开始实施他计划的第一步。他在猎日箭的尾部装了一个高频定位追踪器，然后，请专门负责文物修复的专家将猎日箭复原到最初的样子，这样，钓鱼的饵就做好了。

当这些功夫做完后，于守志开始了计划的第二步，他让人将这内有乾坤的猎日箭放到了羲元宫后山顶上的大石下面；之后又安排了一个警员，在医院假扮全身裹满纱布的妘泯，假装醒来，当着于守志与李杨的面说出了猎日箭的藏身之所；如此，便有了后面猎日箭被抢的大戏。

日出国人赶在于守志前面将猎日箭抢走，这件事证明了于守志身边确实有人将情报泄露给日出国人,而这个人正是一直跟在于守志身边的李杨。宋语则死死地盯住了猎日箭,只要跟住了这支猎日箭,便能顺藤摸瓜锁定觊觎猎日箭的日出国人。之后,宋语假意与于守志吵架被停职,其实,他是避开了李杨的眼睛,暗地里带人追踪猎日箭的下落。

当这一切做完之后,于守志找到了李杨,责问他为什么要泄露情报给日出国人。在事实面前,李杨道出了事情的原委。

在前不久,他收到了几张照片,照片的内容是他的妻儿在日出国的照片。紧接着,他又接到了一个男人的电话,这个男人告诉李杨,他的妻儿现在就在他们的监控之下,随时可以杀死他的妻儿,只有帮他们找到妘泯和猎日箭,他的妻儿才能平安。

即使李杨再有本事,他的妻儿远在日出,想营救也无能为力。在确认了妻儿暂时安全后,为了妻儿的性命,他不得不听命于对方,将妘泯及猎日箭的情报泄露给日出国人。

虽然他做了这些事,但他并没有见过对方,而每次与他通话都是不同的号码,他无法追踪对方的身份和位置,况且,他也不敢明目张胆地查这些人。

于守志让李杨不动声色地继续工作,他将这件事秘密汇报给了局长,许万均通过外交部门,借助于中国驻日出国大使馆的力量,展开了营救李杨妻儿的行动。

而宋语的监视结果也显示,猎日箭最后被带进了望海天别墅区23号别墅,别墅的业主不是一个人,而是一家中日合资的汽车生产公司。住在里面的,正是以日方工作人员身份入境的卢屋同之,他还有个中文名字叫做卢屋同。至此,这个卢屋同之就成了于守志的重点调查对象。许万均也通过中国驻日出国大使馆,调查这个卢屋同之的身份情况。

宋语与孙少成一直埋伏在望海天别墅的周围，摸清卢屋同之的活动范围以及团伙的成员构成。本可以早点收网，只是于守志怕他们行动之后，李杨在日出国的妻儿会遭遇不测，于是令全城封锁，把他们困在莒城。同时，中国驻日出国大使馆也在尽全力查找李杨妻儿的下落，一旦确定李杨妻儿安全后，即刻对卢屋同之进行抓捕。

可在这个时候，发生了用炸弹威胁公安局释放海百川的事件，因为涉及追踪，刑警队必须抽调精干的力量参与紧急案件的处置。于是，宋语和孙少成被抽调出去，分别负责信息追踪和行动，盯着猎日箭的任务就交给了岳华秀。

就在于守志在高速入口处接到孙少成将炸弹匪徒抓捕归案，并查明他的身份是日出国人的消息时，于守志便怀疑这件事可能与卢屋同之有关。

他刚得到这个消息，岳华秀的电话就打了进来："于队，我有重要的情况汇报，我们监控的信号在半分钟前消失了，下一步该怎么办？请指示。"

于守志听到这个情况，心中一惊，他问道："之前有异常情况发生吗？"

岳华秀道："没有，屋里的灯亮着，几分钟前，屋里还传出了有人活动的声音，之后并无人出入，一切正常。信号是突然消失的，我们是否展开行动？请指示！"

于守志略一沉吟，果断地道："即行抓捕！速战速决，一定要人赃并获！"于守志下达完命令后，大脑在急速地运转着，信号为什么会消失？要么是被发现了，追踪定位器被人为破坏，从而信号消失；要么是信号被干扰，脱离了监控；不管是哪种情况，立即出击是必然的选择。同时他也意识到，自己很可能中了卢屋同之的调虎离山之计了。

他请示了指挥中心，将海百川和那三百万现金交接给了在周围布控的警方负责人，自己则抽身出来处理猎日箭的案子。

别墅里的灯亮着，他们的车停在别墅边的小路边，没有任何人离开别墅。岳华秀带人冲进别墅的时候，只在别墅里抓到了他的两个手下，卢屋同之与猎日箭都不见了。被抓到的两个人咬死了别墅里就他们两人，根本不知道卢屋同之为何人。

在警方的严密监控之下，卢屋同之是怎么神秘消失的呢？难道别墅里有暗道？岳华秀虽然没在地下室里找到暗道，这个想法却让她思路大开，她想到了同暗道极其相似的地下雨水管道、污水管道等。在仔细搜索之下发现，别墅外面一辆汽车旁边的雨水井盖有明显移动过的痕迹。别墅里的人可能在夜色的掩护下，借着周围成丛的竹林和汽车的遮拦，通过雨水管网逃过警方的监控。

最近没有下雨，雨水管网里面没有积水，也能容成人弯腰通行。卢屋同之很可能是发现了警方的监控，从地下雨水管道逃离了别墅。

城市雨水管网如树叶上的脉络，四通八达，有无数个检查井出口，通往城市的每一个角落。雨水管网影响了追踪定位器的信号发射，所以，猎日箭被带入地下雨水管道的时候，信号的变化就被负责监控的岳华秀发觉了。也就是说，卢屋同之离开别墅才只有很短的时间。

岳秀华把这个情况汇报给了于守志，于守志马上指令岳华秀去钱家湾码头。当于守志下令封锁离开莒城的各种途径时，给卢屋同留下了个口子，那就是钱家湾码头，偷渡者常常出没的地方。

于守志同时联系了海警，且调动了潜水打捞人员随行，以免来不及将人拦在海岸边时,嫌疑人会将证据丢进大海来毁灭证据。当他快赶到钱家湾的时候,岳华秀那边传来好消息,追踪信号出现了,就在钱家湾附近。

就这样,于守志带领的海警船在离海岸线不远的海上将卢屋同之拦下。在接近卢屋同之所乘快艇时,监控信号果然又消失了。追踪定位器在水下二十米就会影响信号的发射和接收,于守志知道猎日箭被他扔进海里了,便让待命的潜水员立即下水打捞,由于位置找得比较准,并没有费太大的力气,很快独日箭就被打捞上来了。

与此同时,刑警队的其他几组分别将卢屋同之潜藏在其他地方的手下人等分别抓获,无一人漏网。

幸运的是,李杨的妻儿已在中国大使馆的保护之下,不日将乘飞机返回中国。

6

卢屋同之怎么也没有想到,事情的发展竟然是这样的,他以为利用李杨的妻儿控制了李杨,就可以掌握警方的动向,利用警方的信息达到自己的目的。却没想到的是,自己仅一次出手就被于守志识破,并将计就计地反过来利用李杨,把一个装有定位追踪功能的假猎日箭送到自己手中,即时锁定了自己的位置和身份。

长时间的监控,让警觉的他有所察觉。当他感觉到危险的存在时,便炮制了炸弹勒索案,指明要于守志送钱和人,成功地将于守志调开,也吸引了警方的注意力和大部分警力。宋语和孙少成被他调开后,岳华秀立时补了上来,且并未放松对他的监控。

当炸弹案进行到关键时刻，他携带着猎日箭，通过地下雨水管网，离开了被严密监视的别墅，成功地逃出了被警方严密监控的别墅。他从一个隐蔽出口出来后，早已等在那里的车，将他送到了钱家湾，田哥事先安排好人早已等在那里，准备送卢屋同之出境。

可他千算万算，没有算到猎日箭是假的，里面竟然有追踪定位器。当他携猎日箭进入地下雨水管道，追踪信号被屏蔽的那一刻起，警方立即开始行动，异常警觉的于守志也在第一时间分析出了他的意图。

当他庆幸自己骗过警方时，自以为安全的出境通道竟然是于守志故意留给他的，意在让他按照于守志规划好的路线走，便于警方的布控。

当嫌疑人有许多条途径离开，而你又不知道且难以控制所有途径时，那就给他留个口子，逼他走你留给他的路径，这样你就可以在那里蹲守。于守志就用了这个方法。

中国警察实在太厉害，卢屋同之自以为他的三十六计玩得不错，没想到于守志反应神速，且不动声色地将计就计，做了个套让自己钻，自己已是瓮中之鳖尚且不自知，还沾沾自喜地以为已经得手。同时，他也明白，只要自己不认罪，一切就还有转机。一旦他承认了，那么，等待他的将会是中国法律的严惩。中国不是日出国，即使他在日出国有通天的本领，他在中国也无计可施。于是，他闭紧了嘴巴，一言不发。

于守志看他一副死猪不怕开水烫的架势，也不着急，而是说道："这样吧，我给你讲一个故事，听完这个故事，也许你就想说点什么了。"于守志也不管他在不在听，用略带磁性的声音开始给他讲述故事。

一个对中华文化和中国地理山川极其痴迷的人，在一个偶然的机缘下，听说了中国龙脉的故事。于是，他背着包游历了中国的各大龙脉所在地，最后他又盯上了号称万山之祖、中华龙脉发源地的西北昆仑山。

　　就这样，他一个人背着包向西北的昆仑山脉出发了。他游历过不少名山大川，却还是被昆仑山的巍峨所折服。

　　茫茫昆仑山，人烟稀少，气候多变，就在他深入昆仑山腹地时，遇到了恶劣的天气。一刻钟前还是晴空万里，转眼间便是狂风大作。他的位置正处在风口上，一时没能找到躲避大风的地方。他被大风吹得站立不住脚，脚下一滑从山上滚了下去，之后他便失去了知觉。

　　当他再次醒来的时候，他躺在一个房间的床上，身上盖着棉被，他动了一下，发现自己身上根本动不了，稍稍一动便是钻心的疼痛。听到他的声音，一个穿着粗布衣衫的少女走进来，这女孩子大约也就十八九岁的模样，她看到男人醒了过来，便向屋外喊道："阿爹，他醒了。"

　　这时，从外面走进来一个四十多岁的汉子，他向那汉子问道："你们是谁？我这是在哪？"

　　那汉子操着浓重的西北口音说道："你现在在摩崖村，我们是在山半腰发现你的，当时你浑身是伤，我想你可能是起风的时候从山上摔下来的吧。"

　　男人说道："是，大风来得突然，没能找到避风的地方，就从山上摔下来了。"

　　那汉子又说道："你伤得很重，腿骨、肋骨都摔断了，我们族里的长老已经给你重新接好了，得养一段时间才行。"

　　男人从身体的感觉也知道自己的伤很重，他向那汉子道了谢，那汉子又说道:"我叫妘罗,你叫我罗哥就行。看你也不是附近的人,你叫什么名字?来这附近干什么的?"

男人说道:"我姓卢,叫卢海东,是一个驴友,经常一个人背着包游览名山大川。这次来昆仑山却遇到了意外,要不是遇到您,我可能就没命了。"

妘罗安慰道:"是朵儿去山上挖药材的时候发现了你。你昏迷了两天才醒过来。"那少女便是妘朵儿,也是妘罗的女儿,她发现了昏迷的卢海东,之后叫来村民把他救回了村里。

"现在肚子是不是饿了?"妘罗又问道。

两天水米未进,卢海东也确实饿了,他的嘴唇都干起了皮。妘朵儿把准备好的粥端了上来。粥并不是常见的大米、小米或是玉米煮成,那是一种叫不出名的粗粮米粉熬制而成,里面还加了碎肉和肉汤,用粗瓷碗盛着。

妘朵儿将他的头垫高,一勺一勺地将粥喂进他的嘴里,对于两天没有进食的卢海东来说,这粥极是可口。他将大半碗热乎乎的粥吃进肚里,感觉身体舒服了许多。

妘朵儿是一个从来没出过远门的女孩子,对这个外面来的男人充满了好奇,她不禁问道:"卢大哥,我们这山里有狼、有狐狸、还有豹子,你一个人到这大山里来,不害怕吗?"

"不害怕,遇到狼我就把它抓住,然后烤着吃了。"卢海东对这个天真的姑娘笑着说道。

妘朵儿也知道他是在说笑话,不由得也笑了:"卢大哥,你说你去过很多地方,你能给我讲讲外面的世界吗?"

"你从来没出去过吗?"卢海东问道。

"没有。"妘朵儿摇了摇头,脸上现出失望的神情,"我们村在大山的深处，只有村里的男孩子才会被大人送到外面读书，女孩子只能留在村子里。"

"是这样啊！"卢海东对面前这个姑娘不由得产生了一丝同情，花一样的年纪，却不能像发达地区的女孩子一样读书，这是多么可惜的一件事。"外面呀，有很大的城市，有高楼大厦，有汽车飞机，还有电脑和网络，等我好了教你认字，好不好？"

"好啊！"妘朵儿眼中闪烁着兴奋的光芒。妘罗却在这个时候走进来："卢兄弟，你身上的伤需要多休息，有什么需要就让朵儿告诉我。"他又回头向妘朵儿说道，"卢兄弟需要多休息，你别缠着他讲故事。"妘朵儿吐吐舌头，极不情愿地走了出去。

就这样，卢海东在妘罗一家人的照顾下，身体渐渐恢复起来。村里很少有外人到来，其他年轻人也时不时来探望他，同妘朵儿一起听卢海东讲外面的世界，妘朵儿是一个活泼可爱的姑娘，她对外面的世界十分好奇，她听得一脸向往。

而卢海东也通过妘朵儿和其他人渐渐了解了他们村子的情况。摩崖村地处昆仑山腹地，与世隔绝，真如陶渊明笔下的桃花源一样。后来，中国发展大西北，政府也派人进村给他们登记户籍，核发身份证件，他们这才将村里的一部分男孩子送到外面读书，见识外面的世界。

虽说是有人走出了村子，毕竟这里交通也不发达，除了政府派出的工作人员偶尔会来，几乎没有外人来这里。加上政府尊重各地人民的风俗习惯，并不刻意改变他们的生活及信仰，这里的人便保留了自己的生活习惯，依然过着日出而作、日落而息的生活。

摩崖村和附近的摩顶村都是妘姓，而附近的其他几个小村子则是桑、胡、关、杨、李、马等姓杂居。这里的人口有限，大家几乎都是沾亲带故，姑娘没有外嫁，也很难娶来外面的媳妇，由于近亲结婚的情况比较严重，族里的人丁并不兴旺，两个村子的妘姓总数也不过三四千人口。

妘姓是一个很古老的姓氏，这在中原地区并不多见，卢海东对这个姓氏产生了浓厚的兴趣，便不时向妘朵儿打听关于妘姓家族的故事。

妘朵儿的爷爷妘戎是妘姓的族长，妘罗是妘戎的长子，妘戎还有个儿子叫妘拓，从大山里走出去读书，毕业后便去了很远的地方工作，也只是在每年过年的时候才会回来看望家人。妘姓一些外出读书的孩子，有的留在外面工作，有的还是回到了村里生活，这也为村里带来了文化知识。

就这样，卢海东的身体在慢慢恢复，架着拐杖能出外活动，跟村里其他的人也渐渐熟悉起来。这里民风淳朴，对他这个落难之人更是关怀备至，卢海东从心里喜欢上了这个不同于外面车水马龙的宁静山村。

伤筋动骨一百天，转眼间他在摩崖村已住了三个多月，身上的伤也好得差不多了，是他离开的时候了。

他住在这里的三个多月，都是妘朵儿在照顾他的饮食起居，妘朵儿心里对这个见闻广博、幽默风趣的男人充满了崇拜，看到他收拾背包，便有些失落地说道："卢大哥，你要走了吗？"

卢海东停下手中的动作，看着这个眼中写满不舍的小女孩说道："是啊，天下没有不散的宴席，这里不是我的家，总有一天我要离开的。"

妘朵儿失落地说道："可是，我们早就把你当作了我们的家人。"

卢海东心中感动，他笑着向妘朵儿说道："朵儿妹妹，你有自己的父母，我也有啊，我出来了这么长时间，他们也会想念我。你别难过，过段时间我再回来看你，看村里的乡亲们。"

妘朵儿不相信地问道:"你还会回来吗?村里的叔叔、哥哥们走出去后,就没人再愿意回到村里过日子了。"

"我当然会回来看你们的,就像你舍不得我走一样,我也舍不得你们啊。要不这样吧,我跟你阿爹说说,带你出去看看外面的世界,你在外面玩够了再送你回来,或是你不想回来了,我就在外面给你找个工作,怎么样?"卢海东说道。

妘朵儿眼中兴奋的亮光一闪而过,随即取而代之的是无尽的失落,有泪花在眼眶中打转:"我阿爹不会同意的,村里走出去的都是男人,我爷爷从不让女人出去。他说外面的世界坏人多,女人都要留在村里。"

卢海东听她这么说,叹了口气说道:"其实,在外面的世界,女人并不比男人差。女人能同男人一样工作。她们有自己的世界,也有自己的精彩,可惜你家人不让你出去。"

妘朵儿对他说的内容充满了向往,又对自己不能去见识一下那个精彩的世界而感到沮丧。稍停了一会,好像是突然想起了什么似的:"卢大哥,你可不可以过几天再走?我们村里要举行一个祈雨的仪式,到时候也会请出我们族人的圣物,会很热闹的,你看完再走吧。"

卢海东听她这么说,一时来了兴致,便问道:"你们族里的圣物,那是什么?"

妘朵儿看他感兴趣,忙向他说道:"我们族里的圣物是猎日箭。要不是接连几个月没有下雨,我们的族人也不会将圣物请出来祈雨,请出圣物是我们族中最大的盛典,平时,可不是谁都能看到圣物的。"

听妘朵儿说得神秘,卢海东对圣物的兴致更浓。他便央求妘朵儿给他讲讲猎日箭的故事。

妘朵儿的本意便是留他在这里多住些日子，看他感兴趣，自然是极尽描述之能事。她问卢海东道："你听过大羿射日的故事吗？"

卢海东点点头道："听过，传说那是在远古的时候，天上有十个太阳，把地上的植物都烤焦了，水也晒干了。人们没有水喝也没有东西吃，于是，一个叫后羿的人用神箭射掉了九个太阳，只留了一个在天上。"他说到这里，像是突然醒悟过来似的，"你们的圣物叫猎日箭，你不会告诉我，圣物就是后羿射日用过的神箭吧？"

妘朵儿笑道："是啊，我们部族的圣物就是大羿射日的猎日神箭，我们妘姓族人就是射日英雄羿的后人。"

卢海东简直不敢相信自己的耳朵，后羿射日的故事他知道，那也不过是个神话，神话中的器物怎么会出现在现实中呢？但妘朵儿只是一个生长在深山村落里的少女，天真率直，没上过学。认识的简单文字还是那些村里读过书的叔叔、哥哥们教的，她编不出这样的谎话，也没必要编这样的谎话。

妘姓本也是一个古老的姓氏，却出现在少数民族聚集的西北深山当中，其中必有缘故。于是他向妘朵儿说道："后羿是东夷族人，很久以前生活在中国的东方，你们如果是羿的后人，为什么会来到这西北的昆仑山中呢？"

妘朵儿说道："我也不知道，这些我还是听爷爷说的，他说我们妘氏族人的祖先大羿是拯救人类的英雄。当年我们的族人个个都是勇士，黄帝就派我们的族人到西北管理那些野蛮人，后来，我们的族人就在这里定居了。我知道的就这么多了，你如果想知道，得去问我爷爷，不过，我想爷爷也不会告诉你，你又不是我们妘姓的族人。"

想想妘朵儿说得也是，他又说道："那你带我去看看猎日箭吧。"

妘朵儿头摇得像拨浪鼓，说道："猎日箭是我们族里的圣物，不是你想看就能看到的。圣物一直由族里的长老保管，有四个守护使者轮流守护，只有在重大盛典的时候，长老才会请出圣物，我们族人也才有机会见到圣物。要不是你赶巧，你是看不到的。长老算过了，后天就是吉日，所以，祈雨大典就定在后天。"

越是神秘，卢海东就越是感兴趣，他暂时把离开的念头压下，专等祈雨盛会时，想一睹猎日神箭的风采。

7

摩崖村所在的位置确实非常干旱，已经有两个多月滴雨未落，种在山坡上的谷物都卷起了叶子，本该吐穗的时节，却瘦枯得如同乱草。牲畜啃食过的草皮也只剩下了根部，因为没有雨水的滋润，牧草没有再从根部长出新的叶子。村前小河里的水也断了流，河床里露出坑洼不平的河床，低洼处还残留着小水坑，用来给牲畜吃水。村里的饮用水取自山上的一处山泉，山泉虽然没有断流，可出水量却明显减少，在山泉处取水的村民排起了长队，山泉水变得如甘露一般珍贵起来。一场甘霖对当前的摩崖村来说非常重要。

祈雨的日子转眼即到。妘氏族人早就准备好了祭祀的物品。上午，村里的村民们都集中到了祭台周围。祭台是在村东面山坡上的一块空地，空地很大，能容纳上千人。在空地的中央有一块用夯土和大石砌成的祭台，台上设有祭桌，祭桌后面有九根石雕柱子，这里就是族人举行盛典的地方。

族民们准备的祭品有牛、羊、猪、鸡、鱼等供品，供香和纸钱摆满了祭桌。

卢海东混在村民当中，因为他是跟着妘朵儿来的，所以也没有村民阻拦他。妘朵儿的爷爷是族长，他们一家人的位置自然在比较靠前的地方，对于祭坛上发生的事呢，都看得一清二楚。

因摩崖村所在地理位置的缘故，这里与北京差不多有两个小时的时差，北京时间已是十二点，摩崖村却还未到正午。族民们已经整齐有序地到达了各自的位置。一阵山风吹过，为这炎热的天气带来一丝凉爽。族长妘戎站到了祭坛之上，他抬起双手，手心向下压了压，祭坛下的人立刻都安静下来。

妘戎向站在台下的族民大声说道："我妘氏族人定居摩崖村已有几千年，族人一直以渔猎耕织为生，勤勤恳恳，不意金乌横行、旱魃肆虐，致五谷不长、牲畜无食，河溪断流，民无水粮，为族民多艰。故请妘族护族圣神，驱旱魃、猎金乌、祈甘霖、救苍生，我妘氏族人必定心怀感恩，世代守护供奉。请守护神垂怜——"族长说完，他高举双臂，直直地跪了下去。

他这一番话说得悲天悯人又豪情满怀，村民们齐刷刷地跟着他跪下去，双臂上举，手心向天，口中也跟着族长的话虔诚地说道："请守护神垂怜——"

卢海东虽是外人，在这种情景下，他也跟着众人跪了下去。一个穿白袍老者手捧木盘，木盘中盖着红布。他身后跟着四个身强力壮的男人，每个男人都身背弓箭。五人在族民中穿行，他走到哪里，族民便叩下头去。当走到卢海东身边时，他偷偷看向托盘，托盘中放着一支羽箭，箭杆油亮，箭尾饰有尾羽，箭头被红布盖着，看不清什么样子。

妘朵儿就跪在他身旁，见他这样盯着圣物看，实为不敬，于是悄悄地拉了拉他的衣服,他这才垂下头去。长老捧着托盘在人前走了一圈,所有的族民都长跪叩首,长老走上祭台,面向族人站定。

那个白袍老者面貌慈善,卢海东认识,他是族里的长老,也是族里的巫医,他身上的断骨和外伤就是长老给他治好的。而他身后那四个男人都身背羽箭,颈挂串珠,卢海东没见过,想必就是妘朵儿说的圣物守护使者了。

长老将手中的托盘放到石桌上,自己则跪倒在圣物面前,双臂向上伸展,掌心向天,仰着头向天喃喃祝祷。

祝祷完毕后,长老站起身来,大声说道:"我妘氏族人自迁居北地以来,居苦寒之地,上敬天神,下抚幼灵,自给自足。奈何民生多艰,三月未得点滴雨露,致禾苗枯、泉水竭、牛羊无饮、民无水粮。为我妘氏族人能得甘霖以济民生,特请出守护神,驱旱魃、猎金乌、请雨神、降甘霖,解民倒悬之苦。"长老说到这里,八个壮年男子抬着一个用木棍扎成的架子走上台来,架子上有一个用树枝和草棵扎成的草人,草人身着青色衣服。长老将手一挥说道:"祭旱魃!"

有人将一只黑羽红冠的公鸡递给长老,长老从怀中取出一只匕首,在公鸡的脖子上一抹,瞬间鲜血喷溅而出。长老嘴里念念有词地围着草人转了一圈,鸡血也随之在地上画了一个圈,最后长老将公鸡放在了盛放草人的架子上。长老口中念道:"旱魃娘娘享用完祭品,请速速离开——"

村民纷纷向草人顶礼膜拜,嘴里便学着长老的样子说道:"旱魃娘娘享用完祭品,请速速离开——"一人声小,这么多人一起祈祷,声音在空旷的山谷中回响。

时间就在这祈祷声中过去,长老抬头看看天,白晃晃的日头依旧当头高照。长老盯着天看了一会，然后将手一挥，众人停止了祈祷，台下变得鸦雀无声。长老大声说道："祭也献过，我妘氏族人礼已尽到，既然旱魃娘娘不肯垂怜，那么，我妘氏族人便只得刀兵相见，族民与我一起——驱旱魃！"

长老声音洪亮，威严中带着坚定，妘氏族民在长老的一声令下后，立刻从跪姿变换为昂首挺胸的站姿，那八个壮汉抬着青衣旱魃向族民中走去。

人群的情绪立时沸腾了，人们纷纷从地上捡起石块和木头，以及早就准备好的泥巴向草人扔去，边扔边喊道："旱魃鬼，快点走，走得慢了烧死你——"

旱魃在人群中走了几个来回，架子上的草人已被族民扔的石头打得歪歪扭扭，最后，又被放回到祭坛上。长老在草人前手舞足蹈，口中念念有词。

施过法后，长老一声令下，一个身着兽皮、背背弓箭的雄壮汉子，从箭囊中抽出一支羽箭，远远地向着草人射去，一箭正中草人的身体，这时草人立时便燃烧了起来。卢海东有点惊讶，一支普通的羽箭怎么能让一个草人瞬间燃烧呢？刚才，众族民还向着草人投掷物件，草人也完全没有被点燃，这是怎么回事？

正当他思索的时候，山谷里却刮起了风，且有一股旋风朝着祭坛而来，这风来得很快又毫无征兆，风助火势，草人很快就烧成了一堆灰烬，草灰被旋风卷起，远远地飘走了。

这奇异的现象更让妘氏族民相信，旱魃鬼被他们驱逐出了自己族人的居住地。

这时山风吹起来，太阳也开始变得苍白。长老大声向着族民道："想我妘氏族人先祖，英雄大羿，不辞辛苦，铸成穿云弓与猎日箭，猎九日而救万千苍生。不想一朝被奸人暗算而殒命,以至于穿云弓失落无踪,独遗猎日神箭守护我妘氏族人,为我族人生计。今已驱逐旱魃,特请出猎日神箭,猎金乌、降甘霖,解我族人生存之苦,请守护神庇佑您的子孙——"长老祈祷完毕,对着那个盖着红布的托盘深深地拜了下去,既虔诚又恳切。

族民们也学着长老的样子,口中祈求着守护神的庇佑,一次又一次地叩拜下去。这种叩拜大约持续了半个小时,卢海东跟周围的人一起叩拜,直觉得腰酸背痛,头晕眼花,疲劳加上跪在日头底下,汗水已经打湿了衣服,他只觉得口干舌燥、头晕眼花,卢海东感觉这是要中暑的征兆。但是,他不能停下来,更不能让别人觉得他不够虔诚,那样的后果会很严重。

正在他盼望长老说停的时候,长老还真的喊停了。长老立在祭坛上说道:"有请守护神猎金乌——"

那个穿着兽皮的神箭手,走上前来,长老将盖在红布下的一支羽箭高举过头顶,神箭手单膝点地,从长老手中接过神箭,族民们又向着神箭深深拜下去。卢海东看向跪在身旁的妘朵儿,眼神中写满疑问。妘朵儿小声告诉他道:"这就是我们部族的守护神猎日神箭!"

在卢海东疑惑的目光中,那名神箭手已将猎日箭高举过头顶,在祭台上走了一个来回,向众族民展示着神箭。之后他将神箭搭在弓上,左腿前弓,后腿绷直,重心后移,双臂用力,将弓拉满,对着天上的太阳做出射箭的样子,口中还念念有词:"神箭一出鬼神溜,天地变色风雷愁。当空金乌快逃走,莫等神箭猎日头。"

他边歌边舞,另外几个射手也学着他的样子,边唱边跳,还不时做出向着太阳射箭的样子。台下的族民们也响起阵阵欢呼声,这声音在山谷的扩大功效下，更是震撼人心。

这些人跳了大约一刻钟的样子，当神箭手又一次举起猎日箭，对准天上的太阳时，一道闪电划空而过，一声穿透耳膜的炸雷在众人头顶响起。

族民们痴痴地看着狂风骤起，天上乌云迅速地向这边汇聚过来，遮住了刚才还毒辣的太阳。天上风雷涌动，狂风大作，天昏地暗。正当午时的天气，立时便如黑夜降临。

顷刻间，大雨倾盆。大雨彻底点燃了族民的热情，族民在大雨中载歌载舞，欢庆喜雨降世解干旱。

长老也站在祭台上，看着自己的族人这样欢呼，他脸上的笑意淹没在雨水中，等到人们的热情稍减，长老站在台上大声说道："猎日箭出，旱魃逃匿，烈日遁形，甘霖普降，这都是守护神的庇佑，求守护神永远庇佑您的子孙们，求守护神庇佑——"长老高举双臂，说完转过身，向着已被放回祭桌的猎日神箭双膝跪地，深深地拜了下去。

他的这几句话说得恳切动情，发自肺腑，非常煽情，刚才还在欢呼的族民在他的带领下，全部跪倒在雨中，齐声祈求道："求守护神庇佑——"

祭祀时，卢海东就随妘朵儿站在前排，在神箭手将猎日箭搭在弓弦上载歌载舞时，他远远地看到了猎日箭的样子。看样子那也只是一支普通的箭头，箭头呈深赭色，甚至都没有普通的箭头锋利，那箭杆想是后来换上的，不然，木质如何能历经几千年而不腐呢？妘氏族人在欢呼时，他就在雨中静静地站着，脑中思考着这一切不可思议的神奇现象。

一箭射燃的草人、突如其来卷走灰烬的旋风、万里晴空的闪电天雷，以及这场及时的甘霖都透着诡异。卢海东是在现代文明高度发达的社会中长大，接受了先进的科学教育，让他相信这一切都是神的力量还是过于牵强。可如果不是超自然的力量，这一切又如何解释呢？难道真是那支猎日箭的神力？如果大羿射日的故事只是神话，这支世代居住在深山里的妘氏族人为什么以大羿后人自居呢？怎么会有这支神奇的猎日神箭的存在呢？

在许多国家的神话中，远古时期天上也有存在过四、五、七、九个太阳的记载。虽然数量不同，但这两者确有相同之处。只不过有些国家的神话记载中，天上的另外几个太阳并不是被人射掉的，而是通过人类虔诚的祈祷以及血腥的祭祀，才让其他太阳从天空中消失的。两者一对照，从多个国家对这一事件的记载来看，当年，天上同时出现过几个太阳的事件是真实发生过的。中华文化中记载的大羿射日的故事则很有可能是真实存在过的，那么，这支猎日箭能驱旱魃、猎金乌、降甘霖、佑族民就不足为奇了。

在这次之后，他再也没有见到过猎日箭。

卢海东又在村子里住了一段时间，他有意无意地从不同人的嘴里打听关于猎日神箭的故事。妘氏族人把他当作一个落难之人，并未对他存防备之心，卢海东将各个人嘴里听到的故事汇总到了一起，便得到了妘戎讲给于守志的那个故事，从而也知道了有穿云弓的存在，可是当他问到穿云弓的下落时，妘氏族人就一问摇头三不知了。

最后，他带着这种遗憾离开了摩崖村。

8

于守志的故事讲完了，卢屋同之出神地望着审讯室的天花板，还沉浸在那刻骨铭心的记忆当中。

几分钟后，他才回过神来，他向于守志微微笑道："于队长，你的故事讲得非常动听，可惜我不是你故事当中的那个主角。我在中国留过学，也确实在中国待过很长一段时间，但是没去过你说的昆仑山，也不知道什么摩崖村，更不知道什么猎日神箭。于队长，您也是生活在现代文明社会，也受过唯物主义的教育，应该知道大羿射日不过是神话故事，是虚构的，是哄孩子睡觉时用的。您怎么能相信神话故事里的东西是真实存在的呢？怎么能把这故事当作指证我的证据？天上有十个太阳，人类的弓箭还能把天上的太阳射下来，箭还能祈雨，于队长，你说的这些才是神话故事，你是在侮辱我的智商吗？"说到最后，卢屋同之大笑起来，笑声中充满了对于守志的嘲讽和鄙视。

于守志并未被他激怒，也微笑地看着他。卢屋同之一个人笑个不停，审讯室里其他的人都像看一个神经病一样地看着他，他笑到最后自己都觉得尴尬了，于是闭上了嘴。于守志看着他问道："笑完了？刚才你想阻止我动猎日箭时不还说这是大羿射日的神器吗，怎么这一会儿又开始跟我讲现代文明、讲科学了呢？"

卢屋同之闭嘴不言了，一脸漠然地看着于守志，大有一副你能奈我何的架势。于守志对着外面说道："让他进来。"

审讯室的门被打开了，妘戎走进来。

原来，王灵儿一直与两名刑警队员留在天台山，在左英朗一伙落网前，守护穿云弓的安全。于守志一直没有弄明白，如果日出国人知道穿云弓在天台山是通过姜星翰,那么日出国人是怎么知道猎日箭的呢?

如果是从妘泯那里知道了猎日箭的事,那么,时间对不上,日出国人对猎日箭的觊觎远早于它出现在东海省。所以,于守志曾分析,关于猎日箭的事,不会是从妘泯那里泄露出去的,日出国人知道这猎日箭的存在应该另有途径。

王灵儿也一直记得于守志的疑惑,她在与妘戎闲聊的时候,将警方搜集到的、在莒城活动的日出国人的资料拿给妘戎看,以期在他这里能打开突破口。没想到,妘戎在众多的人员资料里,一眼就认出了一个叫卢屋同之的人。说这个人去过他们居住的摩崖村,还在他们村住过半年之久,也参加过他们族人的祈雨仪式,他应该在仪式上见过猎日箭,并有可能听族人讲过猎日箭的故事。只不过那个人是中国人,叫卢海东,不是日出国人。王灵儿这个信息与宋语查到的信息相互印证,至此,日出国人是怎么知道猎日箭的存在有了答案。

妘戎看卢屋同之,脸上的表情似乎要杀人一般,他走上前去就要殴打卢屋同之。卢屋同之对于他的出现并不意外,脸上的表情没有过多的变化。妘戎骂道:"卢海东,若不是我们救了你的命,你早就在山里被野兽吃了。在我们村里,大家都当你是自己家人一样,朵儿当你是亲哥哥,阿丁、阿林更是与你亲厚,没想到我们妘氏族人却救了一条毒蛇,一条恩将仇报的毒蛇!"

卢屋同之说道:"我想你是认错人了,我叫卢屋同之,日出国人,卢海东是谁?我不认识他。我也不认识你,更没有被什么人救过。"

妘戎见他非但不感恩,反而连救命大恩也一概否定,心中更加恼怒:"你不但不感恩我妘氏族人对你的救命大恩,反而觊觎我们

255

部族的圣物，杀害对你有恩的恩人，山中的野兽都比你有人性，呸——"妠戎被于守志拉着，打不到卢屋同之，骂到最后，一口唾液吐到卢屋同之的脸上。

卢屋同之双手被固定在审讯椅上，任由唾液从鼻子上流下来，拉着长长的丝，让人恶心不已。妠戎向于守志说道："他的双腿和肋骨上都有骨折过，是用我们族人的续骨草治好的。治好后，续骨草的橙色汁液也浸染了皮肤，终生都褪不掉，若他不承认，看看他的腿就清楚了。"

警员卷起他的裤腿，在他的两条小腿处都有伤疤，伤疤周围的皮肤果然呈现出鲜艳的橙黄色。卢屋同之解释道："这是我身上的胎记，从小就有。"

于守志用纸巾将他脸上的唾液胡乱地擦了擦，边擦边缓缓地说道："就算是胎记，你说不认识他，他怎么会知道你身上的这些私密的特征呢？"

卢屋同之说道："我身上有什么特征你们警察会不知道？谁知道你们从哪里找了这么个人，来跟你串供陷害我。"

于守志不屑地说道："就算没这些表面特征，只要对你进行一个全身的X光扫描。你身上的骨头哪里受过伤，什么时间段受的伤，愈合情况、骨头上有没有医疗钢钉的痕迹，这些都一目了然，你这并不高明的谎言也就不攻自破了。只是证明这些对我们来说意义不大。"卢屋同之听他这么说，自己也就不说话了。

于守志让人将妠戎带了出去。他继续说道："我知道你是日出国天源教主卢屋介三的儿子，你们信奉的是天源女神高原御产。你们的教义里面说，要仁爱、要谦和、要勇敢、要知礼，你能告诉我，你们的教义里有哪一条是要她的教徒忘恩负义，以怨报德的吗？"

卢屋同之面无表情地看着于守志,似乎于守志说的是别人一样。

于守志越说越气愤,指着卢屋同之的鼻子说道:"对于救过自己性命的人、对把自己当作亲人兄弟的人,你都做了什么?为了人家部族的圣物,不惜杀害自己的救命恩人,不惜一切手段要将宝物据为己有。这样的人是忘恩负义,是恩将仇报,是泯灭人性,是禽兽不如!披着一张人皮,做的是不要脸、不入流、不如畜生的下三滥勾当!"于守志这一番话说得慷慨激昂,骂得痛快淋漓。审讯室和监控室里的人都受到他的情绪感染,眼神中都闪烁着愤怒的光芒,双拳紧握,要不是警察的身份,恨不得进去打他一顿才解气。

"你闭嘴!你知道什么?妘丁不是我们杀的,他是意外撞到了墙上的铁钉,脖子被刺穿了,流血不止死的。如果猎日箭只是一件文物,我卢屋同之还不放在眼中,可是,我的国家处在一个非常危险的边缘。只有猎日箭才能拯救扶桑群岛,拯救日出国一亿多的人民和生灵,为了日出国,就算要我变成一个你口中的罪人,我也在所不惜。"卢屋同之被骂得脸上变了色,终于忍不住反唇相讥。要是骂他大奸大恶,他也许并不在意,但是,于守志却把他当作一个不入流的下三滥、小瘪三,干的都是令人不齿的龌龊勾当。他有一种被人侮辱冤屈的感觉,再也控制不住自己对自尊的维护,大声为自己分辩道。

他的话大大出乎于守志的意料,于守志知道自己的激将法奏效了,至少他承认他对猎日箭的居心了。但是,只这一句也不能说明什么,于守志故作不屑地继续刺激他:"你知道吗?在我们中国的上古时期,有一种动物名字叫貔貅,这种动物嘴很大,只吃不拉,我觉得你就很像这种野兽,贪心不足。你也不用费心找借口掩饰,痛痛快快地承认自己的所作所为,我还敬你是条汉子,是个爷们儿。

敢做不敢认,还用一个堂而皇之的借口来掩饰自己的卑劣行径,把自己幻想成一个拯救民族的英雄。还没感动到别人,先把自己感动得一塌糊涂,我真怀疑你有表演型人格障碍。"

于守志的话彻底将卢屋同之激怒了,他就要站起来,由于审讯椅的束缚,他身上的镣铐发出哗啦啦的响声,他身后的警员将他按在审讯椅上,警告道:"老实点,不许乱动!"

"无知的中国人,你们的国家幅员辽阔、物产丰富,地理环境优越,自然不知道我们日出国人面临的危机和窘境。值此危急存亡之际,你们不过是失去一件古物,却能拯救我扶桑群岛万千生灵,像你这种无知且自私的人,怎么会理解我的选择。"卢屋同之情绪激动,脸涨得通红,似乎是受了天大的冤枉。

于守志这时反而平静下来,盯着他的眼睛进一步诱导道:"你不说出你的处境,我怎么能感同身受?你怎么会知道我不会理解你的选择呢?"

"我告诉你,一切都告诉你,等你听完了,就会知道,无论遇到什么情况,我都会这么做,也必须这么做!"卢屋同之依旧咆哮道。

9

说到日出国,便不得不说到中国古代一位集黄老术与方仙道于一身的先贤,人称千岁翁的安期生。

安期生是战国末、秦朝初年间人,曾在东海边以卖药为生。到处寻找仙山神药,以求能减少疾病,延年益寿,更想得长生不老之方。

安期生的祖籍在潍坊市安丘县,安姓族谱中记载:"安期者,齐琅琊人也。祖籍安丘，迁琅琊阜乡，拜师河上公，人谓千岁翁，安丘先生是也。尝闻海上有神山仙草，遂四海求之。北上沙门岛，南下海中洲，达珠崖。

"是年驾舟东海，遇大风浪，毁其船，伤其身，摄其魂。醒来见一仙女，方知得一神龟相救，到得蓬莱仙山。期问：'神山可有仙草仙药乎？'仙女曰：'盘古之时，海上仙山五座，各有神药，分食可延年益寿，合用则长生不老，故时人成仙者甚多。争奈女娲补天之时，斩鳌足以立四极，移圆峤于琅琊，沉岱舆于海底，仙药不全，非修炼难成仙也。'"

天台山虽与圆峤名字不同，但在莒城市东南海中有三座小岛，平山岛、达山岛和车牛山岛，这与仙女所说的海上五仙山沉岱舆而余其四一致，无疑圆峤就是莒城的天台山。

安期生按仙女指点找到了天台山。拜在天台山修行的河上公门下，采药炼丹，修习黄老之术，终有所成，成为了当时方仙道的代表人物。传说他活了千岁，人称千岁翁。飞升后在陶弘景的《神仙位业图》中被尊为北极真人。

据说秦始皇三次东巡琅琊，听说了安期生的千岁翁之名，于是三次到天台山寻访安期生。第一次与安期生长谈三昼夜，向安期生求教长生之方，并赐黄金玉璧。安期生将黄金玉璧放在阜乡亭内，以一双赤玉舄为报，并留书于始皇"后数年求我于蓬莱山"之后，飘然而去，不知所终。

秦始皇第二次到访时没有见到安期生，于是便按安期生的留书所言，派徐福出海寻找安期生与蓬莱仙岛。徐福出海后，秦始皇天天远眺东海，可谓是望眼欲穿。

徐福几次出海都以失败告终，徐福最后一次率三千童男童女及工匠，造大船出海，仍然没有找到安期生和他所说的蓬莱仙山。他怕秦始皇怪罪，不敢再回中华，于是，继续东渡日本，在那里定居住下。

几年后，秦始皇第三次东巡，不光没有见到安期生，连徐福也一去不回。他又派方士燕人卢生出海寻找徐福以及蓬莱岛的安期仙人。卢生亦是方仙道中人，自然知道长生药岂是那么容易就能找到的，如果自己一无所获，回来后难逃一死，于是他也像徐福一样一去不归。他带人东渡到了扶桑群岛，在那里定居，与当地的原住居民相互融合，并在此繁衍生息。

卢生给扶桑群岛的居民带去了先进的文化、文字以及制造、医药等多种中华文明。扶桑群岛是东海中小岛群，是每天太阳升起的地方，后来扶桑岛的居民建立了日出国。现在日出国的文字就是在汉字的基础上发展而来的，并且日出国的历史记载，也是从卢生等人到达扶桑岛后开始书写的。

卢屋同之家族便是当年东渡日出国的卢生后人，为了与当地人相融合，其家族改卢姓为卢屋，世代繁衍下来。

东海归墟

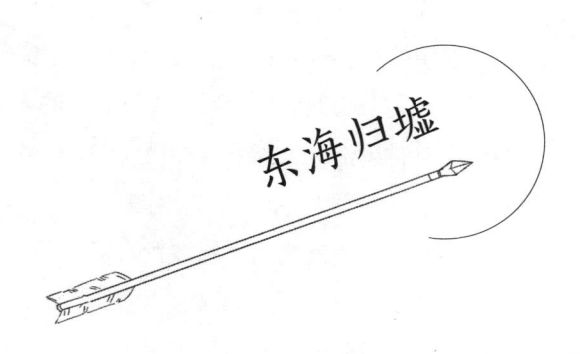

渤海之东不知几亿万里,有大壑焉,实惟无底之谷,其下无底,名曰归墟。八纮九野之水,天汉之流,莫不注之,而无增无减焉。

——《列子·汤问》

1

卢生从中华带去了先进的文化知识和生产技术,他们的到来让扶桑群岛的原住居民从奴隶社会快速进入了封建社会。因此,卢生和他所带去的汉文化便成了日出国的文化核心,卢屋家族也成为了日出国人的精神领袖。

卢生结合中华的传说和当地的神话,创立了具有本土特色的神话体系。

传说中的扶桑群岛，是由天源女神高原御产将天国的土石丢到大海中形成的。与很多宗教一样，日出国的人认为自己的岛民是由高原御产女神创造的，高原女神是他们共同的母亲。这与中华的女娲娘娘捏土造人的神话有类似之处。

而卢屋家族也就成了天源神教的精神领袖，世代承袭着教主的位置。天源教在日出国影响深远，信徒广众，很多政界要员以及商界巨贾都是天源教的信徒，每年在政策以及经济上都会给予天源教许多丰厚的优待。

扶桑群岛处在亚欧板块的交汇处，地震、火山运动频繁，海底的地震、火山经常引起海啸。近年来，夏天的洪水、酷热，冬季的严寒、暴雪成灾，严重地影响着日出国民的生活。

"只有猎日箭才能救扶桑群岛和日出国1.2亿的生命！虽然我为此被你们说成是忘恩负义，可那又怎样？跟日出1.2亿的生命比起来，我个人的得失荣辱又算得了什么？"卢屋同之说得慷慨激昂，似乎自己真的变成了一个拯救万民的英雄一样。

"火山、地震、海啸、洪水、酷暑、严寒、暴雪是环境污染的恶果，是全球变暖的厄尔尼诺现象，全球人民都在面对这种现象。猎日箭不过只是一件文物，它没有你想象中的神奇力量，怎么能担负起拯救日出民族的重担呢？"于守志不解了，"何况有些地震还是你们偷偷在海底进行核试验的结果，如果你们继续这么下去，就算你们的高原御产女神也救不了你们，何况我们中华的猎日箭，只保良善、不救邪佞！天作孽、犹可违，自作孽、不可活！"

"无知的中国人，你们知道什么？你们什么都不知道！"卢屋同之一脸鄙视地看着于守志。于守志并不生气，"愿闻其详！"

卢屋同之又开始讲述流传在日出国的一个古老的故事。

正如前面讲的，高原御产女神创造了扶桑群岛和岛上的生灵，人们在岛上无忧无虑地繁衍生息。

就这样过了很久，天上出现了一条恶龙。这条恶龙在天上昼夜不停地折腾，它吐出许多火球，将天空照得光亮无比。火球燃烧完后，燃烧后的灰烬落向地面，扶桑岛天崩地裂、火山喷发，洪水泛滥，岛上的人类和动物都处在一个濒临灭绝的边缘。

于是，岛上的人们祈求高原女神拯救她的孩子们，高原女神便在天空中大战恶龙，最终用自己的生命将恶龙制服后，囚禁在了东海中的阿伊拉。

阿伊拉翻译成中文便是囚禁着龙的深渊，位置就在扶桑群岛东面几十海里的地方，也就是现在国际上通称的马里亚纳海沟。

那条被高原御产女神封印在阿伊拉的恶龙，起初还比较安静，扶桑群岛虽不时会有地震、火山，却也没有给岛上的居民造成大的伤害。

随着科技的发展，人们的战略目标开始从陆地转向太空和海洋，人们对深海的研究也越来越多，其中就包括对马里亚纳海沟的探索。

马里亚纳海沟位于北太平洋西部马里亚纳群岛以东，是北太平洋西部海床，为一条洋底弧形洼地，太平洋板块和菲律宾板块两个板块辐辏俯冲带。北起硫磺列岛、西南至雅浦岛附近。其北有阿留申、千岛、日本、小笠原等海沟，南有新不列颠和新赫布里底等海沟，全长约2550千米，为弧形，平均宽约70千米，大部分水深在8000米以上。最深处在斐查兹海渊，深度约为11034米，是地球最深的区域。就算把地球上海拔最高的珠穆朗玛峰填进去后，距离海平面尚有2000多米的距离不能填满。

对马里亚纳海沟的探测虽然也是近几十年才开始的，但是，对它最早的记载则见于中国古籍《列子》。《列子·汤问》中对马里亚纳海沟有着这样的记载："渤海之东不知几亿万里，有大壑焉，实惟无底之谷，其下无底，名曰归墟。八纮九野之水，天汉之流，莫不注之，而无增无减焉。"可见，中国的古人对这个世界的认识并不仅限于中华的国土，而是对于整个人类生活的地球的认识。

1951年英国皇家海军挑战者二号首度测量海沟，挑战者二号以回波定位方式于北纬11度19分，东经142度15分，测出当地深度为10900米。

1957年苏联考察船"维塔兹号"第一次正式对马里亚纳海沟进行探测，测得的深度为11034米，将该处命名为"马里亚纳深凹"。

1960年美国海军"的里雅斯特号"深潜器创造了潜入海沟10916米的世界纪录。

之后各个国家都跟风似的展开了对马里亚纳海沟的探索。这些外来的入侵者严重地打扰到了恶龙的安宁，它又开始变得不安分起来，大有挣开束缚，脱困而出之势。

据日出国天源教的说法，不断发生的地震便是这条恶龙在阿拉伊渐渐苏醒，将欲脱困的一个预兆。

之后的扶桑群岛进入了多事之秋。夏季的酷热、洪水，冬天的严寒、暴雪，以及频繁的高震级地震、几座火山大有喷发之势，高震级的地震更是引起了巨大的海啸，摧毁了很多民居，造成了大量的人员伤亡和财产损失。更让日出国人恐惧的是，他们发现海岸线正以每年10厘米的速度向陆地移动。

日出国的东边就是马里亚纳海沟，就算将日出国所在的扶桑群岛全部填进马里亚纳海沟，也不足它的十分之一。亚太地区的地质活动有加剧趋势，亚欧板块和太平洋板块变得越发脆弱，地震和海啸也将越发活跃。而日出国生活的扶桑群岛，已经处于一个随时可能塌陷的深谷悬崖边上，时刻都将面临滑入马里亚纳海沟的灭顶之灾。

扶桑群岛也有可能逐渐漂离亚欧大陆，向美洲方向靠拢，或成为太平洋上的一座孤岛，但这种状态从地缘经济上看损失巨大。这种例子参照南太平洋的新西兰，从形成的过程看，必然是地震海啸等灾难的降临过程，因此，无论是哪种可能，日出国注定多灾多难。

扶桑群岛面临的危机，致使许多日出国人为了给自己留条后路，纷纷找到一些自己是中华儿女迁居日出国后留下后裔的所谓证据，跑到中国来认祖归宗，以求有一天能被中国收留，救得寸土安身。

这一切在日出国的天源教看来，都是人类打扰到恶龙安宁造成的后果。当年的高原女神凭一己之力，牺牲了自己才封印了恶龙，现在恶龙苏醒，必定会给日出国带来灭顶之灾。如何除服恶龙，才能控制住扶桑群岛滑向阿伊拉的步伐，这一直是天源教主在苦苦思索的问题。

卢屋同之在昆仑山的摩崖村，听到了猎日箭的传说，并亲眼见证了猎日箭那不可思议的能力。他回到国内，将这一切都告诉了自己身为天源教主的父亲卢屋介三。

日出国的神话与中华的神话有许多相通的地方，这是因为这些神话是在本土神话的基础上，被从中华迁居日出国的卢生修改过，并且保留了很多中华神话精髓。一个计划在卢屋介三的脑海中形成，那就是找到中华传说中的穿云弓和猎日箭，用这两件上古神器来彻底降伏恶龙，拯救生活在扶桑群岛的日出国人。

卢屋同之则带着手下几人又一次来到摩崖村，想在众人不备之下偷走猎日箭。没想到，当他带人悄悄潜入摩崖村的时候，却看到了另外一幕。

2

夜色朦胧，荒僻而寂静的山谷，妩族人的祭坛上，在几十个火把的映照下，跪着许多穿黑色粗布衣服的男男女女。这个祭坛对于卢屋同之来说并不陌生。

白衣长老正跪在高台上，双臂向天举起，闭着眼睛，嘴里面喃喃祝祷，从他口中吐出的不是成句的语言，而是一些奇怪的音符。这些音符的韵律时高时低，传到每个人的耳朵里就成了嗡嗡声，听久了会让人的精神产生一种恍惚的感觉，像是在吟诵某种咒语。

他随着口中的音律，一次次地叩拜下去，台下的人群匍匐在地，随着台上的老者一次次地叩拜下去，目光中露出虔诚的光芒。

许久，台上的老者似乎是将一部咒语诵完，他深深地做了三次叩拜，然后站起身来。台下的人也学着他的样子，虔诚地叩拜完毕后站起身来。

这时，族长妩戎登上高台，走到白袍长者身边，向白袍长者微微一躬，白袍长者坦然而受。族长问道："长老，怎么样？"

白袍长老面色凝重，他微微摇头道："族里出了这种孽子，不敬祖宗、不守族规，令天神震怒，使族人蒙羞，"白袍长老话未说完，地面突然微微地晃动了几下，人们的脸上都露出惊惧的神情，"天神已经震怒，必会对我族人降下灾祸。怜我族人，忧患实多。"

老者转头面向人群，面露肃杀，他向台下大声说道："带上来！"

人群前面的两个中年男人对望了一眼，同时举步向前。二人噗通跪地，一名男子向台上的白袍长老和族长大声说道："长老、族长，族人蒙羞皆因我一人之过。身为守护者，不仅没有守护好部族圣物，还养出不肖子，致使天神震怒，令全族蒙羞。阿蜀万分愧疚，愿以死谢罪，以息天神之怒，以洗族人之耻。"

台上的族长说道："敢做敢当才是我族中好男儿，你放心，族人必会善待你的妻儿。但阿丁罪不可恕，他一定要向祖先有个交代！"

"谢族长！"阿蜀深深地叩下头去，他知道自己儿子犯下的错实在太大，无法求得原谅，也就不再多言。他将自己脖子上的串珠摘下，放在面前的地上，继而脸上露出惨笑，目光中有隐隐的不舍。另一个男子也是圣物的守护者妘通，他是与妘蜀一起守护圣物的使者，圣物被盗那天，他也因腹泻而没有尽到守护之责，被族长定了个失职之罪。他二人对望一眼，同时从腰间摸出一把匕首，猛地刺向心脏的位置，又准又狠。鲜血从胸口喷涌而出，高大的身形颓然倒地。

"阿爹！"一个小女孩的声音叫了出来，挣脱了母亲的手扑向倒在地上的妘蜀身边。她的母亲再也控制不住而大放悲声，跌跌撞撞地跪倒在男子身边哭道："你这一走，让我和孩子怎么办！"

另一家的情况正好相反，中年女人哭着奔向倒在地上的丈夫，她身边的一个青年虽然也眼中含泪，却非常镇定。他跪倒在父亲身边，忍痛说道："阿爹，我会照顾阿妈，也会亲手洗雪您身上的耻辱。阿爹，您放心去吧！"妘通听到儿子这样的话，嘴角抽动了几下，努力挤出一丝笑容，又深深地看了一眼只知道哭泣的妻子，闭目长逝。

族长说道："阿蜀、阿通，你们是真正的勇士，族人也原谅了你们的过失。你们的妻儿都会受到族人的照顾和敬重，你们也可以身裹白布，安葬在族人的墓园中，安息吧，逝去的亡魂！"族长走下高台，他将地上的两串珠子拿在手中，妘通的儿子，那个镇静的青年妘祇跪倒在地，族长将阿通那串代表身份的珠子亲手戴到了阿祇的脖子上。"阿祇，从现在起，你就是我族中的圣物守护者，你将受到族人的尊敬和奉养，也必将生命献给族人，终生守护圣物，以延续家族的荣光！"

妘祇给逝去的父亲恭恭敬敬地叩了个头，又向族长叩下头去："谢族长！阿祇愿亲手抓回族里的叛徒，迎还圣物，以洗雪我阿爹和阿蜀大叔的耻辱，请族长成全！"阿祇的话说得铿锵有力，带着无比的坚定。

"好！我准许你参加迎归圣物、抓拿叛徒的行动。具体的计划我和长老还要商量。"

妘祇深深躬了一躬，退到一旁站下。族长又把目光转向了人群，他冷冷地扫过每个人的脸上，最后停留在一个一直跪在地上的男人身上。那男人脸色惨白，眼神中写满恐惧。他嘴角微微抽动，双腿抖得厉害，那是对死亡的恐惧。

族长朗声说道："失职的守护者已自裁谢罪，子不教，父之过，养出这令族人蒙羞的孽子，难道你还想让天神降罪，让全部族人为你们陪葬吗？"说到最后一句，族长声色俱厉，带着不容反抗的态度。

这时候，人们的耳中又传来沉闷的轰鸣声，脚下的大地开始晃动起来。众人用惊恐的目光看向四周黛青色的群山，之后转过头来纷纷看向那名面如死灰的男人，眼神中全是唾弃和不屑。

跪在他旁边的一个妇人看再无生机，她用手抚上他的肩头，"阿相，既然阿林做出这样的错事，就算族人放过我们，我们也没脸再在族里活下去，你放心，我陪着你。"

阿相与妻子对望一眼，两只手握在了一起。阿相说道："族长，孽子犯错，我愿一力承担，请族长和各位族人放过阿姗。"说罢从身上拔出匕首，在脖子上一抹，鲜血从颈中喷涌而出，身体缓缓倒在了妻子阿姗的怀里。族长还没说什么，阿姗捡起地上的匕首，也在脖子上一抹，跟阿相倒在了一起。

白袍长老张开双臂，仰首向天，口中喃喃自语，向天神祷告。

族长用洪亮的声音说道："我辈子孙不肖，令天神震怒，让祖先蒙羞，降下这天崩地裂的灾祸，今无知小儿与渎职守护者均已自裁，我辈必当竭尽全力以赎罪孽，请还圣物，胆敢觊觎圣物者必当让他们以命相还，请天神息怒！"

族长的话说得铿锵有力，带着威慑人心的力量。而人群重新跪倒在地，随着老者的话说道："请天神息怒——"长长的尾音带着信仰的力量，说完都匍匐在地，虔诚而笃定。群山传来连绵不绝的回声："请天神息怒——"

3

卢屋同之这一趟也不算白走，虽没有找到猎日箭，至少他知道了猎日箭被妘丁、妘林偷走了。在他们二人手中总比在妘族的摩崖村更容易到手。于是，他和他带的人悄悄从摩崖村撤了出来，到处寻找妘丁、妘林和猎日箭的下落。

卢屋同之在摩崖村的时候，跟妘丁、妘林二人有过接触，他花了大价钱，到处打听二人的下落。重赏之下，必有线索，他们一路追踪到了东海省,从颍川到了莒城,在莒城的一间出租屋内找到了如惊弓之鸟的妘丁。被吓破了胆的妘丁激烈反抗,手下人在控制妘丁的过程中,失手重伤了妘丁,妘丁后枕部撞到了墙面上突出的铁条上。就算当时没死,卢屋同之等人也不能将他送到医院去救治,眼见他死在了自己面前,也无从得知猎日箭的下落了。

他们一直在找妘林的下落,卢屋同之得到消息,妘林在齐州。因为卢屋同之在产州遇到了前来找寻妘丁、妘林的妘姓族人,为了确保安全,他让人将妘林带回莒城。却不想在这个过程中,遭遇莒城交警查车,不只是失去了妘林,自己的人还落在了警方手中。

他虽然相信那人不会出卖自己,但是,为了安全起见,他还是带人从居有竹别墅撤走了。没多久,那名手下莫名其妙地被警方释放了,并通过网络方式联系自己。若不是他出卖了自己,他怎么会被释放,他一定是警方用来钓自己出面的鱼饵。好在他知道的不多,自己并不会因为他的落网而暴露,卢屋同之为了自己的安全,并没有回复这封邮件,并彻底切断了与这个手下的联系。

为了变被动为主动,利用警方第一时间得到妘林的消息,他找上了李杨,并用李杨在日出国留学的妻儿相威胁,让他为自己提供情报。令他们没有想到的是,警方通过妘丁查到了妘泜。后来姜雁书提供妘泜下落也是李杨为他们提供的消息,这才有了日出国人赶在警方之前造成妘泜重伤、猎日箭被抢的事件。

听卢屋同之说完这些,于守志说道:"马里亚纳海沟囚禁着恶龙的传说不过是人类处在蒙昧时期,对一些奇特的自然现象无法理解,才借助于神话让其变得可以接受。现在是 21 世纪,科学技术发展到了相对成熟的阶段,已经可以用现有的知识体系来解读神话。恶龙根本就不存在,穿云弓、猎日箭也没有什么神奇的力量,它们也不过是具有文物研究价值而已。就算你们得到了穿云弓和猎日箭，你们也不可能用这两件东西阻止扶桑群岛逐渐滑入马里亚纳海沟的事实，也不可能改变扶桑群岛处在两个大陆板块交界地域的地震、火山频发的事实。何况，扶桑群岛滑入马里亚纳海沟的假说也只是假说，就算有一定的科学道理，按现在的速度，扶桑群岛要真的滑入马里亚纳海沟，也不知会是多少年以后的事情了。现在又何必作杞人之思。"于守志话锋一转，用一种嘲讽的口气说道，"卢屋同之，你刚才把自己说得大义凛然，似乎你是为拯救苍生而甘愿下地狱的英雄。你可以用这些话来糊弄你笃信天源女神的父亲，也可以糊弄日出国那些笃信天源女神的教众，可是你糊弄不了我。你抢穿云弓、猎日箭根本不是因为你相信穿云弓、猎日箭能拯救扶桑岛，而是为了与你的哥哥争夺天源教主位置增加筹码。你的父亲已老，你的哥哥在日出国的势力比你强大，如果你对天源教没有特殊功勋，你很难打败你的哥哥成为下一任天源教主。日出国有很多高官和大财团高层都是天源教的信徒，而天源教主拥有支配这些信徒供奉的权力和影响他们的力量，成为下一任天源教主才是你最终的目的。穿云弓、猎日箭的神话正为你所利用，你如果得到了这两样圣物，成了拯救扶桑群岛的英雄，就会得到众多信徒的拥护，也就有了可以跟你的哥哥抗衡的力量。只要你能成为下一任的天源教主，这些资源就会尽数掌握在你的手中。这份权力在你心中可比拯救扶桑群岛万千生灵的分量更重，卢屋同之，我说得没错吧？"

卢屋同之听了他的话，忽然抬起头看着于守志，一板一眼地说道："于队长，你连这一层都看透了，不简单！不过，就算你知道了这一切也没用，因为你必须放了我，送我安全出境回日出国！"

"为什么？为什么我们必须放了你？是因为你们胁持了李杨在

日出国的妻儿吗？"于守志接着说道，"李杨的妻儿已在我国驻日出国大使馆武警的保护之下了，不日将返回中国，你威胁不了我。"

卢屋同之摆摆手，否定了于守志刚才的说法："不，那母子俩对我们没多大用处。我说的是你们莒城的市民，如果你不在三天内放我回国，那你就会有大麻烦！莒城市会发生大规模的人员伤亡事件，你一个小刑警，负不起这个责任！"

"你现在已经是瓮中之鳖，还在这空言恫吓，真是可笑！你手下布置的那些炸弹，我们也悉数排除，不留任何隐患。"于守志挑了挑眉毛，不屑地说道，"你用明修栈道、暗度陈仓的计策把我调开，想趁我无暇分身之时偷渡回国，中国的三十六计用得不错啊！你的手下麻生太郎已经落网，我们也锁定了你们安装在莒城的几处炸弹，并成功排除，并且正在追踪炸弹的来源。我想不出你还能拿什么威胁我。"

卢屋同之从鼻腔里发出一声轻笑，带着嘲弄的意味，"我不信，我不信麻生会出卖我，他不会告诉你炸弹的位置，他不会！"

"你的手下一共在莒城市内安装了四处炸弹，一处在45路公交车底盘上；一处在新世界电影院C4放映厅7排19扶手的底下；一处是明珠小区5号楼16楼1602室出租屋的厨房里；一处在银都商厦3楼一处试衣间里。怎么样？我有说错吗？"于守志看着自己的手指头，"如数家珍"地说道。

卢屋同之脸上变了颜色，就差点站起来："混蛋！麻生出卖了我！"

"他没有出卖你，他被捕后什么都没说。"于守志轻描淡写地说道，"你以为他不交代我们就没办法了吗？"

卢屋同之一脸疑惑地看着他："那你们——"他是想问，那你们是怎么知道炸弹所在位置的?于守志继续说道:"只要做就会留下痕迹,有痕迹就逃不过我们的追踪,这痕迹包括心理痕迹和物质痕迹,我们中国的刑侦技术远比你能想象到的先进。"

卢屋同之低下了头,像是在思考什么。于守志又问道:"你们是怎么知道穿云弓在天台山的?"

卢屋同之不答,依旧在思考。于守志却不想再与他兜圈子,单刀直入地问道:"你们是通过姜星翰才知道穿云弓在天台山的吧?"

如果说前面的事件都留下了可供于守志追查的线索才让警方那么快找到自己的话,那么这句话把卢屋同之真真切切地惊到了。他自认为在姜星翰这件事上,他们并没有留下丝毫可供追踪的线索,而于守志却一语道破天机。他虽然没有承认,但他吃惊的表情已经告诉于守志,他猜得没错。

"说吧,姜星翰在什么地方?"于守志说道,"交出姜星翰,将功折罪,也许你还有条活路。"

"那个江言是你们警方的人?"卢屋同之反问道,说完后又觉得不对,"应该不是。她如果是你们的人,佐藤应该早就被抓了。她是谁?"

于守志嘲弄地笑道:"你做梦也没想到吧,江言是姜星翰的孙女。你们绑架了她的祖父,她就破坏了你们的计划,也算是人家对你以牙还牙了。说吧,你们找姜星翰研究的是什么?是不是跟穿云弓有关?"

"不可能!她姓江,是莒城人。佐藤初见时还问过她。"卢屋同之说完,似乎又恍然大悟地说道,"难道姜星翰把秘密告诉了他的孙女?她去天台山也是冲着穿云弓?"左英朗回来时说起过他在天台山的遭遇,卢屋同之做梦也没想到姜雁书是姜星翰的孙女,要

273

不是她，左英朗不会那么快就暴露，自己的计划也不会功亏一篑。

于守志听了他的话心中一动，之后给了他一个意味深长的笑容："咱们来个交换吧，你告诉我事件的经过，把姜星翰交给我，我告诉你姜星翰知道的一切，怎么样？"

卢屋同之想知道的可不只是穿云弓的所在，他想知道的还别有隐秘。于是，卢屋同之抱着交换的目的，讲起了他们找姜星翰的前因后果。

卢屋同之把他在昆仑山发现猎日箭的事告诉了卢屋介三，卢屋介三分配了一些人手随他来中国，想方设法将猎日箭带回日出国，并查找穿云弓的下落。同时，卢屋介三还给了卢屋同之四张照片，每张照片上都是一片甲骨，甲骨上面刻了一些上古时期的古文符号。

这几片甲骨是一个天源教徒送给天源教的教主的，为进身之阶，这个教徒还说这些甲骨上刻的是上古隐秘。卢屋介三让卢屋同之带了那些甲骨的照片到中国，找一个专家破译上面的文字内容。

卢屋同之经过多方打听，找到了退休在家的古文字专家姜星翰。他们本想让姜星翰到他们安排的地方破译文字，如果这些内容真的涉及隐秘，那么，当姜星翰破译文字内容后，就将姜星翰灭口。

谁知姜星翰并不愿离家，且破译的过程中需要查阅大量的文字典籍，这些典籍都在姜星翰的家里，他们只得将照片留下，暗中留了人监视姜星翰。姜星翰虽是一个学者，但并不傻，他发现了卢屋同之的人在监视自己，便知道这件东西非同小可。于是，在他破译了照片上的文字内容后，并没有将破译的内容告诉来人，只说查阅了许多典籍，短期内破译不了上面的内容。

起初，卢屋同之还以为姜星翰真的无法破译那些文字内容，他就留了两个人再监视姜星翰一段时间，如果姜星翰没有异样就撤掉所有人手。

没想到过了几天,姜星翰竟然买了长途车票往莒城而来。卢屋同之在得到报告之后,让一个手下跟踪姜星翰,另一个人进了姜星翰家,看看有没有可疑的地方。

那个进入姜星翰家的人在姜星翰书房的垃圾桶里发现一张纸,上面有"穿云""圆峤"等字样。可能在别人看来这些字没什么,可穿云二字让卢屋同之马上与他正在寻找的穿云弓联系了起来,他心下狂喜,自己亲自增援跟踪姜星翰的人。

姜星翰当时乘坐的车并非正宗出租车公司运营的车辆,当车驶到莒城南郊的时候,他身上带的手机没电了,所以他的手机信号在那里失去了踪迹。

天台山脚下离国道有三公里,这一段路上行车很少,一辆车一直跟着他们的车,姜星翰最初似乎并未在意,当载他的车离去后,他感觉到了有人跟着他,于是他转头想离开。

卢屋同之知道这样的游戏不能再继续下去,于是他出手绑架了姜星翰,他一直在逼问姜星翰那些甲骨上记载的内容,姜星翰抵死不说,但是,卢屋同之还是从姜星翰的行为得出了穿云弓可能在天台山的信息。

于是,他派左英朗到天台山寻访穿云弓的下落。令他没想到的是,左英朗去天台山后并没有拿到穿云弓,还很快暴露了身份。唯一值得欣慰的是,左英朗确定了穿云弓就藏在天台山,天台山财神庙里的道士以及天台山下的村民都是穿云弓的守护者。

这就让卢屋同之为难了,天台山可不是摩崖村,自己可以带人强夺也好、巧取也好,反正天高皇帝远,等到警察来时,自己已经带着猎日箭消失在人海中了。守护穿云弓的家族更不是摩崖村的山民可比，他们生活在文明和经济都高度发达的东海省，接受着完善的教育，掌握着先进的科技。要钱有钱、要人有人，离天台山很近的镇上就有警察驻勤。镇子距城市只有十几公里，莒城警方的行动力和刑侦技术远远超出他的想象，他不敢对天台山轻举妄动。刚才他又从于守志口中得知破坏他计划的就是姜星翰的孙女，难道这就是天道轮回，是宿命吗？

原来如此！于守志终于知道了姜星翰失踪的始末。"姜星翰呢？你们把他关在哪里了？"于守志料定姜星翰还活着，在没有得到破译内容之前，他们是不会杀死姜星翰的。

卢屋同之没有回答他，而是说道："刚才你说了交换信息，姜星翰破译的内容是什么？"

"你先告诉我姜星翰在什么地方。"于守志坚持道。

"姜星翰坚决不肯说出甲骨上的内容，他对我们还有用，他不能死，可把他留在中国太危险了。于是，我就把他偷渡出境了，他现在在日出国，在我父亲手里。"卢屋同之妥协了。怪不得于守志发动了所有的人脉寻找姜星翰，却一直没有结果，原来他已经被偷送出境。不幸中的万幸是，姜星翰还活着，只要他对他们还有用，他的生命暂时还能保证。如果想救回姜星翰，那么光靠自己的力量是很难达到的，必须通过外交手段了。

"那些照片呢？"

"在姜星翰手里。你想知道的我都告诉你了，现在你应该告诉我姜星翰破译的内容是什么了吧？"

于守志一字一顿地说道："甲骨上面的内容是：'敢觊觎中华神器者，天若不诛，人必除之！'"

"你耍我！"卢屋同之恼羞成怒，脸涨得通红，"你们中国警察就这样没有信用吗？"

"你怎么知道上面的内容不是这些？"于守志反问道。卢屋同之一时为之语塞。"卢屋同之，就凭你主使手下犯下的命案和绑架案，按中国的法律，你会被判死刑。你死在了中国，你哥哥在继承天源教主位置的路上就再无障碍了，你这是在誓不回头地为他人做嫁衣。"

于守志前面的话对于卢屋同之可能不算什么，但后面的几句话却深深刺激到了卢屋同之。"你们可以用我交换姜星翰，只有这样，他才能平安回到中国！"卢屋同之似乎又看到了希望，他要努力抓住这唯一的一根救命稻草。

"卢屋同之，我们中国警察从不跟罪犯谈条件，我们也一定能将姜星翰救回来，你要明白，现在的中国已经不是以前的中国了！"于守志的话铿锵有力，打碎了卢屋同之最后一丝幻想。

于守志收起桌上的材料，站起身来："你就等着接受中国法律的制裁吧！"

4

于守志约了姜雁书在一个茶楼见面。于守志将姜星翰的下落告诉了姜雁书。姜雁书眼中滴下泪来。于守志安慰道："只要姜老先生对他们还有用，姜老先生的生命就能得到保证，何况现在卢屋同之在我们手里。我们一定调动多方面的力量，尽全力让姜老先生平安归来。"

只要祖父还活着就是对她最大的安慰了。姜雁书知道这其中的难度，她无法苛求于守志，她知道于守志已经尽力了，她只能默默垂泪。

鉴于她独上天台山的经历，知道祖父在日出国，她必定不会善罢甘休，于守志说道："你不能一个人去日出国，这样非但不能救出姜老先生，还会多送去一个他们与我谈条件的筹码。"刚才姜雁书不说话，她心里又何尝没有想过要去日出国，去找到祖父，把他救回中国。于守志看透了她的心事，既是劝告也是警告。姜雁书叹了口气，眼中含泪，久久无语。

于守志却也没有办法安慰她，只有把姜星翰救回来才能让姜雁书开心起来。可现在他做不到，他很少这样为自己的力量微薄而失落，看向姜雁书的时候，眼神里也多了些心疼和温情。"那天，咱们刚到财神庙，看到住持在用豆子下棋，你还出言指点，后来他又留你在山上帮忙，好似你也精于此道。一直想请教你，却没找到空，今天有机会了，请教你，这是怎么回事？"于守志无法宽慰姜雁书，只能转移话题，希望能暂时缓解她的悲伤。

"桌上并不是棋盘，而是九宫格，王道长摆的是八阵图。"姜雁书自然领会了他的意图，也领受了他的好意。

对于八阵图，于守志确有听闻，那也仅限于文学作品中的描述。"好像听说过，是当年诸葛亮发明的吧。"

姜雁书看他对此有着浓厚的兴趣，于是便给他简单地讲起了八阵图的来历。

八卦阵起源于四千六百多年前的黄帝时期，当时蚩尤作乱，黄帝与蚩尤会战于涿鹿。九战而不胜。正在黄帝无计可施的时候，九天玄女从天而降，赐给黄帝一套天篆文册，黄帝的大臣风后根据天篆文册演绎成兵法十三章、孤虚法十二章。兵法十三章推衍出奇门遁甲一千零八十局,还有先天八阵图。根据孤虚法十二章造出了戈、殳、戟、酋矛、弓矢五种兵器,还有指南车,用以对付蚩尤的迷雾,从而打败了蚩尤。

后来经过周朝的姜子牙、汉代黄石公再传给张良,张良将其精简改良后成了后来的《八阵图》。《八阵图》并非诸葛亮创造的,他不过是在张良之后改进了《八阵图》,形成了后天八阵,并将其运用得得心应手罢了。

《八阵图》是一种阵法,是排兵布阵、协调作战的一种方法,是动态的,而诸葛孔明在鱼腹浦摆下几堆石头,也只能将东吴大将陆逊困在阵内,后经诸葛孔明的岳父指点才得脱困。诸葛亮所摆下的八阵是他在风后原八阵图基础上改良后的,现已失传。现有的八阵图也是后人根据前人文献中的残局推衍而来。

讲完了八阵图的来历,姜雁书又道:"天台山就有这样设置的山路,我第一次上天台山的时候还被它困住了片刻,后来,我看破了其中的玄机,才得脱困而出。"

"我一直以为,那只是传说或是前人虚构的故事,原来确有其事。那天听你出言指点王道长,后来又说到真正的大羿陵、嫦娥墓就在那里,我就知道你也精于此道。"于守志饶有兴趣地说道。

"精?你可太看得起我了,只是从小听祖父说得多了,略知道些皮毛而已。"姜雁书满脸的神往。

于守志心内对姜雁书的兴趣远远大过对这些知识的兴趣,便醉翁之意不在酒地对姜雁书道:"反正今天有兴致,你就讲给我听听,也让我长长见识。"

姜雁书道:"既然你这么有兴致,我就简单地给你讲一下八阵图,我知道的也不过是皮毛而已。八阵分为:天覆、地载、风扬、云垂、龙飞、虎翼、鸟翔、蛇蟠；用八卦的乾、坤、坎、离、震、兑、巽、艮来标示方位，设生、死、惊、开、杜、景、伤、休八门，再配以金、木、水、火、土五行推衍而得到的一种进可攻、退可守的阵法。其中的变化就有一千八百种之多，难以一一累述。"

要搁在以前，于守志是怎么也不会相信这些东西的，可是，他最近接触了太多这方面的信息，不由得他不信。"王氏本就是黄帝后人少昊子孙，他们懂得这些不奇怪，奇怪的是你这么年纪轻轻也懂这么多，还能出言指点老道士，这才是让我好奇的。"于守志看向姜雁书的眼神中充满了探寻和欣赏。

姜雁书不以为然地笑道："这些东西放在当前社会中，已没有多少实用价值，只能作为兴趣爱好来研读。"

于守志看着姜雁书说道："上次你说到半夜跟踪左英朗出去，你应该知道有多危险，如果当时他发现了你，你知不知道会有什么样的后果？以后这么危险的事就不要做了。"

姜雁书听得出他语气中的关心，她微笑着表示感谢："我知道，只是在那种情况下，我不能放过任何可能与祖父失踪有关的线索，也就顾不得自己的安危了。以后我会注意，不用担心。"

于守志又想起了一件一直困惑他的事，于是他问道："你详细给我说一下，你把妘泯送到羲元宫那天的事，我要听细节。"

姜雁书明白他的意思，可能他要在这里面找线索，于是便把那天的情景仔仔细细地说给他听。于守志听完后沉思半晌，又问道："那天妘泯知道要送他去羲元宫后，有没有离开过财神庙？"

"没有，他只是回房间收拾了一下，前后有个十分钟左右吧。"姜雁书说道。

"那他带走了什么？"

"带走了一身换洗衣服和一双布鞋，用一个塑料袋装着。你是不是想知道，那袋子里有没有装着猎日箭？"姜雁书问道。

　　于守志点了点头。"不可能，他那个塑料袋很小，还是透明的，根本不可能装下猎日箭。"姜雁书肯定地说道。

　　姜雁书知道事件的前因后果，也知道来龙去脉，在她面前，于守志无须隐瞒。他皱着眉头喃喃地说道："以妘泯当时的处境，他不可能把猎日箭带在身边，那样于他的人身安全与猎日箭的安全都不利。他一路从颍川逃到莒城，他也不可能把这么重要的东西藏得离自己太远，那样他又不放心。他会把东西藏在什么地方呢？"他像是问自己，又像是问姜雁书。

　　姜雁书眼睛一亮，"天台山！那里要藏下一件东西太容易了，只要他不说，天台山那么大，别人想找到很难，并且离他住的财神庙很近，在他的心理安全距离之内。他离开得很突然，没有机会将猎日箭带去羲元宫，那么，猎日箭就应该还藏在天台山上某处。"

　　她的想法与于守志不谋而合，于守志还是叹了口气道："天台山这么大，要找到这样一件小东西，无异于大海捞针。"

　　姜雁书思索片刻说道："他一定会用什么东西将猎日箭包裹或是盛装起来，上面也许还残留着妘泯的气味，你们警队不是有警犬吗，可以让警犬根据妘泯留下的气味来寻找东西的下落。"

　　"是个好办法，不过最近下过几场雨，就算留下了气味，只怕警犬能起到的作用也不大了，不过，这个方法可以试试。"

　　二人相谈甚欢，于守志对这个知识量储备丰富的姜雁书越加感兴趣。可惜，快乐的时间总是过得飞快，姜雁书接了一个电话就要离开。于守志不无遗憾地说道："跟你聊天很开心，真希望以后能多些这样的机会。"

姜雁书微笑道:"你的愿望有可能会实现哦!"这算是给了于守志一个肯定的答复。在于守志的目光中,姜雁书转身离去。

5

于守志调动了一批警犬参与行动。他们拿了妘泯的衣服作为嗅源,一批警犬在天台山间搜索。不过,也正如于守志说的,天台山不止下过一次雨,雨水阻断了警犬对嗅源的追踪,山上还种着各种各样的香花香草,这也无形中干扰着警犬的搜寻工作。警方花费了不少的时间,却一无所获。

妘戎站在大羿陵前沉默不语,许久之后他才说道:"在我带领族人出来追寻猎日箭时,族中长老曾向天占卜,说是龙潜大海、倦鸟归林之象。祖先所示穿云弓、猎日箭历经千载终聚首,这是天道,不是人力可以更改,就让神器去它们想去的地方吧。"

王嗣舟道:"看来神器自有灵性,不管相隔多远,终有一日会完成这个宿愿,我辈凡人,逆天而行,实属无益。"

妘戎对他的说法点头称是,虽然心有不甘,却也不再执着于一定要把猎日箭带回昆仑山的执念了。

他这一次东海之行虽没有找回猎日箭,却与守护穿云弓的王氏族人重逢,王氏族人当他们自己族人一般。王灵儿的父亲王宗晏是东海省著名企业家,财力雄厚,为了帮助妘氏族人脱贫致富,他向妘戎承诺,摩崖村妘氏族人的孩子如果想到莒城来读书,所有学费及生活费用由他承担。并且,愿意提供技术培训和就业岗位给妘氏族人,让他们也能走出大山,到富庶的东海省来安家落户,享受现代化文明的生活。

妘氏族人本是东夷人，回到东海省，也算是几千年后的回归故里，这对于有着落叶归根情结的中国人来说，是莫大的欣慰。对此，妘戎从心里庆幸与王氏族人的重逢。虽然猎日箭下落不明，他现在得到的这些，难道不是猎日箭用另一种形式在守护妘氏族人吗？想到妘氏族人有了更好的前途，妘戎对失去猎日箭的事也就稍稍释怀了。

于守志久久地望着病床上的妘泯，妘泯若是不醒，猎日箭就一直石沉大海。于守志看着医学监视器上那毫无变化的电波，久久无语——

《穿云猎日》完